KB209367

두 번째는

해
피
엔
딩

두 번째는 하엔

조현선 장편소설

무로무스

차례

Prologue

이사 온 지 열흘, 소미는 여전히 이 동네가 낯설었다. 예전에 살던 곳에 비하면 참 번화한 곳이었다. 소미는 고향에서 마을 내부도 아닌 외따로 떨어진 곳에서 살았으니 이렇게 인구밀도가 높은 곳에 사는 건 처음이었다.

사람과 차가 여럿 오갔고 높은 건물이 많았다. 밤에도 언제나 환한 가로등 불빛이 소미의 원룸이 위치한 7층까지 올라와서 잠을 자려면 꼭 커튼을 쳐야 했다. 좋다 나쁘다를 말하기 이전에 일단 당혹스러웠다. 하지만 다행히도 입주한 원룸 건물은 마음에 들었다. 지은 지는 10년이 훌쩍 넘었지만 조용하고 깔끔한 데다 주인 할머니가 넉넉한 인품이었다.

아마 지역을 옮기지 않았더라도 혼자 살았을 테지만, 이사를 해야만 하는 상황이었다. 원래 살던 집이 화재로 전소(全燒)되었기 때문이다. 집은 뼈대도 남기지 않고 싸그리 타서 사라졌다. 그 안에서 잠을 자던 삼촌과 동생 두 사람 모두 함께 집과 타서 재가 되었다. 10년 넘게 살던 집과 같이 살던 가족이 한 방에 날아간 것이다. 그게 불과 두 달 전이었다.

늦은 밤 외따로 떨어진 집에 화재가 났을 때 소미는 늦은 시간까지 같이 일하던 직원들과 놀다가 집으로 돌아가는 참이었다. 같은 식당의 아르바이트생이었던 그들은 일도 끝났는데 좀 더 놀자고 했지만, 소미는 이제 들어가 봐야 한다고 일어섰다. 나오는 길에 호프집에서 마신 맥주 냄새를 없애려고 숨을 일부러 더 세게 내뱉었다. 그러면 폐 속에 들어찬 술 냄새가 공기 중으로 흩어질 것 같았다.

솔직히 맥주가 과했던 것 같긴 했다. 당시 기억이 분명하지가 않았다. 버스를 얼마나 기다렸고 어떻게 탔고 어디서 내렸는지, 얼마나 비틀대면서 꼬부랑길로 걸어간 건지. 모르긴 해도 상당히 꽐라가 되어 있었던 것 같았다. 왜냐하면 버스에서 내렸을 때부터 집에 불이 났다는 사실을 깨달을 때까지 시간이 꽤 걸렸기 때문이었다. 버스 정류장은 집에서 멀지 않았는데, 주정뱅이가 된 채 집도 아닌 곳으로 멋대로 걸어갔던 모양이다. 그녀의 머릿속에서는 약 40분가량의 기억이 완전히 삭제되어 있었다. 현장 가까이에 있었으면서 불이 나는 것도 까맣게 몰랐고 본인이 어디에서 뭘 하고 있었는지마저 기억하지 못했다. 그녀는 불이 거의 진압된 후 야트막한 뒤쪽 동산에서 코를 골며 자다가 발견되었다.

결국 소미는 고주망태가 되어 잠을 자던 중 한 지붕 아래 살던 가족을 모두 잃고 집도 절도 없는 혼자가 되었다. 일반적인 관점에서 보자면 날벼락에 가까운 일이다. 보호자도, 형제도 그녀의 곁에서 떠나갔다.

하지만 솔직히 말하면 소미는 아주 다행이라고 생각했다. 아마 그날 평소대로 일찍 돌아갔더라면 삼촌과 동생의 저녁상을 차리다가 함께 타 죽었을 것이다. 계란 프라이를 하느라고 프라이팬을 한 손에 든 채로 재가 되어버렸을지도 모른다. 언젠가 인터넷에서 봤던 화산재의 희생자들이 떠올랐다. 석상처럼 굳어버린 자신의 모습을 떠올리면 좀 코믹하기도 했다. 아마 들고 있는 프라이팬 위에서 계란 프라이도 박제되었을 것이다. 삼촌이 바라는 대로 노른자 부분을 덜 익힌 프라이.

삼촌은 항상 덜 익힌 계란을 좋아했다. 가끔은 날계란도 빨아 먹었는데, 소미는 그 후룩거리는 소리가 듣기 싫었다. 소리에서도 비린 냄새가 나는 것 같았다. 삼촌은 계란뿐 아니라 온갖 비린 음식들을 다 좋아해서 장만 서면 생선을 사다가 소미에게 손질하라고 주고는 했다. 비린내가 끔찍한 소미는 그럴 때마다 손에 쥔 부엌칼로 생선이 아닌 다른 것을 쑤시고 싶었다. 날계란이며 생선이며 게걸스럽게 먹고서 내뱉던 트림, 누가 있든 없든 마음대로 쑤셔대던 이쑤시개. 그러니 사실 삼촌이 죽은 것은 그리 슬픈 일도 아니었다.

동생도 마찬가지였다. 선천적으로 귀가 어두웠던 동생은 소미가 숙제를 하든 공부를 하든 TV 소리를 끝까지 키웠다. 동생 입장에서는 어쩔 수 없었을지 몰라도 소미가 진저리를 쳤던 것 역시 어쩔 수 없었다. 동생은 예능 프로그램만 골라 보면서 거의 소리를 지르는 것처럼 웃어댔다. 세 개였던 방 중 하나는 삼촌이 쓰고 하나는 창고용으로 써서 소미와 동생은 같은 방을 써야 했다. 한 공간에서 소음을 견디다 못해 소미는 한겨울에도 밖으로 기어 나와 마당에 앉아 있고는 했다.

그 거슬리는 인간들을 가족이랍시고 챙겨야 했던 날들은 이제 사라졌다. 혼자가 되어버린 스물한 살의 여름은 가볍고 즐거웠다. 외로움, 그리움, 살아남았다는 죄책감 같은 건 없었다.

그리고 최근 그녀의 고민은 바로 거기서 출발했다. 죽은 삼촌과 동생은 소미가 싫어한 결점을 제외하면 좋은 사람들이었기 때문이다. 소미를 제외한 세상 모든 이들이 삼촌과 동생을 추억하며 그 죽음을 슬퍼했다. 하지만 그녀는 그러고 싶지 않았다.

"소미 학생, 분리수거하러 나온 거야?"

주인 할머니가 반가워했다. 원룸 건물의 좁다란 엘리베이터 안에서 만난 참이었다. 7층에서 탄 소미는 양손의 종량제 쓰레기봉투와 분리수거용 봉투를 들어 보였다.

"쓰레기 좀 버리고 나갔다 오려고요."

"이사 오고서 너무 안 보여서 어디 아픈가 했지 뭐야."

"방 안에서 배달 음식 시켜 먹고 좀 쉬었어요. 감기도 걸렸었거든요."

"저런, 혼자 있을 때 아픈 게 제일 서러운데."

주인 할머니의 말투에 연민이 묻어났다. 소미는 수줍게 어깨를 움츠렸다. 혼자 사는 여자애에 대한 동정일 테지만, 따뜻한 감정이 나쁠 이유는 없었다.

"오늘이든 내일이든 우리 집에 잠깐 들러요. 텃밭에서 상추를 길렀는데 아주 잘 자랐어. 넘치도록 많으니까 나눠줄게."

"네, 너무 늦지 않으면 이따가 갈게요."

"그래. 혹시 건물 안에서 누가 불편하게 굴면 바로 말하고."

주인 할머니는 한숨을 쉬었다.

"이 근처에는 험한 사람들이 많이 사니까 말이야. 아가씨는 조심해야지."

소미는 고개를 끄덕였다. 이 소도시는 수도권의 경계에 걸쳐 있는 곳으로 교통과 인프라에 비해 집값이 쌌다. 동시에 건설 현장도 많은 편이라 일용직에 흘러드는 남자들이 많았다. 그래서 묻지도 따지지도 않는 일자리를 찾는 사람들, 신원이 불분명하고 자신을 증명할 길이 많지 않은 이들이 떠도는 도시였다. 소미가 사는 원룸 건물에도 그런 남자들이 살았다. 하지만 소미는 그런 류의 사람들에게 이력이 나 있었다. 어차피 삼촌도 거의 비슷한 부류였으니까.

주인 할머니는 1층에 도착해 소미의 분리수거에 몇 마디 말을 보태고 시장에 간다며 이내 안녕을 고했다. 소미는 분리수거를 마저 마치고 나서 물수건으로 손을 닦았다. 초여름 더운 날씨 탓에 벌써 쓰레기장에서 풍기는 냄새가 고약했다.

쓰레기장에는 사람 상체 크기만 한 분홍색 토끼 인형이 버려져 있었다. 그녀는 너무 더러워진 그 인형을 기웃거리며 살폈다. 인형의 웃는 얼굴이 안쓰러웠다. 주인이 버려도 인형들은 타고난 미소를 지우지 않았다. 소미는 한참이나 그 곁에서 발걸음을 떼지 못하고 서성였다. 가지고 들어가서 세탁해 주면 말끔할 것 같은데, 하는 마음에 망설이는 그녀의 어깨 근방에서 작게 채근하는 소리가 들려왔다.

"소미야, 너 뭐 해?"

"일어났어, 곰?"

"오늘 할 일 많잖아. 너 전입신고도 아직 안 했으면서."

속살거리는 소리에 소미는 금세 웃음을 띠었다.

소미의 오른쪽 어깨에 매달린 것은 작은 주머니였다. 주머니의 뚜껑이 휙 열리고 작은 인형이 머리를 내밀었다. 그는 입을 못마땅하게 한쪽으로 당겼다. 주먹만 해서 작고 동그란 얼굴을 가진 갈색 인형이었는데, 소미는 소중하게 그 인형을 주머니에서 꺼내 손에 들었다.

"저 토끼 인형…… 가지고 들어갈까 해서."

"왜?"

"음…… 불쌍해서?"

"쟤는 영혼 없는 솜 덩어리야. 신경 쓰지 마."

"너도 인형이면서 너무 인정머리 없이 얘기한다……."

"뭐라는 거야. 같은 취급 하지 말라고."

곰이 왁왁대면서 화를 냈다. 조그마한 인형이 화를 내봤자 조금도 무섭지 않았지만, 세상에서 가장 애지중지하는 존재라서 소미는 얼른 곰을 양손으로 감싸 안으며 미안하다고 사과했다.

"알겠어. 그러니까 이제 그 토끼 인형은 관심 끄고 빨리 주민센터 가서 전입신고 해. 주인 할머니만 믿고서 너 이렇게 늦게 신고하면 안 되는 거야. 그러다 보증금 떼인다고."

"가끔 보면 네가 나보다 더 사람들 사정에 밝은 거 같아."

"네가 너무 모르는 거야."

곰은 혀를 찼다. 소미는 곰의 몸을 돌려서 둥그런 엉덩이 부근에 묻은 얼룩을 살폈다.

"그보다, 너 목욕부터 해야지. 치료도 해주고 얼룩도 빼주는 곳 있다며."

"거길 간다고? 지금?"

"응. 네 엉덩이에 뽀뽀할 때마다 얼룩 때문에 가슴 아파."

"네가 포도 주스만 안 흘렸어도 얼룩 안 생겼어. 그리고 내 엉덩이에 뽀뽀하지 마."

"알아, 알아. 내 잘못이야. 너 거기 위치 안다고 했지?"

곰은 속살거리며 그곳의 위치를 다시 한번 알려주었다. 원룸 건물에서 걸어서 갈 수 있을 만큼 가까운 곳이다. 수많은 지역 중 이곳으로 온 이유가 있었다. 바로 곰과 같은 존재들을 치료하고 돌봐주는 곳이 이 도시에 있었기 때문이었다.

소미는 마지막으로 다시 토끼 인형을 일별하고 아쉽게 걸음을 옮겼다. 전입신고보다 곰의 목욕이 더 중요했다. 어차피 보증금이야 쥐꼬리만 하고 월세는 하마만 하니까. 이 동네 시세가 다 그랬다. 단기 임대 위주로 돌아가는 지역이니 어쩔 수 없었다. 곰은 꼬물거리면서 어깨끈에 달린 주머니로 들어갔다. 소미가 특별히 곰을 위해 매달아 준 주머니였다.

곰이 알려준 곳은 원룸에서 버스로 한 정거장도 안 되는 곳에 있었다. 초여름이라 더웠지만 견디지 못할 정도는 아니다. 걷느라고 땀이 슬쩍 밴 이마를 문지르면서 소미는 횡단보도 앞에 섰다. 다들 일터로 학교로 가버렸는지 거리가 휑했다. 아마 골목 쪽에는 술이 덜 깬 아저씨들 몇몇이 널브러져 있을 텐데, 대로변에는 그조차 없었다.

"곰, 저기 맞아?"

소미는 길 건너편 삼층 건물의 1층에 달린 간판을 바라보았다. '우신 장난감 가게'. 그 밑에는 '인형, 블록, 모형차 등 완벽 세탁&수리'라고 적혀 있었다. '중고 물품 일체 취급'이라는 말도 있는 것을 보니 아마 장난감뿐이 아닌 중고품을 다 거래하는 모양이었다. 그녀의 어깨 부근 주머니에 탄 곰에게서 작은 대답이 들려왔다.

"맞아. 그리고 거리에서 나한테 말 걸지 말랬지."

"네가 대답을 안 하면 되잖아."

"지금이야 사람이 없으니까 그렇지!"

"나도 주변 살펴보고 말 걸었어."

"한마디도 안 져요, 하여튼."

투덜거리는 곰의 동그란 이마 위에 뽀뽀를 한번 하고서 소미는 길을 건넜다. 장난감 병원의 유리창 안으로 온갖 인형과 장난감들이 보였다. 겉보기에는 평범한 장난감 가게나 소품샵 같았다. 3층의 소박한 건물로, 지어진 지는 오래된 모양이었다. 간판 역시 먼지가 쌓이고 낡았다. 하지만 관리는 열심히 하는지 전면 유리와 문은 말끔하게 닦여 있었다.

소미는 이런 가게에 들어가 본 적이 없어서 망설이며 유리창 앞에서 서성였다. 그녀는 마트보다 시장에 더 익숙했고 식료품 외의 다른 것을 사본 적이 별로 없었다. 고향에서는 장이 열릴 때마다 나물이나 저렴한 고기 몇 덩어리, 마른 생선을 사는 게 전부였고 쌀은 삼촌이 사다 두었다. 이번에 이사하면서 간단한 식기와 가구를 인터넷으로 주문하는 것도 큰 난관이었는데, 실제 가게에 들어가려니 심장이 쿵쾅거렸다.

잠시 후 가게의 문이 열렸다. 한 남자가 놀란 듯한 소미를 물끄러미 바라보았다. 키도 크고 눈매가 살짝 날카로웠지만 아주 평범한 인상의 남자였다. 그는 소미가 긴장해서 마주 보자 곧 활짝 웃었다. 웃는 얼굴은 마치 꽃이 피어나는 것처럼 환하고 예뻤다.

"뭐 찾으시는 거 있나요? 들어오실래요?"

"아? 네, 네…… 그게…….."

"들어와요, 들어오세요. 더우니까 일단 들어와서 구경하세요."

남자가 방긋방긋 웃으면서 문을 열어주어 소미는 머뭇거리면서 가게 안으로 들어섰다.

가게 안은 조용하고 에어컨에 돌아가 시원했다. 그때 소미의 귓가에 작은 목소리가 들려왔다.

'잘 왔어요.'

어딘가 다정한 애정이 느껴지는 목소리였다. 소미는 흠칫하면서 주위를 둘러보았지만, 아까의 그 남자 외에는 아무도 없었다.

"자, 장난감 구매도 가능하시고 수리도 가능해요. 여기 있는 인형과 완구들은 새 상품은 아니지만, 저희가 열과 성을 다해 고쳐서 말끔하게 살려놓은 것들이에요. 새 상품보다 훨씬 저렴하게 구매하실 수 있구요."

"아, 저, 저는…… 구매는 아니고……."

소미는 머뭇거렸다. 물론 곰에게 '그런 존재들을 위한' 곳이라는 사실을 듣기는 했지만, 말을 어떻게 꺼내야 할지 알 수가 없었다. 낯선 사람 대하는 것에 서툰 탓도 있었다.

"그럼 수리? 세탁? 혹시 그 주머니에 넣은 그 인형 때문에 오신 건가요?"

남자는 어깨끈 주머니에 빼꼼 나와 있는 곰의 머리통을 가리켰다. 소미는 망설이며 곰을 손바닥 위에 올려 조심히 그에게 건넸다. 함부로 손가락으로 잡았다간 곰이 펄펄 뛰며 화를 내기 때문이었다. 곰은 화가 아주 많은 인형이었다.

남자는 주의하지 않고 곰을 집게와 엄지로 대충 들어 받았다. 그리고 그 결과, 곰이 입을 벌려서 있는 힘을 다해 남자의 손가락을 물어버렸다. 어! 하고 놀랐던 남자가 크게 웃었다. 곰은 솜인형이었고, 이빨이 없어서 아무리 세게 물어봤자 그리 공격력은 없었다. 그리고 남자는 이런 일에 익숙한 듯이 보였다.

"이런, 이쪽 일을 보러 오신 거였군요. 반려 인형 돌보러요."

"아, 네. 네. 반려 인형요. 네."

그 단어의 어감이 마음에 들어서 소미는 되뇌었다. 동시에 얼른 손을 뻗어 곰을 달래 남자의 손가락을 놓게 했다.

"미안, 미안. 초면에 너무 무례하게 굴었나?"

"알면 좀 조심해!"

곰이 대차게 외쳤다.

"아유, 미안하다. 내가 몰라봤네."

주먹만 한 인형이 화를 내자 남자는 정중하게 사과했다. 사과의 의미로 남자는 카운터 뒤로 들어가 작은 인형 전용 잔에 주스를 채워서 나왔다. 노란색 망고주스였다. 곰은 이런 것 따위 안 먹어도 살 수 있다면서도 잔을 받아들었다. 소미는 곰이 과일이나 주스를 먹을 때마다 대체 저게 어디로 들어가 어떻게 사라지는 것인지 매번 궁금했다. 또 이 병원에는 모든 사이즈의 인형에 맞는 식기가 구비되어 있는 것인지도 궁금했다. 곰은 아주 작았는데 거기에 딱 맞는 크기의 잔이 금세 등장했으니까.

남자는 소미에게도 잔을, 물론 사람용의 정상적인 크기인 주스 잔을 건네고 쟁반을 내려놓았다. 그때 카운터 뒤쪽에서 또 다른 남자가 나타났다. 앞치마를 입고 명찰까지 갖춘, 안경을 쓴 남자였다. 명찰 위로 '조우신'이라는 이름이 반짝였다.

"손님 오셨구나."

"반려 인형 돌보러 오셨어. 마침 잘 나왔다."

카운터의 남자가 반갑게 맞이했다. 조우신은 쓱 둘러보다가 미소를 띠고 소미에게 머리만 숙여서 인사했다. 그는 조명 아래 앉아있는 곰을 보고 허리를 굽혀서 눈을 맞췄다.

"안녕. 여긴 처음 온 친구인 거 같은데."

"처음이야. 이사도 얼마 전에 왔거든."

"그렇구나. 그럼 보호자 분, 어떤 일 때문에 오셨죠?"

"아, 저, 이 얼룩 때문에요. 목욕을 시키고 싶어서. 직접 해봤지만 잘 안 지워져서요."

포도 주스 얼룩은 하필 엉덩이 부분에 물들어서 꼴사나웠다. 곰의 털이 연한 갈색이어서 눈에 잘 띄기까지 했다. 소미가 집에서 세면대에 물을 받아 손으로 조물조물 해봤지만 조금 연해질 뿐 지워질 생각을 하지 않았다. 아마 세탁기에 몇 번 돌리면 지워질지도 모르는데, 저 작은 곰을 세찬 물살 속에 데굴데굴 굴린다니 상상만 해도 끔찍했다.

그 말을 듣고 곰이 스스로 몸을 돌려 엉덩이를 보여주었다. 처음

보는 남자 눈앞에 엉덩이를 들어 올린다는 것 자체가 기분 나쁜지 인상이 좋지 않았다. 소미는 위로하듯이 곰의 작은 손앞에 손가락을 가져가서 잡아주었다.

"얼룩 말끔히 지워져야 할 텐데. 포도색이니 잘해야 할 것 같네요."

우신은 털이 복슬복슬한 곰의 엉덩이를 토닥여주었다.

"여기서 기다리시겠어요? 목욕은 아마 드라이까지 한 시간 정도 걸릴 텐데요."

잠시 나갔다 올까 싶기도 했지만 곰을 여기 두고 간다는 게 마땅치 않았다. 철들어서 지금까지 한 번도 떨어져 본 적이 없는 친구이기 때문이었다. 소미는 기다리기로 결정하고 손님용 소파에 앉았다.

우신이 곰을 데리고서 카운터 뒤로 들어가자 다른 남자가 친절하게 물 한 잔을 가져다주었다. 주스를 마셔서 입이 달 테니까 천천히 마시면서 기다리라는 말에 소미는 고맙다고 꾸벅 인사했다.

"저, 여기 있는 물건들은 전부 곰이 같은 건가요? 그러니까, 말하고 움직이고 그러는……."

잠시 망설이다가 소미가 물었다. 자신을 서민호라고 소개한 남자는 고개를 저었다.

"아뇨, 소수만 그래요. 몇 안 되죠. 특히 손님의 인형처럼 활발하게 움직이고 말할 수 있는 녀석들은 별로 없어요."

"그렇군요."

그렇게 앉아서 기다릴 때도 뭔가 소미의 귓가로 소곤거리는 작은 목소리들이 들려왔다. 무슨 말인지 알 수는 없었지만, 계속해서 들려오는 목소리는 하나가 아니었다. 공격적인 빛을 띠지는 않았지만 어딘가 마음에 걸려서 소미는 슬쩍 주위를 둘러보았다. 진열장과 가게 안 곳곳에 쌓이다시피 한 물건들에서는 움직임이 없었다.

"얘네들의 말을 듣는 사람이 온 건 오랜만이라서 지금 다들 들떠 있어요."

"누가요?"

"장난감들하고 그 외…… 물건들이요. 보시면 아시겠지만 저희가 장난감만 취급하는 건 아니거든요. 주요 품목이 장난감일 뿐이지."

서민호의 말대로 가게 안에는 상당히 다양한 종류의 물건들이 있었다. 인테리어 소품처럼 비치된 전기축음기나 옛날 유선 전화기, 골동품 같은 TV도 있었다. 네모난 상자 모양의 화면 달린 박스 같은 물건을 한참 보다가 간신히 브라운관 TV라는 사실을 깨달았다. 여태까지 박물관에서나 보던 물건이라 신기할 지경이었다. 물론 인형이나 장난감 차, 작은 모형 화장대와 색이 벗겨진 목마 등 장난감이 많긴 했지만 다른 종류의 물건도 상당수였다.

사실 소미는 지금 매우 두근거리는 상태였다. 인형과의 대화를 이해하는 또 다른 사람과 한 공간 안에 있다니!

어릴 때부터 곰이와 함께 생활해서 그 누구보다 소중한 친구였지만, 인형과 대화를 한다는 게 평범하지 않다는 건 잘 알았다. 어린 나이에도 곰이의 존재를 그저 인형으로만 두어야 한다는 것을 알았기에 그녀 주변의 누구도 이 사실을 몰랐다. 그런 이야기를 할 만큼 친한 친구도 없었고, 삼촌이나 동생도 별로 가깝지는 않았다.

곰은 소미와 자신만 대화가 가능한 게 아니라는 사실을 말해주었다. 세상에는 드물지만 비슷한 이들이 있으니 너무 염려하지 말라고. 이곳으로 이사 온 것도 전국에 몇 개 없는, 자아를 가진 물건들을 돌봐주는 이 가게 때문이었다.

가게 안에서 다시 소곤대는 목소리가 들려왔다. 소미는 어쩐지 마음이 편해져서 얼굴이 느슨해졌다.

"작게 목소리가 여럿 들려요. 혹시 이것도……?"

"아, 그것도 들리세요? 감응력이 좋은 편이시네요. 처음 만난 목소리를 듣는 건 쉽지 않은데요."

"뜻은 모르겠는데 웅성거리는 소리가 들려요."

"맞아요. 지금 다들 손님 보면서 수다를 떨고 있거든요."

조금 더 있다 보면 아마 뜻도 알게 될 것이다. 서민호는 그렇게 말하고 편히 쉬라며 자리를 비켜주었다.

작게 소곤대는 소리들 속에서 소미는 편히 기대앉았다. 소파는 그녀의 작은 몸을 충분히 기댈 정도로 포근했고, 햇빛은 길게 기울고 있었다. 가게 안은 에어컨이 돌아가 적당히 시원했다.

곧 카운터 뒤쪽에서 드라이 소리가 들려오고 조용해졌다. 그러다 갑자기 곰이 뭐라고 화를 내는 목소리가 들려와 소미는 벌떡 자리에서 일어났다. 잠시 귀를 기울이자 곰의 목소리가 더 들려와서 그녀는 목을 빼고 그쪽을 보려고 노력했다. 커튼이 걸려 있어 시야에는 아무것도 보이지 않았다.

"저, 무슨 일 있나요?"

"곰이하고 다른 애하고 싸움이 붙어서요."

카운터 뒤에서 나온 서민호가 난처해하며 곰을 데리고 나왔다. 곰의 팔에 실밥이 터져 있는 것을 보고서 소미의 눈이 커다래졌다.

"싸, 싸움이요?"

"낡아빠진 구닥다리 마법상자 놈이 나더러 시비를 걸잖아."

곰은 아직 분이 안 풀린다는 듯 씩씩댔다. 소미의 귓가로 가게 안 여러 목소리가 조용하게 웃는 것이 들려왔다. 서민호는 마법상자가 오랜만에 본 인형을 보고 말을 건다는 게 싸움으로 번졌다고 설명했다. 괜히 심술맞은 말을 해서 곰이 덤볐고, 마법상자가 뚜껑으로 곰의 팔을 물었다고.

곧 우신이 반짇고리를 가지고 나와 곰의 팔을 꼼꼼히 꿰맸다. 큰 손이 어찌나 능숙하게 움직이는지, 소미는 조금도 따라할 수 없을 것 같았다. 우신은 난처한 얼굴로 이마를 긁었다.

"곰이의 원단이 좀 약해져 있어서 바느질을 해놔도 안심할 수가 없네요. 혹시 며칠 계속 오실 수 있나요? 상태를 봐야 할 것 같아서."

"네, 올 수 있어요. 올게요."

"세탁비랑 치료비는 안 받을게요. 저희 가게 애랑 싸워서 실밥이 터진 거라……."

"그래도 세탁비는 드려야 하지 않을까요?"

"아니에요. 어차피 앞으로도 계속 오실 텐데요."

민호가 대신 대답하며 방긋 웃었다. 곰은 못마땅한 얼굴을 한 채 팔짱을 끼고 있었다. 돈을 아껴야 하는 처지라 사장의 말은 고맙기만 했다. 물론 곰의 실밥이 터진 건 걱정스러웠지만 사장들이 어쩔 수 있는 부분은 아니었다.

앞으로 며칠은 계속 이 가게에 와야겠다. 가깝고 돈도 들지 않으니 큰 부담은 아니라서 다행이다. 소미는 그렇게 생각하며 감사의 인사를 하고서 가게를 나왔다.

쨍하고 청명한 날씨였다. 바깥의 바람은 아직 시원해서 햇빛 아래가 아니라면 쾌적했다. 곰의 세탁비가 들지 않은 건 다행이었다. 삼촌의 재산을 상속받기는 했어도 정말 얼마 되지 않는 금액이었다. 삼촌은 생명보험도 들어놓았는데, 아마 그 보험금이 나오면 좀 더 여유로워질 것이다. 하지만 언제쯤 그 사건이 해결되고 보험금 인정이 될지는 알 수 없는 일이었다. 지금은 있는 돈으로 생활을 해나가야 했다. 줄일 수 있는 지출은 최대한 줄여야 하는 상황이었다.

그래도 지금 당장은 너무 현실 일에 몰두하고 싶지 않았다. 지긋지긋한 집을 떨쳐버리고 혼자 여유롭게 사는 것, 얼마나 오랫동안 바라왔던 일인가. 당분간이라도 아무 걱정 없이 삶을 즐기고만 싶었다. 소미는 곰을 쓰다듬으면서 천천히 발걸음을 옮겼다. 산들거리며 부는 초여름의 바람이 머리카락 사이를 헤치고 지나갔다.

Chapter 1

1

"소미야, 아직 안주 덜 됐냐?"

불콰한 얼굴의 삼촌은 싱크대 쪽을 보면서 물었다. 집의 작은 거실은 싱크대와 거의 붙어 있어서 사실상 부엌 겸 거실이라고 봐야 하는 공간이었다. 아무리 걸레질을 해도 오래된 장판의 끈적거림이 없어지지 않아서 맨발로 디디기가 고역이었다.

그 좁은 공간에서 소미는 오징어볶음을 하고 있었다. 삼촌이 사다 준 생물 오징어가 손끝에서 물컹거렸다. 미끌거리고 비린내 나는 오징어를 양손으로 주물럭대면서 손질하고 고춧가루로 양념장을 만들어 볶았다. 매캐하게 올라오는 매운 냄새 때문에 자꾸만 재채기가 났다. 소미는 비린내도 매운내도 싫어했다. 하지만 소미의 손에서는 두 가지 냄새가 가실 날이 없었다.

삼촌은 밤에도 친구를 데려와 술을 마셨다. 삼촌의 친구 중에는 구제불능의 알코올중독자도 있었지만 그럭저럭 괜찮은 사람들도 있었다. 마을에서도 외따로 떨어진 소미의 집에 오면서 삼촌의 '괜찮은' 친구들은 작은 선물을 들고 왔다. 10대였던 소미에게 필요한 형광펜 세트나 예쁜 수첩, 볼펜, 혹은 동생이 좋아했던 과자 세트 정도였다.

자식도 아니고 조카를 둘이나 키우는 삼촌은 무골호인이라는 평판을 듣는 사람이었다. 친구들의 집에 힘을 써야 할 일이 생기면 달려가서 아무 대가도 받지 않고 도와줬다. 돈이 필요하다는 지인이 생기면 수중의 돈 한 푼마저도 전부 꺼내서 줘버렸다. 삼촌의 친구들은 그래서인지 소미와 동생에게 뭐라도 주려고 이것저것을 챙겨왔다. 그들 역시 삼촌이나 마찬가지로 무능력한 사람들이라 그 이상은 바랄 수 없었지만.

소미는 삼촌과 친구 아저씨 앞에 펴놓은 동그란 소반 위에 오징어볶음을 완성해서 내려놓았다. 삼촌과 아저씨는 소주 세 병을 두고서 주거니 받거니 하며 오징어볶음을 먹어치웠다. 안주가 모자랄 것 같아서 추가로 쥐포를 구워다 내놨고, 라면도 끓여다 올렸다. 동생과 둘이 쓰는 방 안으로 들어와도 삼촌과 아저씨가 웃고 떠드는 소리가 바로 옆처럼 들려왔다. 귀가 잘 들리지 않는 동생은 엎드려서 책을 보고 있었다.

순간 날카롭게 질투가 났다. 동생은 귀가 들리지 않는다는 이유로 모든 일에서 해방되었다. 집안일은 전부 소미가 해야 했다. 삼촌의 뒤치다꺼리는 물론이고 동생도 챙겨주어야 했다. 하교할 때마다 조금 더 학교에서 뭉개다 오는 이유도 그거였다. 집에만 오면 할 일이 산더미였으니까.

동생은 일어나서 우물거리며 사탕을 먹었다. 소미가 나중에 먹으려고 따로 빼놓은 초콜릿 맛 사탕이었다. 필통에 숨겨두었는데 어떻게 찾은 건지 알 수도 없었다. 순간 화가 치밀었지만, 거실에 삼촌의 친구가 있으니 소리를 지를 수도 없었다. 삼촌은 남매간 싸움이든 뭐든 집 안의 허물이 밖으로 새어 나가는 것을 끔찍이 싫어했다.

"너, 그거 내 거잖아!"

소미가 낮은 목소리로 날카롭게 질타했다. 하지만 동생은 태연하게 입만 우물거렸다. 들리지 않아도 소미의 얼굴과 입 모양을 보면 무슨 말인지 안다. 하지만 동생은 사탕 하나를 더 까서 입에 넣었다. 살이 통통하게 오른 볼이 사탕 두 개가 들어가자 부풀어 올랐다. 화를 낼 테면 내보라는 듯, 동생은 히죽거리면서 또 다른 사탕을 가져가 까서 두툼한 혀로 핥았다. 그러고는 물컵에 뱉어서 소미에게 내밀었다.

정수리 끝에 불이 붙는 것 같았다. 눈앞이 번쩍거릴 정도로 화가 났지만, 소미는 이를 악물었다. 심호흡을 하고서 소미는 돌아앉아 이어폰을 꼈다. 동생은 언제나 저렇게 있는 힘껏 욕심을 부리고, 소미의 소소한 물건들을 가져가곤 했다. 딱히 새로운 일도 아니었다. 삼촌은 동생에게 져주라고, 사지 멀쩡한 누나가 되어서는 대체 왜 그렇게 속이 좁냐며 소미만 탓했다. 동생은 한 살 아래일 뿐이고 신체적으로는 이미 성인이었다. 소미는 왜 자신이 1년 먼저 태어났고 평균적인 신체를 가졌기 때문에 모든 일에서 참아야 하는지 이해할 수가 없었다. 다만 어렴풋이, 그 원인을 짐작할 수는 있었다.

삼촌은 모든 일이 언제나 '애새끼들 두고 도망친 그 빌어먹을 년 때문'이라고 말하고는 했다. 그 말을 할 때 그는 호인답지 않게 시뻘건 얼굴을 하고 이를 갈았다. 생물 오징어의 비린내가 다시 콧속으로 파고들었다.

2

현관문 쪽에서 벨이 울렸다. 소미는 흠칫하면서 잠에서 깨어났다. 오랜만에 마주한 삼촌과 동생의 모습은 꿈이라도 불쾌했다. 신경 써서 빨고 말리는 침대 시트는 쾌적했지만 마치 땀이 난 것처럼 진득한 기분이 따라붙었다. 다시는 보고 싶지 않은 얼굴들이다.

다시 한번 벨이 울려서 그녀는 침대에서 일어나 현관문으로 향했다. 작은 렌즈를 통해 밖을 보니 소미 또래의 여자가 서 있었다. 소미는 걸쇠를 건 후 문을 열고 밖을 내다보았다.

"안녕하세요. 저 어제 앞집에 이사 왔는데요."

여자가 웃으면서 박스를 건넸다. 박스에 그려진 그림은 다양한 색

상과 모양의 도넛이었다.

"이사 선물이에요."

여자는 환하게 미소 지었다. 이사했다고 선물을 주는 사람을 처음 봐서 소미는 어리둥절하면서도 일단 걸쇠를 풀었다. 여자는 자신을 이지희라고 소개한 뒤, 앞으로 잘 부탁한다는 인사를 했다.

"사실 이 원룸 건물에 저랑 비슷한 나이 여자분이 거의 없다고 주인 할머니가 그러시더라고요. 바로 앞집에 사는 분이 마침 나이도 비슷하니 친하게 지내면 좋을 거라고도 해주셨어요."

"아, 그러셨구나. 도넛 감사해요. 근데 저도 한 달 전에 이사 와서 뭘 드릴 게 없네요."

"아니에요, 괜찮아요."

지희는 손을 젓고 얌전히 인사하고 앞집으로 들어갔다. 소미는 도넛 박스를 가지고 들어와 물과 함께 두 개를 먹어치웠다. 소미가 좋아하는 초콜릿 코팅 도넛이었다. 달콤하고 파삭하게 부서지는 도넛. 이제 동생이 먹을까 숨기지 않아도 괜찮다. 그것만으로도 기분이 꽤 좋아지는 것 같았다.

"도넛 맛있어?"

"잘 잤어, 곰? 좀 먹을래?"

곰은 하품을 하면서 다가왔고 소미가 그를 식탁 위에 올려주었다. 곰은 초콜릿 코팅 조각 하나를 잡고서 낑낑대며 베어 먹기 시작했다. 팔의 실밥이 살짝 풀려있는 것 같아서 소미는 더럭 겁이 났다. 그녀는 곰의 이마에 뽀뽀하며 물었다.

"팔 아파? 실이 풀린 것 같은데."

"아프진 않아. 그래도 오랬으니까 가보자구. 공짜로 봐주는 건데."

곰은 마지막 초콜릿을 삼키고 말했다. 소미도 손을 씻은 뒤 얼른 채비하고서 밖으로 나섰다. 곰은 어깨의 주머니에 소중히 넣은 채였다.

엘리베이터를 막 탄 순간, 앞집의 문이 열리고 헐레벌떡 이지희가 뛰어왔다. 소미는 문을 잡아주다가 지희가 탄 이후 1층을 눌렀다. 지희는 멋쩍게 웃고서 고개를 끄덕이며 인사했다.

"저, 혹시 근처에 선물 살 만한 곳 아세요?"

"선물이요?"

느닷없는 질문에 소미는 고개를 갸웃거렸다.

"조카 생일이라서요. 다섯 살인데 가지고 놀 만한 뭘 사주고 싶어서."

"아, 그럼 장난감 사면 될 텐데……. 이 근처에 선물 살 만한 곳은 없는데 장난감 가게 한 곳은 있어요."

소미는 자신이 향하는 가게를 이야기하면서 덧붙였다.

"다만 새 물건은 아니고 거의 다 중고일 거예요. 새것도 있을지는 모르겠지만요."

"어차피 크면서 쓰고 금세 헌 것 될 텐데 중고여도 좋죠! 물건만 멀쩡하면 가격도 저렴하고 얼마나 좋아요."

지희는 중고 물품이 있다는 말에 눈을 반짝이며 좋아했다. 소미는 어차피 그곳에 인형을 맡기러 가니 같이 가자고 했다. 두 사람은 멀지 않은 길을 어깨를 나란히 하고 걸어갔다.

지희는 소미가 묻지도 않은 이야기들을 수다스럽게 풀어놓았다.

"언니가 서울에 사는데 조카가 딱 하나거든요. 사실 제가 선물한다고 해도 뭘 해줘야 할지도 모르겠고, 벌써 다섯 살 되어가니 초등학교 때 필요한 걸 사줘야 하나 싶기도 하고."

"언니분이 결혼을 좀 일찍 하신 건가요?"

"언니하고 저하고 나이 차이가 좀 나요. 저는 스물한 살이고요, 언니는 스물아홉 살이에요. 소미 씨는 나이가 어떻게 되세요?"

"동갑이네요. 저도 스물하나예요."

지희는 잘됐다며 손뼉을 쳤다. 밝고 명랑해서 사랑을 많이 받고 자란 듯했다. 소미는 부러운 동시에 조금 위축되었지만, 동시에 자신의 집안 사정을 아는 사람은 이 도시에 없다는 사실을 다시 깨달았다. 그러니 소미 본인이 입만 조심하면 딱히 부끄러워할 이유도 없었다.

오전이라 가게가 문을 열지 않았으면 어쩌나 했지만 다행히도 문은 활짝 열려 있었다. 서민호가 가게 앞을 빗자루로 쓸며 청소 중이었다. 그와 눈이 마주친 소미는 고개를 꾸벅하면서 다가갔다.

"곰이 좀 다시 진료…… 보려구요."

순간 소미는 옆의 지희가 말하는 물건들에 대해 모른다는 사실을 깨닫고 슬쩍 말을 줄였다.

"그리고 이분은 선물용 장난감 필요하시대요. 일반 장난감요."

소미가 '일반'에 힘주어 말한 것을 눈치채고 민호는 두 사람을 가게 안으로 안내했다. 카운터에는 우신이 서서 서류를 보고 있었다.

"아, 오셨군요."

우신이 인사하자 지희가 소미의 곁에서 숨을 삼키면서 옆구리를 찔렀다. 거의 복화술처럼 입을 거의 안 움직인 채 지희가 중얼거렸다.

"와, 여기 주인분 잘생겼네요."

"그렇죠?"

확실히 조우신은 매우 미남이다. 키도 거의 190센티미터에 가까운 것 같고, 눈매가 날카로워서 만만치 않은 인상이지만 눈길을 확 끄는 이목구비이기도 했다. 가게에 함께 있는 서민호도 키가 꽤 큰 편인데 곁에 서 있으면 잘 모를 정도였다.

지희는 생글생글 웃으며 우신에게 다가가 조카에게 선물할 장난감을 사고 싶다고 했다. 우신은 새 물건과 새것 같은 중고 장난감들이 있는 진열대로 그녀를 데리고 가서 소개했다. 그사이에 곰이 주머니 밖으로 머리를 내밀고 작게 속삭였다.

"저 사람, 여기 데리고 와도 되는 거야?"

"뭐, 조카 선물만 산다니까."

"일반 손님들도 많아. 걱정 안 해도 된단다."

서민호가 곰에게 웃으면서 대답했다. 그는 곰을 조심히 손바닥에 올려 카운터의 조명 아래에 놓았다. 섬세한 손길로 곰의 팔 실밥을 더듬으며 살피던 그는 가느다란 바늘을 꺼내 실을 꿰었다.

"원래 우신이가 전문이지만, 나도 꽤 솜씨 괜찮아. 염려하지 말고 있어."

"염려 안 해."

"그래, 그래."

심통 맞게 대답하는 곰도 마냥 귀엽다는 듯 민호는 그 동그란 머리통을 살짝 쓰다듬은 후 곰의 팔에 몇 땀을 뜬 뒤 실밥을 정리했다.

곧 선물을 고른 지희가 카운터로 다가와 결제했다. 그녀는 카운터 조명 아래 놓인 곰을 보고 귀엽다며 눈을 크게 떴다.

"이 인형은 못 사나요? 너무 귀엽다 진짜."

"얘는 제 인형이에요. 진료…… 아니, 수선 받으러 왔거든요."

소미가 얼른 가로막았다. 지희는 너무 귀엽다며 곰이 어느 브랜드 제품이냐고 물었지만 소미도 잘 알지 못했다. 중학생 때 기억도 안 나는 상점에서 산 것이었다. 아마 무슨 브랜드 제품이긴 한 것 같다. 1만 원이 넘는, 중학생으로서는 상당히 비싼 돈을 주고 구매했기 때문이었다. 그리고 곰과 이야기를 한 이후부터는 언제 어디서 샀다는 생각 자체를 떠올리지 않았다.

지희는 아쉬운 얼굴로 자신이 고른 장난감을 계산했다. 미취학 여아용으로 적합한 인형과 작은 집 세트였다. 깨끗한 새 물건인데도 3만 원이 채 되지 않는 가격이라 그녀는 매우 만족스러운 얼굴이었다.

"포장해 드릴까요?"

"네, 저희 언니가 예쁜 걸 워낙 좋아해서요. 리본도 달고 풍성하게 부탁드려요."

지희는 능청맞게 대답했다.

"언니분하고 사이가 좋으신가 봐요."

"음…… 딱히 그렇다고는 할 수 없어요."

"그럼 조카를 예뻐하시는 거예요?"

소미의 질문에 지희가 어깨를 으쓱했다.

"사실 얼굴도 몰라요. 언니랑 잘 지내고 싶어서 선물 보내는 거죠. 내 딸도 아닌데 뭐."

"그렇구나."

소미는 약간 의아함이 남은 채로 고개를 끄덕였다. 언니와 사이도 좋지 않고 조카를 크게 예뻐하지도 않는데 선물을 한다는 게 소미는 이해가 가지 않았다. 같은 원룸에 세 들어 사는 것으로 보아 지희도 별로 여유 있는 사정은 아닐 듯한데 몇 만 원이나 되는 돈을 턱 쓰는 게 의아했다.

"언니한테 뭘 보내도 답도 없는데, 그래도 조카한테 선물 하나 보내면 내 생각해 줄까 싶어서요. 에휴. 언니가 저한테 엄청 삐친 적이 있어서 그거 풀어주느라 고생이 말이 아니에요."

지희는 소미의 의아함을 눈치채고 헛웃음을 지으며 말했다. 나이 차이가 그렇게 많이 나는데도 언니가 동생한테 삐칠 수가 있구나 싶어서 한숨이 나왔다. 소미는 자신의 동생 생각이 나서 생각에 잠겼다. 동생에게 소미는 언제나 삐친 상태인 누나였을 것이다. 자신이 동생이 죽은 뒤에 아무런 그리움이나 죄책감이 없는 것도 그 이유였을까?

우신이 포장을 끝내고 쇼핑백에 담아 지희에게 건넸다.

"감사합니다. 또 오세요."

"네, 꼭 올게요."

우신의 영업용 미소에 지희는 얼굴을 붉히며 방긋 웃었다. 소미는 그 모습이 꽤나 재미있어서 한참 바라봤다. 지희는 들를 곳이 있다며 먼저 나갔고, 소미는 곰을 데리고 가야 해서 지체했다. 민호가 물었다.

"친한 분이신가요?"

"아뇨, 어제 앞집으로 이사 왔대요. 도넛 박스를 주면서 인사하더라고요. 알고 보니 동갑이고."

소미는 진료를 마친 곰을 받아 들고 주머니에 소중히 넣어주었다.

"조카한테 선물하고 싶다기에 여길 알려줬어요."

"덕분에 저희도 매상 올렸네요."

그렇게 말하며 민호는 바구니에서 사탕 몇 알을 집어 내밀었다. 소미는 고맙게 그것을 받아 하나를 입에 넣었다. 상큼하면서 달콤한

레몬 사탕이었다.

3

나흘 뒤, 소미는 쓰레기를 버리러 나가다가 지희를 마주쳤다. 지희는 안색이 몹시 좋지 않았다.

"지희 씨? 어디 몸 아파요?"

소미는 조금 놀라서 물었다. 지희는 한숨을 쉬면서 손에서 먼지를 털었다.

"아뇨, 아픈 건 아닌데……."

"그런데 얼굴이 너무 힘들어 보여요."

지희의 눈 밑이 시커멓다. 소미가 걱정을 감추지 못하자 지희는 또 한 번 깊이 한숨을 쉬며 어깨를 떨궜다.

"어젯밤에 잠을 도통 못 잤거든요. 원래 되게 많이 자는 편인데."

"왜요?"

"음, 며칠 전에 제가 조카한테 장난감을 보냈어요. 포장도 예쁘게 잘해주셨잖아요. 그래서 박스에 뽁뽁이도 넣어서 보냈는데……."

지희는 잠시 망설이다가 말을 이었다.

"언니가 문자를 보냈더라고요. 저랑 연락하기 싫으니 더 이상 이런 거 보내지 말라고요."

"아 저런."

"말이 좀 심했어요."

지희는 미간을 문질렀다. 나름대로 마음 써서 보낸 선물이 도리어 날카로운 상처를 남겨서 무척 힘들었다.

"고민하면서 하룻밤 꼬박 샜더니 정신이 안 나네요."

비식거리며 웃는 지희의 얼굴은 몹시 초췌했다. 소미는 안쓰러움에 말을 잇지 못하고 그녀를 바라보았다.

"예전에 보냈을 때도 그랬나요?"

"그때는 그래도 아주 짧게 '고맙다' 같은 문자가 왔었거든요. 그래서 저는 이번에도 그거 하나 받으려고 보낸 건데."

"혹시 언니분이 선물이 마음에 안 드셨던 걸까요."

"그런 걸까요? 차라리 그랬으면 좋겠다."

중얼거리는 지희의 말을 듣고서 소미가 권했다.

"다른 걸로 하나 사서 보내보면 어때요? 언니분이 어떻게 받아들이실지는 몰라도, 혹시라도…… 조카가 아주 마음에 들어할 수도 있잖아요."

"그럴 수도 있을까요?"

"잘 모르지만, 이전에는 언니분이 고맙다는 인사라도 하셨다고 하니까요."

"하긴."

지희는 곰곰이 생각해 보더니 고개를 끄덕였다. 밑져야 본전이니까, 하고 지희가 대답하고 지금 당장 그 가게에 다시 가자며 소미의 손을 잡아끌었다. 딱 어깨에 곰만 데리고 나온 소미는 핸드폰 하나만 달랑 들고서 지희에게 이끌려 장난감 가게로 향했다.

전후 사정을 듣고 난 민호는 생각에 잠긴 표정이었다. 지희는 아무래도 조카가 이제 학용품이 필요할 것 같다면서, 두꺼운 스케치북과 예쁜 색의 색연필 세트를 골랐다. 완전히 새것이었는데, 어떤 집에서 이사 갈 때 팔고 간 것이라고 했다. 다시 물건을 고르면서 지희는 낙관적인 얼굴이 되어 있었다. 소미는 지희의 단순하면서도 밝은 성격이 점차 좋아졌다.

"언니하고는 사이가 많이 안 좋으신가요?"

민호가 포장하면서 마치 지나가는 말처럼 가볍게 물었다.

"그런 건 아니고…… 언니가 절 안 보려고 해서요. 절 거의 키우다시피 해줬는데……."

지희는 머뭇거리면서 대답했다.

"무슨 일이 있었는지 여쭤보면 안 되겠죠?"

"그냥, 가족 사정이라서요."

지희는 수다를 잘 떠는 평소 성격과는 달리 입을 꾹 다물었다. 민호는 고개를 끄덕였다.

"원래는 사이가 좋은 자매였던 모양이군요."

"엄청요. 추억도 정말 많고, 다정한 언니였는데."

시무룩한 지희의 얼굴을 보면서 민호가 미소를 지었다.

"잘 풀리시길 바랄게요."

그렇게 이야기하며 그는 카운터 밑에서 작은 액자를 하나 꺼내서 함께 내밀었다.

"이거 서비스예요. 저희 가게에서 벌써 두 번째 구입하시는 거니 선물로 드리는 거예요."

"와! 감사합니다."

서비스라는 말에 그 와중에도 지희의 눈이 반짝 빛났다. 소미 역시 빙긋 웃었다.

"소중한 사진을 넣어보세요. 정말 운이 좋아질지도 몰라요."

서민호가 눈을 찡긋하며 말했다.

"예를 들어 언니분과 지희 씨의 사진 같은 거요."

"아."

지희는 민호의 그 말에 뭔가 떠오른 듯 잠시 빈 액자를 들여다보았다. 그녀의 얼굴 위로 작게 미소가 피어올랐다.

"그러네요. 언니랑 저랑 찍은 사진, 예쁜 거 있는데…… 사이즈도 딱 맞을 거 같아요."

"서비스로 받으신 거니까, 언니한테도 서비스로 한번 보내보시는 거 어떨까요?"

지희는 가만히 액자의 빈 공간을 보다가 웃었다.

"그래볼게요."

소미와 지희는 민호의 배웅을 받으며 가게를 나섰다. 지희는 소미와 함께 가게를 나오면서 작은 목소리로 속삭였다.

"저 사장님, 내 스타일은 아닌데 친절하네요. 혹시 나 마음에 들어 하는 거 아닐까요?"

우선 장난감 가게에 먼저 다닌 지 얼마 안 되는 손님이지만, 소미 는 서민호의 친절함을 알기에 속으로 한숨을 쉬었다. 당연히 그럴 리 가 없었다.

4

지희는 가게에서 나오며 연락처를 교환하자고 한 뒤 곧 말을 놓았 다. 소미도 기분이 나쁘지는 않았다. 오랜 기간 별다른 친구도 없이 지내왔기 때문에 편안하게 말할 수 있는 상대가 그리웠다. 지희는 소 미를 자신의 집으로 초대해 점심 겸 저녁을 먹자고 했다. 바로 앞집 이기도 하니 옳다구나 잘 되었다 싶었다. 소미는 집에 있는 과자 몇 봉지와 맥주 세 캔을 들고서 앞집으로 건너갔다.

동일한 크기, 동일한 모양의 원룸이지만 창문 형태와 채광은 좀 달랐다. 지희의 방 쪽이 더 어두웠다. 소미는 자신의 집에 햇빛이 더 잘 든다는 사실에 기분이 좋아져서 답지 않게 수다를 떨었다.

다만 지희가 가족에 대해 물어왔을 때는 말을 얼버무려야 했다.

"삼촌하고 동생하고 살았는데, 집 나왔어."

"왜? 무슨 일 있었어?"

"그냥. 사정이 좀 어려웠거든."

지희는 뭔가 더 묻고 싶은 눈치였지만, 소미는 입을 꽉 다물었다. 말을 텄을 뿐 생판 남인 지희에게 굳이 속사정까지 말할 필요는 없었다. 소미는 누구도 자신의 이야기를 알게 하고 싶지 않았다. 속풀이를 할 수 있는 상대는 곰이면 충분했다.

지희는 그간 답답했던 모양이었다. 언니의 문자로 인해 스트레스를 많이 받았던지, 그녀는 묻지도 않았는데 자기 언니에 대한 이야기를 했다.

"언니는 나하고 나이 터울이 많이 지잖아. 부모님이 나가서 장사하는 동안 언니가 나를 많이 돌봐줬어. 아르바이트해서 나한테 뭘 많이 사주기도 했고. 내가 생각해도 정말 좋은 언니였거든. 근데 그게 나 열여섯 살 때까지였던 거야."

"열여섯이면 고등학교 1학년? 5년 전이네."

"응. 어느 날 내가 평소처럼 언니하고 하교하려고 언니네 공장에 찾아갔는데, 갑자기 나를 노려보면서 한마디도 말을 안 하더라고. 왜인지 알지도 못해, 나는. 지금까지도 몰라."

"언니는 대학 안 갔어?"

"우리 집 형편이 대학 보낼 만큼이 안 되었거든. 언니는 취직하고 돈 모아서 자기가 알아서 가겠다고 했는데, 대신 결혼하고 대학은 안 갔어."

지희의 부모님은 시장에서 반찬 장사를 했다. 오랫동안 장사를 했지만 중간에 사기를 당해 밑천을 다 날려서 빈털터리였다. 어린 시절에는 유복할 때도 있었지만 재산을 전부 날린 후 자매 둘을 건사하기란 힘든 일이었다. 다행히 언니와 지희의 나이 차이가 상당히 커서 지희는 거의 언니 손에 자라다시피 했다.

언니는 조숙하게 철이 든 사람이었다. 초등학생 때는 지희를 업고 다녔고, 중학생 때는 밥을 해서 지희를 먹였다. 고등학교에 올라가면서부터는 아르바이트를 해서 지희의 준비물을 사주었다. 부모님의 반찬 장사는 사정이 나아질 기미가 안보였고, 아버지와 엄마는 매일 새벽부터 밤까지 죽을힘을 다해 일해도 빚쟁이에게 이자를 갚느라 급급했다.

지희는 언니를 무척 감정 기복이 적고 침착한 사람으로 기억했다.

"웃지도 울지도 않는 그런 사람 있잖아. 언니가 딱 그랬어. 그런데 어느 날 갑자기 나를 노려보면서 화를 내기 시작하니까 난 황당할 수밖에 없잖아."

지희의 투덜거림을 들으며 소미는 고개를 끄덕였다. 과연 그런 사정이라면 지희의 입장에서는 당황스러울 수밖에 없을 것이다. 불평이 원래 많은 사람도 아니고 거의 엄마처럼 챙겨주던 언니가 갑자기 돌아선다니.

"고등학교 졸업 때까지는 그냥 언니랑 멀어졌나 보다 하고 살았어. 그런데 아버지가 쓰러지고 엄마 히스테리가 점점 심해지니까 더 못 견디겠더라고. 그래서 그냥 빡세게 알바 반 년 해서 모은 돈 가지고 나와버린 거야."

"그래서 혼자 살기로 결정한 거야? 언니하고 연락하면서?"

"언니한테는 내가 일방적으로 연락하는 거고, 조카 있다는 말도 얼마 전에 진짜 간신히 들었어. 왜 그렇게 화가 났는지 아직도 모른다는 게 진짜 말이 되니? 난 부모님도 버리고 나왔는데 말이야."

세상은 겉보기로는 모르는 일이다. 지희는 밝고 명랑해서 구김살 없어 보였지만, 속사정은 소미 못지않았다. 부모님이 살아 있는데도 스스로 벗어나고자 했다면 소미보다 더한 상황일지도 몰랐다. 세상일 쉬운 게 없구나, 하면서 소미는 한숨을 쉬었다. 지희는 태평하게 말하고 있어도 언니가 매우 그리운 모양이었다.

"아까 장난감 가게에서 준 액자도 선물에 넣어서 보내봐야지. 그건 언니 선물로 생각하면 될 거 같아."

"사장님이 말한 대로 너랑 언니 사진 넣어서 보내면 언니가 마음이 좀 풀릴지도 몰라."

"그치?"

지희는 벌떡 일어나서 짐을 뒤졌다. 이사 온 지 얼마 안 되어 방 안은 엉망이었다. 물론 짐 자체가 많지 않았지만, 그렇다고 해도 옷가지와 박스가 여기저기 널려 있어 정신이 없었다.

"이거 넣어서 보내봐야겠다."

지희가 내민 사진에는 고등학생으로 보이는 소녀와 훨씬 어린 여자아이 하나가 찍혀 있었다. 언니와 지희의 어린 시절 사진이었다. 액자 안에 넣자 꽤 그럴듯해 보였다. 사진은 액자에 딱 맞는 크기였다. 지희는 만족스러워 하면서 선물을 들고 우체국으로 가기 위해 일어섰다.

지희를 우체국으로 보내고, 소미는 자신의 집으로 돌아왔다. 소미의 주머니에 여전히 들어가 있던 곰은 그제야 머리를 내밀고 숨을 내쉬었다.

"아, 답답했다. 쟤 사정도 어지간하네."

"그치? 참 세상 쉽지 않아."

"그런데 그 액자 말이야. 가게 주인이 묘한 걸 줬던데?"

"액자? 무슨 뜻이야?"

"그거 평범한 액자가 아니야."

곰은 턱을 괴고서 곰곰이 생각에 잠겼다. 소미는 침대에 누워서 곰을 가슴에 올리고 쓰다듬었다. 곰의 동그란 이마와 엉덩이는 언제나 소미가 가장 좋아하는 부분이었다. 복슬복슬하게 털이 난 몸 위에 손가락을 올리고 있으면 세상만사 다 잘 풀릴 것만 같은 기분이 되고는 했다.

"너 팔은 괜찮은 거지?"

"응, 뭐. 근데 계속 오라잖아."

"가깝기도 하고 상태 봐준다니 계속 가보자, 곰아. 귀찮아하지 말고."

"어쩔 수 없지."

흥, 하고 곰은 소미의 가슴에 얼굴을 기댔다. 소미는 천천히 곰을 쓰다듬었다. 조용하고 한가로운 시간이었다. 아마 계속 평화로울 수 있었을 것이었다. 핸드폰의 벨 소리만 울리지 않았다면.

소미에게 전화할 사람은 아주 한정되어 있었고, 자연스럽게 누구인지 짐작할 수 있었다. 소미는 눈을 찌푸리고 핸드폰 화면을 들여다보았다.

장원일 형사

가능하면 받고 싶지 않은 전화였다. 하지만 받지 않을 수도 없었다. 그녀는 통화 버튼을 누르고 애써 밝은 목소리로 인사했다.

"안녕하세요, 형사님."

그러자 저쪽에서 굵은 남자 목소리가 대답했다.

"소미 학생, 오랜만이지?"

"네. 거의 한 달만이네요."

"그러게 말이야. 그런데 그사이에 이사 갔다면서?"

이미 다 알면서 뭘 이제야 알게 된 척일까. 소미는 짜증스럽게 속으로 중얼거렸다.

"네, 좀 멀리로 왔어요."

"왜 그렇게 멀리 이사를 갔어, 아직 일 안 끝났는데."

책망하는 말투였다. 소미는 속으로 치미는 화를 다스리려 애썼다. 곰은 눈치를 보면서 소미의 손바닥 안으로 파고들었다. 그 보드라운

감촉에 조금이나마 분노가 가라앉는 것이 느껴졌다.

"화재 원인이랑 범인 아직도 오리무중이야. 참 답답하네. 소미 학생도 그렇지?"

"그럼요. 빨리 밝혀졌으면 좋겠네요."

"집 근처에 하필 CCTV도 없고 워낙 인적이 드문 곳이라 쉽지 않네. 누군가 불을 지른 건 확실한데 말이야."

형사의 느물거리는 목소리에 다시 한 번 속이 뒤집힐 것 같았다. 곰이 다급하게 작은 손으로 소미의 손가락을 잡아주어 그녀는 간신히 침착함을 되찾았다.

장원일은 삼촌 집의 화재 사건에 배정된 형사였다. 소미의 고향집 화재는 방화범이 있을 거라 추측되는 사건이었다.

경찰은 당시 화재가 처음에 그저 낡은 집의 전기 배선 문제로 인한 누전일 거라고 생각했지만, 곧 그게 아님이 밝혀졌다. 집 바깥에서 불씨가 시작된 것이었다.

그 집에서 살아남은 사람은 연소미 한 사람이었다. 삼촌 때문에 집에는 여러 사람이 오갔지만, 마을 사람들 중 특별한 원한 관계는 발견되지 않았다. 시골 마을에 심지어 외따로 떨어진 외곽의 홀로 선 집이라 CCTV도 없어 사건은 오리무중이 되었다. 소미는 같이 일하는 직원들과 모임이 있었지만, 그 이후 시간이 너무 많이 비었다. 심지어 그 시간 동안 뭘 했는지 확실히 설명할 수 있는 기억마저도 없었다. 삼촌의 지인들은 동기가 없고 알리바이가 있었다. 장원일은 느물거리면서 소미에게 혹시 삼촌 유산을 노렸냐고 묻기도 했다.

그럴 리가 없었다. 삼촌에게는 재산이 거의 없었으니까. 상속받은 것도 푼돈이었다.

장원일은 거기에 삼촌의 생명보험 이야기를 꺼냈다. 수령인이 연소미와 연소언으로 되어 있는 억대의 생명보험. 게다가 소미의 엄마가 사기를 치고 도망가다가 잡힌 사기범이었다는 사실 때문에 그런 혐의가 짙어졌다. 경찰서에서 장원일이 비웃듯이 엄마의 이야기를 꺼냈을 때 참담함은 끝을 보였다.

엄마는 그런 사람이지만 난 그런 사람 아니에요. 소미는 그렇게 몇 번이고 장원일에게 말했지만, 그는 듣는 둥 마는 둥 했다. 네가 범인이라는 건 아니란다, 라고 입에 발린 소리만 하면서 승냥이처럼 소미를 훑어보고는 했다. 지나가는 차량의 블랙박스라도 수배해야 한다면서 한 달만 기다려보라고 했던 것이 눈에 선했다.

"항상 생각하는 거지만 소미 학생은 누가 불을 냈는지 관심이 없는 것 같아."

"그럴 리가요."

"원래 느긋한 성격인 건가? 참 희한해."

장원일 형사의 말투는 쥐를 가지고 노는 고양이 같았다. 소미는 결백하고 아무 짓도 하지 않았는데도 진땀이 났다. 실제로 그녀는 화재에도, 범인에도, 가족의 죽음에도 아무런 관심이 없었기 때문이었다. 그거 하나는 장원일의 말이 맞았다.

이내 장원일은 선선히 인사를 하고 끊었다. 아마 소미에게 지켜보고 있다는 사실을 알리기 위한 전화였을 것이다. 멀리 이사를 왔지만, 여전히 수사선상에 있다는 사실을 잊지 말라는 친절한 전화였다. 소미는 속이 뒤집힐 것 같아서 곰을 꼭 안고 침대에 머리를 박았다.

엄마가 그런 사람이었던 것은 내 잘못일까? 삼촌과 동생이 죽은 것도 내 잘못일까? 가족이 죽은 뒤 평화롭게 살고 있는 것도 내 잘못일까?

머릿속이 빙빙 돌고 구토를 할 것 같았다. 어떤 것도 소미 본인이 바꿀 수는 없었다. 그저 가만히 숨 쉬고 살고 있을 뿐인데 일어난 일들을 그녀는 어쩌지 못했다. 그렇다고 해서 소미가 모든 일을 책임져야 하는 것일까. 그럴 생각도, 그럴 능력도 없었다. 공기 중에서 익사라도 할 것 같아 소미는 구명줄처럼 곰을 끌어안았다. 다 잊고 살고 싶었다.

곰은 나지막하게 괜찮다고 속삭였다.

"네가 가진 나쁜 기억과 감정, 내가 가져갈게. 괜찮아. 다 괜찮을 거야."

작고 연약한 존재가 소곤대는 다정한 말은 그 무엇보다 큰 위로가 되었다. 소미는 눈물을 삼키면서 곰에게 고맙다고 작게 인사했다.

5

매일 소미는 장난감 가게에 곰을 데리고 갔다. 겉으로 보기에 곰의 팔은 꽤 괜찮아 보였지만, 우신은 가능한 한 오래, 자주 데리고 오라고 충고했다.

"멀지도 않은데 자주 와요. 이런 반려 인형들은 잘 돌봐줘야 하거든요. 보기보다 내구성이 약한 경우가 있어서."

그사이에 서민호와 곰은 상당히 친해져 있었다. 소미의 품 아니면 어디에서도 오래 머물지 않던 곰은 민호가 데리고 있을 때도 상당히 편해 보였다. 소미는 은근히 서운했다.

"혹시 며칠 전 그 친구, 선물 다시 보냈대요?"

민호의 질문에 소미가 고개를 끄덕였다.

"그날 바로 보낸 거 같아요. 액자에 사진도 넣어서 같이 보내는 거 같더라고요."

"그렇구나. 아직 뭐 말은 없고?"

"네, 뭐. 첫 번째 선물을 받고서 그 언니가 문자로 말을 심하게 해서…… 그런데 두 번째 받고서는 말이 없나 봐요."

소미는 어깨를 으쓱했다. 소미 역시 지희가 신경 쓰였지만, 그렇다고 적극적으로 물어보기도 좀 애매했다. 지희는 아르바이트를 구해야 한다며 매일 아침 일찍 집을 나서서 마주치지도 못했다. 소미가 아침에 일어나지 않고 뒹굴고 있으면 앞집 문이 열리고 닫히는 소리가 들리고는 했다.

민호는 곰을 품에 안고서 뭔가 곰곰이 생각하는 눈치였다. 우신이 그의 어깨를 툭 쳤다.

"신경 너무 쓰지 마."

"음, 그래도……."

"알아서 하겠지."

서민호는 가볍게 한숨을 쉬며 끄덕였다. 우신은 그 큰손으로 마론 인형의 머리를 빗는 중이었다. 중고로 들어온 인형의 머릿결이 너무 엉망이라 수선을 해서 상품으로 내놓아야 하기 때문이었다.

키가 크고 인상이 매서웠지만, 섬세한 작업은 거의 우신이 담당하고 있었다. 그는 손재주가 좋아서 칠이 벗겨진 장난감 차의 도색을 새로 하거나 인형 옷도 새로 해서 입힐 줄 알았다. 반대로 민호는 접객이나 정산, 진열 같은 일을 도맡아 했다. 민호 역시 나름대로 장난감 수선을 할 줄 알았지만 아무래도 우신 쪽이 전문이었다. 소미는 어쩌다가 저 기골 장대한 두 청년이 이런 가게를 열게 된 건지도 궁금했다.

그때 한 중년 여성이 들어왔다. 시츄 한 마리를 품에 안은 채였다.

"조 사장, 혹시 수선 됐어요?"

"예, 다 됐습니다."

"오늘은 일찍 오셨네요, 최 선생님."

"응. 어제 간만에 푹 자서 오늘은 미리 나왔지."

단발머리의 중년 여성은 호탕하게 웃으며 민호가 내민 쇼핑백을 집어 들었다. 언뜻 장난감 로봇이 들어있는 게 보였다. 그녀의 품에 안긴 시츄가 무척 귀여워서 소미는 고개를 빼고서 훔쳐보았다. 시츄는 순하게 눈을 깜박이며 소미를 마주 보았다. 중년 여성은 소미를 돌아보며 웃었다.

"어머, 그러고 보니 여긴 아침 일찍부터 손님이 있었네. 우리 병원보다 나은데?"

"인형 수선하러 오셔서요."

"그러시구나. 우리 동물병원 바로 건물 세 개 넘어서 있거든요, 1층에. 심심하면 놀러 오세요. 워낙 손님이 없어가지고 나도 말할 사람이 필요하거든."

"저, 저는 강아지가 없어서……."

"없으니까 강아지 보러 오라구. 강아지 좋아하죠?"

물론이다. 세상에 강아지처럼 천진난만한 존재들을 싫어하는 사람이 과연 있을까? 여성은 부끄러워하면서도 시츄에게서 눈을 떼지 못하는 소미를 보면서 미소를 지었다. 그녀는 예약 손님이 있다며 얼른 가게를 나섰지만, 그러면서도 꼭 소미에게 놀러 오라고 말을 다시 한번 건넸다.

소미는 유쾌한 말투의 그녀가 나간 문을 바라보았다.

"진짜 놀러가도 될까요? 저 강아지 좋아하는데……."

"그럼요. 이 골목에서 무척 오래 계신 수의사 선생님이에요. 동물병원이 벌써 20년 되었던가, 그렇다고 알고 있어요."

"좋은 분이시지."

민호의 설명에 우신이 고개를 끄덕이며 맞장구쳤다. 곰은 자기가 더 귀엽지 않은 거냐며 입을 삐죽였지만 은근히 기대하는 눈치였다. 귀여운 건 소미도 곰도 좋아했다.

"오늘은 좀 눈치 보이니까 며칠 뒤에 한번 찾아가 봐야겠어요."

"어차피 오후에 거의 매일 놀러 오시거든요. 아니면 제가 차 마시러 갈 때도 있고. 저하고 같이 가봐요."

민호가 상냥하게 권했다. 소미는 얼굴이 약간 붉어져서 고개를 끄덕였다. 곰은 둘의 모습을 눈을 가늘게 뜨고 지켜보았다.

소미는 곰을 데리고 집으로 향했다. 몇 달 안에는 아르바이트를 구해야 하겠지만, 지금은 이대로도 좋았다. 아직은 먹고 살 만큼 돈이 남아 있으니 나중 일은 나중에 생각하고 싶었다. 곰과 더불어서 장난감 가게의 두 사장님과 시답잖은 이야기를 나누는 오전 시간도 즐거웠으니 당분간은 적당히 쉬면서 지내도 괜찮을 것이었다.

초여름의 오전 햇살은 맑고 청명했다. 느긋하게 이야기를 나누다가 산책하기 정말 좋은 날씨였다. 원룸 골목으로 들어서는 순간, 소미는 주인 할머니를 발견하고 인사하려고 했다. 하지만 곧 할머니의 맞은편에 어떤 여성이 서 있는 것을 발견하고 입을 다물었다. 긴 머리카락을 하나로 질끈 묶고 안경을 쓴 여성이었다.

"왜 못 알려주신다는 건가요?"

"아무리 세입자라도 내가 어떻게 알려줍니까. 말도 안 되죠. 아가씨도 알면서 왜 그렇게 무리한 부탁을 하는 거죠?"

"잠깐 들어가 있겠다는 것뿐이에요. 비밀번호 아실 거고, 아니면 마스터키라도 있으실 거 아니에요."

"거긴 지희 학생 집이에요. 아무리 건물 주인이라고 내가 어떻게 막 들어갑니까? 말도 안 되는 소리 하지 말고 돌아가요."

주인 할머니는 인자한 평소 말투와는 달리 단호한 목소리로 딱 잘라 말했다. 맞은편에 선 여자는 쇼핑백을 들고서 팔짱을 끼고 있다가 고개를 저었다.

"할 수 없죠. 그럼 이거라도 전해주세요."

"직접 전하세요. 어차피 기다리면 저녁 때 돌아올 텐데."

"시간 낭비하고 싶지 않아요."

"가족끼리의 일에 남 끌어들이지 마세요. 들어오지 말아요!"

할머니는 결국 화를 내면서 건물 안으로 들어가 버렸다. 공동현관 안으로 여자가 발을 들이려고 했지만 곧 밀려났다. 여자는 매서운 눈초리로 원룸 건물 안을 노려보다가, 그 앞에 팔짱을 끼고 섰다.

"……나 들어가야 하는데 좀 무서워, 곰."

"저 여자 분명히 시비 걸게 생겼다."

곰이 혀를 찼다. 소미는 진땀이 났다. 대체 누구한테 볼일이 있길래 저렇게 인자한 주인 할머니까지 화를 내게 만든 건지 알 수가 없었다. 아까는 그렇게 좋다고 느꼈던 날씨가 순식간에 찌르는 듯한 햇

별으로 느껴지기 시작했다.

"좀 나중에…… 다른 데서 시간 보내다가 와야겠다."

"그래, 그게 나을 거 같아."

험상궂은 여자의 기세에 위축된 소미는 은근슬쩍 발걸음을 돌리려고 했다. 하지만 원룸 건물 앞에 서있던 여자는 갑자기 목소리를 높여서 소미를 불렀다.

"저기, 학생!"

"네, 네?"

피하려다가 불린 소미는 화들짝 놀라 여자를 바라보았다. 여자는 성큼성큼 다가오더니 원룸 건물을 가리켰다.

"여기 살아요?"

"네? 네…… 아뇨, 아뇨!"

소미는 말을 더듬었지만 이미 때는 늦었다. 여자는 눈살을 잔뜩 찌푸린 채로 소미의 아래위를 훑어보았다. 적대적이고 의심이 많은 시선이었다. 여자의 피부는 거칠었고 태도는 공격적인 데가 있었다.

"여기 사는 거 맞죠? 이지희라고 알아요?"

"네? 지희요?"

"아는구나."

생각지도 못했던 이름을 들어서 소미는 놀랐다. 여자는 팔에 걸고 있던 쇼핑백을 소미의 발치에 내려놓았다. 거의 던지는 듯한 손길이었다.

"초면에 부탁해서 미안한데, 이거 지희한테 좀 줘요."

"이, 이걸요?"

그 쇼핑백은 소미도 익히 아는 것이었다. 장난감 가게에서 우신이 지희에게 선물로 산 장난감을 담아주었던 쇼핑백이었다. 지희가 쇼핑백에 든 채로 싸서 언니에게 선물로 보낸다고 했던 모양 그대로였다.

그렇다면 이 여자는…….

"아, 저, 그럼…… 그, 지희 언니분?"

"지희하고 잘 아는 사이예요? 친해요?"

여자가 그 틈을 놓치지 않고 물었다. 소미는 또다시 말실수를 깨달았지만, 이제 와서 되돌릴 수는 없었다. 여자는 냉랭하게 소미를 노려보다가 몸을 돌렸다.

"지희한테 전해주세요. 선물 다시는 안 보내도 된다고."

"그, 그렇지만…… 지희는 언니하고 화해하고 싶어 하는데요."

"화해?"

여자가 싸늘하게 웃었다.

"화해 같은 소리 하네. 화해는 양쪽이 잘못했을 때 하는 거죠. 걔는 나한테 빚진 것밖에 없고, 나는 걔한테 잘못한 게 없어요. 똑똑히 전해요. 내가 다시는 안 보고 싶어 한다고요."

"하지만……."

"하지만이고 뭐고, 특히 이런 장난치지 말라고 하세요."

그녀는 쇼핑백에서 액자를 꺼내 들었다. 그 액자에는 소미가 기억하는 사진 대신 서류를 흉내 낸 조악한 그림 하나가 들어 있었다. 여자는 거의 버리듯이 액자를 쇼핑백에 다시 넣었다.

여자의 표정은 얼음장처럼 냉랭했다. 소미는 그녀의 기세에 압도되어서 아무런 말도 하지 못한 채로 얼어붙어 있었다. 여자는 그대로 돌아서서 지하철역 방향으로 멀어져 갔다.

여자가 멋대로 팽개치고 간 쇼핑백을 들고 엘리베이터에 올라타서 소미는 한참이나 고민했다. 지희의 언니가 저렇게까지 화가 났으리라고는 상상하지 못했다. 이걸 전하면 지희가 얼마나 실망하고 상처를 입을까.

차마 소미는 지희의 얼굴을 마주하고 쇼핑백을 줄 용기가 나지 않아서 그녀의 원룸 문 앞에 두었다. 지희가 들어가는 소리가 들려왔지만 말을 걸고 싶지는 않았다. 소미 자신의 고민도 있는데 남의 고민까지 떠맡고 싶지 않다. 그녀는 베개로 귀를 감싼 채로 곰에게 속삭였다.

"대체 이게 뭐지, 곰아."

곰은 생각에 잠긴 얼굴이었다.

"아까 그 액자 말이야. 그때 그 사진이 아니라 뭔가 다른 거였지?"

"응. 지희가 다른 걸로 바꿔서 보냈나 봐."

곰은 흠, 하면서 고개를 갸웃거렸다. 뭔가 마음에 걸리는 게 있는 모양이었다.

6

지희는 쇼핑백을 열어보고서 한참이나 가만히 앉아 있었다.

아마도 언니가 다녀간 모양이었다. 지희가 택배를 보낼 때 자기 주소도 썼으니 어디 사는지 아는 건 당연했을 것이다. 바로 여기까지 왔는데 못 만나다니.

하지만 언니는 또다시 지희를 거부했다. 벌써 5년째, 언니의 코빼기도 보지 못했다. 이유를 몰라도 어떻게든 마음을 풀어주려 노력하고 있었지만 시간이 흐를수록 자매는 더욱 멀어져만 갔다. 문자로 매서운 일침을 당하고, 그 뒤에 또 한번 보냈던 선물은 통째로 버려져 돌아왔다. 지희는 서글프고 영문을 알 수가 없었다.

"대체 내가 뭘 잘못했을까."

언니는 영민하고 어른스러운 사람이었다. 이유도 없이 지희를 이렇게 오래 거부할 리가 없었다.

쇼핑백 안에는 지희가 보냈던 스케치북과 색연필, 인형의 집 세트가 열어보지도 않은 채 통째로 들어 있었다. 그 안을 뒤적이던 지희는 맨 밑에 액자가 깔려 있다는 사실을 알았다. 그녀는 선물을 모두 꺼내고 액자를 들어 올렸다. 액자도 예쁘게 포장해서 보냈는데, 그것만 포장이 열려 있었다.

"……어?"

지희는 의아함에 고개를 갸웃했다. 액자에는 분명 언니와 지희가 함께 찍었던 사진을 한 장 넣어서 보냈다. 혹시라도 추억을 되살린 언니가 너그럽게 연락해 줄까 싶어서였다. 하지만 그 안에는 전혀 다른 것이 들어 있었다.

그것은 지희가 어린 시절 크레파스로 언니에게 그려주었던 대학 졸업장이었다. 파란색과 주황색, 노란색으로 삐뚤빼뚤 신나게 엉망진창 그려진 그림. 맨 위에 대학 졸업장이라고 손바닥만 하게 써놓은 게 아니라면 졸업장을 흉내 낸 거라고 볼 수도 없는 그림이었다.

"어, 이게 왜 여기에?"

지희가 집에서 도망칠 때 이 그림은 가지고 나오지 못했다. 필요한 최소한의 짐만 가지고 나왔기 때문이다. 그녀는 그림을 들어서 눈앞으로 가지고 왔다. 맨 위에는 '한국대 졸업장'이라는 제목이, 밑에는 '성명 이미희'라는 큰 글씨가 눈에 띄었다. 다른 글자들은 크레파스가 번져 선명하지 않았다.

지희는 멍해진 채로 찬찬히 그림을 살펴보았다. 세월 속에서 조금 바랬지만, 그래도 언니에게 그것을 전해줄 때의 마음만은 기억났다.

어려서부터 언니는 대학 진학이 꿈이라고, 지희에게 누누이 이야기해 왔다. 꼭 대학에 가서 돈 잘 버는 직장에 들어가 지희 역시 대학 공부를 시킬 거라고 했다. 지희는 그런 언니의 꿈이 이루어지기를 소망했다. 언니가 지희에게 뭘 해줄 거라서가 아니었다. 어린 지희에게 언니는 세상 누구보다 빛나는 사람이었고, 꿈과 어울리는 사람이었다.

그래서 지희는 학교에서 친구의 크레파스를 빌려 열심히 대학 졸업장을 그렸다. 선생님한테 대학 졸업장이라는 게 어떻게 생겼는지를 물어봤고, 왜 그런 걸 묻는지 궁금해하던 담임선생님은 사정을 듣고 지희를 기특해하며 열심히 알려주었다. 심지어 같이 그려주기도 했다. 그림 중 유달리 바르고 예쁘게 그려진 곳은 선생님의 손길이 닿은 곳이었다.

　지희는 액자의 표면을 살며시 쓸었다. 언니가 이 졸업장을 받고 너무나 기뻐하며 좋아하던 모습이 눈에 선했다. 그리고 지희의 눈앞에 예상치 못한 것이 보이기 시작했다. 공간이 바뀌며 작고 편안한 그녀의 원룸이 아닌 다른 곳이 나타났다.

　지희는 천천히 주위를 둘러보았다. 그녀는 옛날에 부모님과 살던 집 안에 서 있었다. 오래전 살았던 곳이지만 익숙해서 지희는 금세 그 공간을 알아보았다. 부모님이 사기를 당해 쫓기듯 내몰린 반지하 셋방이었다. 왜 이곳이 보이지, 하면서 지희는 멍하니 있었지만 그녀의 몸은 의지와는 다르게 움직였다. 마치 몸이 자동으로 움직이는 것처럼 걸어갔다.

　몸은 쌀통을 들여다보았다. 지희는 별로 쌀통을 보고 싶지 않다. 당연히 비어 있을 테니까. 그 시기, 지희네 가족은 정말로 돈이 없어서 쌀을 사지 못했다. 그전까지는 적당히 평균적으로 살던 지희와 가족들은 현대 서울에서도 정말로 배를 주릴 수 있다는 것을 그때 처음 알았다. 주민센터에 수급자 신청을 하면 쌀을 주지만 빚에 내몰리느라 제대로 전입신고도 하지 못했으니 그런 걸 할 수 있을 리도 없었다. 네 가족은 정말 생으로 쫄쫄 굶어야 했다.

이미 알고 있는 사실임에도 텅텅 빈 쌀통을 보자 입맛이 썼다. 그 시절에 시작된 가난은 지금까지도 지희를 옭아매고 있기 때문이었다. 언니와 멀어진 것도, 부모님을 버리고 도망 나온 것도 결국은 그래서였다.

"쳐 죽일 사기꾼 새끼들."

순간 지희는 자신의 입에서 나온 목소리에 깜짝 놀랐다. 이 목소리는 분명히 언니의 목소리였다. 그리고 '쳐 죽일 사기꾼 새끼들'이라는 말은 언니가 화가 나면 항상 꺼냈던 말이기도 했다. 욕이라고는 하지 않는 언니였지만, 딱 부모님을 등쳐먹어 모든 비극의 원인이 되었던 사기꾼들에게만은 욕을 했다.

지희의 몸은 쌀통을 거칠게 닫았다. 방문 너머에서 아이의 울음소리가 들려와서, 몸은 급히 그쪽을 향했다. 낡고 뒤틀려 제대로 아귀조차 맞지 않는 문을 열자 어린 여자아이가 울다가 지희에게 안겨왔다. 지희는 그 아이를 알아보았다. 당연히 아는 얼굴이었다. 일곱 살도 되기 전의 자신이었으니까.

"언니…… 배고파."

"응, 지희야. 배고파? 어쩌지. 언니가 금방 뭐라도 해줄게."

지희가 들어 있는 몸, 그러니까 아마도 그 시기 언니였을 몸은 무릎을 굽혀 어린 지희를 안아주었다. 언니는 지희의 등을 도닥거려주며 조용히 곧 뭔가를 해주겠다며 속삭였다.

중학생이었던 언니가 뭘 해줄 수 있을까. 쌀도 없고 반찬도 없고 아무것도 없는데. 하지만 언니는 지희를 잠시 기다리라 하고, 곧 대문을 열고 밖으로 나갔다. 지희는 몸에 대해 아무런 통제권이 없었다. 그저 영화를 보는 것처럼 그 광경을 지켜볼 수밖에 없었다. 언니의 몸은 곧장 골목 구멍가게로 가서 주인아저씨한테 막무가내로 통사정을 했다. 동생이 굶고 있다고, 지금 너무 힘들어 하니까 제발 라면 한 개만 외상으로 달라고. 당장 몇 달 안에는 안 되겠지만 어떻게든 아르바이트를 해서 갚겠다고.

주인아저씨는 난데없는 여자애의 사정에 난감한 기색이었지만, 안됐다는 듯 곧 라면 두 개를 내주었다. 자매가 둘 다 먹을 수 있도록 배려한 것이었다. 언니는 허리를 깊이 숙여 감사 인사를 한 뒤 집으로 달려왔다. 언니가 손에 쥔 라면을 본 어린 지희가 신나서 방방 뛰었다.

"잠깐만 기다려. 언니가 끓여줄게."

가스버너를 꺼내 언니는 라면 하나를 끓였다. 지희는 언니의 속도 모른 채 라면을 다 건져 먹었다. 국물이 남은 것을 보고 중학생 언니는 그것을 훌훌 마셨다. 남은 라면 하나는 내일의 어린 동생을 위해 남겨놓은 것이라고, 지희는 그때 깨달았다.

생각해 보면 언니는 항상 그런 식이었다. 불과 5년 전까지 언니는 언제나 참고 지희에게 양보했다. 언니는 언제나 예쁘고 공부도 잘하고 여유로운 사람이었다. 그래서 지희는 사실 언니가 고생이 많다는 생각을 하지 못했다. 언니는 원래 모든 것을 다 잘하니까. 어려운 와중에도 방법을 생각해내 급여가 좋은 아르바이트 자리를 잡고 난관을 돌파하는 법을 깨우치는 사람이라고 생각했다. 그 덕분에 지희 자신이 덕을 보고 있는 건 알았지만…….

다음 순간, 지희의 눈앞에는 어떤 화장품 매장이 펼쳐져 있었다. 백화점은 아니지만 꽤 고급스러운 단독 매장이었다. 어떤 중년 여성이 다가와 친근하게 말을 걸었다.

"미희 학생, 오늘도 밤까지 일해? 또 일 대신해 주려고?"

"네, 앞 타임 언니가 또 남친 만나야 한대요."

지희의 몸은 능숙하게 무거운 상자를 들어 옮기고 그 안의 화장품들을 진열했다.

"아유, 미희 학생은 어쩜 그렇게 성실하고 부지런한지."

"저야 좋죠. 돈 필요한데 이렇게 일할 시간이 추가로 생기면요."

"그러다 몸 상해. 젊을 때 조심해야 하는 거야. 게다가 아직 고등학생이잖아."

언니는 대답하지 않고 그냥 웃었다. 중년 여성은 다가와서 함께 화장품을 진열하며 물었다.

"이번 달에 유달리 더 많이 일하네. 무슨 일 있어?"

"동생 생일이 다음 달이거든요. 걔가 새 옷 가지고 싶어 하는데, 조금만 더 일하면 사줄 수 있을 거라서."

"아이고, 무슨 동생을 딸 대하듯이 하네."

"나이 차이가 많이 나요. 그리고 제 꿈을 응원해 주는 딱 한 사람이기도 하거든요."

"꿈? 아, 대학?"

"네. 걔는 제가 세상에서 제일 자랑스러운 언니래요. 그러니까 제가 한국대에 꼭 가서 수석으로 졸업할 거래요. 요만할 때부터 그 소리를 해왔는데, 얼마나 예쁜지 몰라요."

언니의 웃음소리가 맑았다. 화장품 코너에서 몸을 돌릴 때 거울에 비친 언니의 모습은 피곤에 찌들어 있었다. 하지만 그녀의 눈만은 맑게 빛났다.

"동생한테는 저 하나뿐이고 저도 동생뿐이에요."

언니의 그 목소리를 끝으로 사방이 어두워졌다. 지희는 멍하니 앞을 바라보았다. 그곳에는 어느새 부모님이 서 있었다.

아버지가 멀쩡히 두 발로 서있는 것을 보아서는 쓰러지기 전이었다. 부모님은 목에 핏대를 세우고 화를 내면서 지희에게, 그러니까 언니에게 삿대질을 하고 있었다.

"너, 그렇게 돈을 많이 모아두고 집에는 일언반구도 없어?"

"싸가지 없는 것! 딸년 길러서 대체 뭐에 써먹니! 이래서 아들이 있어야 하는데!"

"돈 가져와 봐! 부모가 이렇게 개고생을 하면서 지들 뒷바라지하느라 허리가 휘는데, 딸년이라는 게 저 혼자 호의호식하려고 돈을 빼

돌려? 내놔!"

"이거 놓으세요, 엄마! 악!"

눈이 뒤집힌 엄마가 언니의 머리채를 잡고 흔들었다. 언니는 차마 부모에게 손을 댈 수 없어서 휘둘리다가 쓰러졌다. 머리카락이 한 움큼 뜯겨나간 것인지 지독하게 아팠다. 언니는 독하게 일어나서 소리를 질렀다. 절박한 음성이었다.

"돈 같은 거 없어요! 대체 무슨 소리를 듣고 와서 이래요!"

"지희가 다 얘기했다, 이 잡것아! 네가 돈 모아뒀다고, 집 살 만큼 모아뒀다고!"

"지 동생이 다 분 것도 모르고 저 뻔뻔한 년이!"

아버지와 엄마의 악쓰는 소리 속에 언니가 멈칫하는 게 느껴졌다. 언니는 말을 꺼내지 못하고 한참이나 더듬었다. 언제나 똑똑하고 당당했던 언니가 그렇게 당황하는 것을 처음 보았다.

"지, 지희가요? 그럴 리가……."

"걔가 아니면 누가 얘기했겠니!"

"니깟 주제에 대학을 간다고? 야, 넌 니 부모보다 대학이 중하지? 뻔뻔한 년!"

부모는 악다구니를 쓰면서 언니에게 달려들었다. 아버지가 뺨을 때렸고 엄마는 언니의 멱살을 잡고 흔들었다. 언니는 충격을 받은 채로 힘없이 흔들렸다.

"지희가 뭐라는지 아니! 니 년이 돈 모아놓고 안 줘서 우리가 이사 못 간다고, 얼마나 서러워하는지 알아? 너 같은 걸 언니라고!"

부모의 폭행과 폭언이 아니라, 동생의 배신이 그녀를 거세게 몰아쳤다. 언니의 몸에 들어와 있는 지희에게 언니의 정신적 고통이 그대로 전달되었다.

천천히, 지희는 미처 몰랐던 당시의 상황을 알게 되었다. 언니는 이렇게 갑작스럽게 멀어진 것이었다.

7

현관문 벨 소리가 울렸다. 앞집 문이 열리는 소리에 이어서 들렸으니 분명히 지희였다.

"소미야, 지금 집에 있지? 나랑 거기 가게 좀 같이 가줘. 이거 액자가 이상해."

소미는 반응하지 않으려 했지만 액자가 이상하다는 말에 움찔해서 대답했다.

"액, 액자가?"

"응. 난 이런 거 넣은 적이 없는데…… 그리고 뒤가 빠지질 않아."

목이 잠긴 듯한 지희의 목소리가 안쓰러웠다. 소미는 결국 자리에서 일어나 가방을 메고서 곧 지희와 함께 장난감 가게로 향했다. 가는 동안 사실 소미는 쇼핑백을 자신이 받았고, 언니를 만났다고 이실

직고했다. 지희는 별다른 말을 하지 않고 고개를 푹 숙이고 있었다.

지희는 가게 카운터에 서서 액자를 내려놓았다. 혼자 운 것인지 눈이 퉁퉁 부어 있었다.

"이거 좀 이상해요. 제가 넣어서 보낸 건 이게 아닌데……."

지희는 혼란스러운 얼굴이었다. 액자에 든 것은 크레파스로 서류를 흉내 내서 그린 그림이었다.

"액자에 원래 언니하고 제 사진을 넣어서 보냈어요. 소미 너도 봤잖아. 그렇지?"

소미는 고개를 끄덕였다. 우신은 그림을 자세히 살펴보았다.

"그거, 어디서 나온 건지를 모르겠어요. 그러니까……."

"모르는 그림은 아니죠?"

"네, 제가 어릴 때 언니한테 그려준 그림이에요. 언니가 대학 가는 게 꿈이라고 해서 크레파스로 졸업장 흉내를 내서 그린 거였거든요. 그런데 그게 왜 여기 있는지…… 부모님 집에 있어야 하는데요."

지희는 애써서 액자 뒷면을 분리하려고 했지만 분리가 되지 않았다. 마치 접착이라도 되어 있는 것 같았다.

"언니는 집을 나갈 때 이걸 놓고 나갔어요. 제가 보관하고 있었기 때문에 알아요. 하지만 저도 집에서 독립해서 나올 때 짐 거의 대부분을 버리고 나오느라 못 가지고 나왔거든요."

"자, 지희 씨. 조금 진정하고. 혹시 뭐 다른 일은 없었나요?"

민호는 웃음기를 지운 얼굴로 찬찬히 지희를 살펴보았다. 웃지 않고 정색한 민호는 차가운 인상이었다. 지희는 어물거리다가 양손을 꽉 맞잡고서 소파에 주저앉았다.

"그게…… 이상하다고 하지 마세요. 믿어주셔야 해요."

"그래요. 걱정하지 말고 말해보세요."

"이 액자를 잡는 순간 언니 모습이 보였어요. 그러니까…… 지금 언니가 아니라, 저를 예뻐하던 시절 언니가요. 눈앞에 생생하게 보이더라고요. 그러니까 언니가 보인 게 아니라, 이걸 어떻게 말해야 하지? 언니 안에 제가 들어간 거 같더라고요."

우신과 민호는 참을성 있는 얼굴로 기다렸다. 지희는 다시 잠깐 언니의 환상 속에서 헤매는 것 같았지만 이내 현실로 돌아왔다.

"그리고 제가 모르던 언니 모습을 봤어요."

지희가 쇼핑백 속에서 액자를 꺼내던 순간, 지희는 마치 언니가 된 것처럼 세상을 바라보고 있었다. 이미희라는 이름을 가진 한 여성의 시선으로 과거의 기억을 되새기고 있었다.

같은 시간을 같은 공간 안에서 살았지만 지희와는 완전히 다른 기억이었다. 미희에게 그때는 끝없는 인내의 시절이었다. 동생 지희를 돌보고 돈을 벌어 집에 보태고, 장녀이기 때문에 부모님의 화풀이 대상이 되었다. 그러면서도 학교에서 얕보이지 않기 위해서 죽어라 공부를 했다.

"언니는 항상 예쁘고 똑똑했어요. 그래서 제가 너무 부러워했고, 언니 정도 능력이면 당연히 저를 책임질 수 있다고 생각했었죠."

지희의 기억 속에서 미희는 언제나 여유로웠다. 물론 지희를 정성을 다해 보살폈지만, 그리고 집안 사정 때문에 부모님과 부딪힐 때도 많았지만, 어쨌든 언니는 한 번도 기대에 어긋난 적이 없었다. 항상 옷을 깨끗이 빨아서 다려 입고 지희의 옷도 빨아서 다려주었다. 사복이라곤 두 벌뿐이었지만 언제나 단정하게 차려입었다. 고등학교 때는 아르바이트를 하느라 손등이 다 터도 추레하지 않기 위해 애썼다. 지희는 미희가 챙겨주는 핸드크림과 로션, 향 좋은 샴푸가 당연하다고 생각했다. 미희가 아르바이트로 돈을 벌어 사준다는 사실을 알면서도 그랬다.

하지만 그랬던 언니는 대학에 가기 위한 마지막 꿈이 무너지면서 부모님과 지희를 혐오하기 시작했다. 스물셋의 언니가 결국 모은 돈을 부모님에게 빼앗기고 무너지는 모습은 끔찍했다. 언니의 시선으로 그 광경을 지켜봐야 했기에 더욱 참담했을지도 모른다. 그리고 그즈음, 언니가 바라보는 자신의 모습이 귀신처럼 기괴하게 일그러지기 시작했다는 사실도 깨달았다.

"언니가 괜히 지희 씨를 미워하진 않았을 거 같은데요."

우신이 조용히 물었다. 지희는 대답을 망설였지만 결국 입을 뗐다.

"제가…… 이제 좀 큰 집으로 가도 되지 않냐고, 부모님한테 졸랐어요. 사실 제가 조른다고 들어줄 부모님도 아니었지만, 그것 때문에 아버지가 낌새를 채기 시작했나 봐요."

"언니한테 목돈 있다는 말을 부모님한테 했나요?"

"네."

미희는 부모님과 사이가 좋지 않았지만 지희와는 가까웠다. 그래서 스물 넘어 공장에서 일하며 돈을 조금씩 모으고 있다는 말도 했다. 지희는 그 돈이 미희의 대학 등록금이라는 걸 알았지만, 전액이 필요할 거라고는 생각하지 못했다. 지희가 듣기에 그 돈은 엄청나게 큰 액수였고 그 정도면 조금 나누어서 집을 옮기는 데 보태도 될 거라고 생각될 정도였다. 하지만, 물론 현실은 그렇지 않았다. 겨우 중학교 3학년이었던 지희는 돈을 알기에는 너무 어리고 철이 없었다.

지희의 부모님은 그악스러운 사람들이었다. 젊을 때는 분명 그렇지 않았지만 사기를 당하고 돈에 쪼들려 10년 넘게 내몰리면서 그렇게 변해갔다. 돈이 없으면 몰라도 딸에게 큰돈이 있다는 사실을 알고서 그냥 넘어갈 리가 없었다. 공장까지 쫓아가서 몇 번이나 난리를 피운 끝에, 결국 미희는 그 돈을 죄다 부모님에게 넘겨주고 떠나갔다. 부모님은 가족한테 돈을 쓰지 않는다며 미희에게 소리를 지르고 손을 들기도 했다.

"전 그런 줄 몰랐어요."

지희는 멍하니 손끝을 내려다보았다. 지희에게 똑똑한 언니는 자랑거리였고, 꼭 대학을 졸업해서 빛나게 살기를 바랐다. 설마 부모님이 그 돈을 전부 다 가져가버릴 거라고는 상상도 하지 못했다. 그저 언니가 결혼과 동시에 자신과 멀어져버렸다고만 생각했다. 스물한 살은 아직 그렇게 어린 나이였다. 그리고 당시의 언니는 겨우 스물셋이었다.

가게 안이 조용했다. 바깥은 소나기가 오기 시작했는지 빗소리가 들려왔다. 하지만 그 누구도 우산 걱정은 하지 않았다.

"언니한테 사과하고 싶어요."

지희가 중얼거렸다.

"제가 그런 짓을 한 건 줄은 몰랐어요. 부모님도, 언니도 저한테 말해주지 않았단 말이에요. 그냥 저는 제가 아는 걸 엄마한테 한마디 전했을 뿐이었어요."

카운터 위에 놓인 쇼핑백 겉에는 미희의 집 주소를 적은 종이가 붙어서 에어컨 바람에 조금씩 날리고 있었다. 민호는 낮은 목소리로 입을 열었다.

"지희 씨의 의도가 어땠든, 일어난 일은 일어난 일이에요. 언니 입장에서는 다시 지희 씨를 보지 않는 게 나을 수도 있어요."

"하지만, 하지만요. 그럼 저한테는 정말로 남은 가족이 없어요."

"맞아요."

민호는 한숨과 함께 말했다.

"왜 언니가 바로 결혼했는지 알 수 있네요. 가족을 전부 버렸으니 새 가족을 만들어야겠다고 생각했을 테니까요."

그의 말에 지희는 얼굴을 양손으로 감싸 쥐었다. 언니의 가족에서 완전히 배제되었다는 사실이 그제야 뼈저리게 실감이 되었다.

"지희 씨, 기적처럼 언니와의 사이가 좋아질 수는 없어요."

"그럼 저는 어떻게 해야 해요?"

"내 생각엔 언니를 그냥 두는 게 가장 좋을 것 같은데요."

우신의 말은 냉랭했다. 그는 어깨를 으쓱했다.

"지희 씨는 지금도 언니가 그 오랜 기간 고생한 것에 별다른 생각이 없잖아요."

"그런 거 아니에요!"

지희가 깜짝 놀라 외치듯이 항변했다. 소미는 조심스럽게 지희의 손을 잡아주었다. 지희는 소미에게 의지하듯 몸을 기울이면서 고개를 저었다.

"언니는 정말 저한테 많은 걸 해줬어요. 그 과정도 봤어요. 밤새 공부하고, 다음 날 또 아르바이트를 나가고, 그 돈으로 집 생활비에 보태는 것도요."

우신은 말없이 지희를 살펴보았다.

"어렸던 때라 무리한 일로 떼도 많이 썼어요. 저도 알아요. 하지만…… 몰라서 그랬어요. 이제는 알아요."

"그럼 언니 마음에 쌓인 게 많은 것도 알겠군요."

"……알아요."

지희는 울지 않으려고 애썼다. 소미는 뭔가 도와주고 싶었지만, 말을 꺼낼 수가 없었다.

"언니가 저 영영 안 보면 어떡하죠?"

전까지는 확신이 있었다. 아무리 몇 년째 연락마저 거부하고 있어도 언니가 자신을 영 외면하지는 못하리라는 생각이 확고했다. 자신이 태어났을 때부터 기르다시피 한 사람이 바로 언니였으니까. 엄마보다 더 믿음직한 사람이었으니까.

하지만 언니의 시선으로 본 세상과 가족과 지희는 완전히 딴판이었다. 지희는 언니가 이토록 멀어져 있을 줄은 상상도 하지 못했다.

우신과 민호는 시선을 교환했다.

"그럼 지희 씨, 일단 할 수 있는 걸 해보죠."

"어떤…… 어떤 거요?"

"액자에 다시 사진을 넣어서 보내봐요. 언니와 지희 씨가 같이 즐거웠던 시절의 사진이요."

"하지만 그 사진은 이미 보냈고 그게 이렇게 변해서 온 거라……."

"지금 주머니에 손 넣어 보세요."

"네?"

지희는 멍청한 얼굴로 주머니에 손을 넣었고, 그곳에서 다시 언니와 자신의 사진을 발견하고 놀라서 얼빠진 소리를 냈다.

소미는 사진을 받아서 민호에게 넘겨주었다. 민호는 손쉽게 액자의 뒤를 열어서 사진을 넣었다. 지희가 열려고 할 때는 아무리 해도 열리지 않던 액자 뒷면은 맥 빠질 정도로 쉽게 떼어졌다. 지희는 어이가 없어서 입을 벌렸다.

"뭐, 뭐지……."

민호는 사진을 액자에 넣은 뒤 다시 예쁘게 포장했다. 상자까지 넣어서 단단히 테이프를 붙인 뒤, 지희에게 내밀었다.

"이거 가져가서 다시 부치세요. 만약 이번에 언니가 마음이 누그러지면 계속 연락하고, 아니라면 포기하는 게 좋아요. 무엇보다 언니 입장에서 계속 지희 씨를 만나는 게 좋을지 아닐지를 염두에 두세요."

그 말에 지희의 얼굴은 다시 울 것처럼 일그러졌다. 위로를 얻고 싶은 어린애 같은 표정이었지만 우신도 민호도 별다른 말 없이 입을 다물었다. 해줄 것은 다 해줬다는 얼굴이었다.

소미는 곰을 데리고 일어서서 지희의 손목을 잡아 이끌었다.

"편의점 가까이 있으니까 얼른 택배 부치자."

"응."

멍하니 있던 지희는 그 말에 정신을 차리고 허둥지둥 상자를 들고 일어났다. 횡단보도를 건너 원룸 쪽으로 조금만 가면 편의점이 있어서 간단하게 택배를 부칠 수 있었다. 지희의 손이 떨려서 소미가 대신 주소를 적어주었다. 지희는 마치 기도하는 듯한 얼굴로 편의점 직원이 접수하는 택배 상자를 바라보았다.

8

며칠 뒤, 또다시 비가 내렸다. 우신 장난감 가게는 고요했다. 청소하느라 허리를 굽히고 있던 민호가 문을 열고 들어서는 손님을 향해 인사했다.

"어서 오세요."

"여기가 우신 장난감 가게 맞죠?"

"네, 그런데 어쩐 일로……."

장난감을 구매하러 온 손님은 아닌 듯했다. 우산을 접은 손님은 물을 떨어뜨려 미안하다고 사과했고, 민호는 손사래를 치며 손님을 소파로 안내했다.

따뜻한 커피를 한잔 내오자 손님은 가볍게 한숨을 쉬었다.

"감사합니다. 비가 너무 많이 오네요."

"정말 그렇군요."

민호는 빙긋이 웃었다. 그는 눈앞의 손님이 누구인지 알 수 있었다.

"이지희라고 혹시 액자 사 간 아이 아시나요? 키가 작고, 좀 여린 아이인데요."

서른쯤 되어 보이는 손님은 그가 익히 아는 이름을 꺼냈다. 민호는 고개를 끄덕였다.

"네, 액자하고 장난감하고 구매하셨죠. 혹시 언니분 되시나요?"

미희는 다소 놀란 눈빛으로 상대를 바라보았다.

"어떻게 아셨죠?"

"지희 씨하고 닮은 데가 있으시네요."

정말로 닮긴 닮았다. 나이 차이가 있는데도 혈연관계라는 것을 한눈에 알아볼 정도였다. 여린 체구며 새처럼 가느다란 뼈대, 쌍꺼풀 없이 큰 눈과 도톰한 콧등 같은 곳이 영락없었다. 미희는 그 말에 자신도 모르게 미소를 지었다.

"맞아요. 지희하고 제가 닮긴 닮았죠. 자매가 아니라 모녀냐고 할 정도였으니까요."

"그리고 지희 씨가 저희한테 와서 이런저런 이야기를 좀 해주셨습니다. 아마 대화 상대가 필요하셨던 것 같더군요."

"그래요……."

미희는 고개를 끄덕였다. 홀로 타지에 나와서 살고 있는 어린 동생의 이야기에 가슴이 아팠다. 그녀는 커피를 한 모금 마셨다.

"사실, 저도 액자에 대해서 얘기를 좀 하려고 왔어요."

"액자요."

"그거 무슨 환각 물질 같은 걸 사용해서 만든 건가요?"

"예?"

"액자를 잡고서 앉아있으려니 이상한 게 보이더군요. 환청도 들리고요."

미희는 의심스럽다는 듯한 눈초리로 민호를 바라보았다.

"아주 실감나는 환상이었어요."

"옛일에 대한 거였나요?"

민호는 태연하게 물었다. 미희는 고개를 끄덕였다.

"맞아요. 제가 아는 기억과 몰랐던 기억이 뒤섞인 채로 보이더 군요."

"동생이 관련되어 있었겠고요."

"잘 아시네요."

미희는 다시 한번 수상쩍다는 시선으로 상대를 바라보았다.

며칠 전, 그녀 앞으로 소포 하나가 왔다. 딸을 목욕시키고 재운 후 맥주 한 잔을 마시던 미희는 택배가 왔다는 말에 혀를 찼다. 홈쇼핑 으로 산 것도 없었으니 분명 지희가 포기하지 못하고 또 뭔가를 보낸 게 분명했다.

혀를 차면서 열어본 박스 안에는 또다시 그 액자가 들어 있었다. 미희는 이미 한번 거칠게 화를 냈던 터라 이번에는 그렇게까지 분 노가 치밀지 않았다. 그저 동생이 또 미련을 버리지 못하고 바보짓 을 하는구나 싶었을 뿐이었다. 한편에서는 안타까운 마음도 솟아올 랐다.

그런데 포장을 열어 본 액자에 담긴 것은 지난번과 달랐다. 미희 는 가만히 액자의 유리면을 쓸어내렸다. 그곳에 있는 건 지희의 고등 학교 졸업장과 성적표였다.

왜 이것을 보냈을까. 미희는 궁금했지만, 그녀가 지켜보지 못한 지희의 고등학교 생활이 궁금해서 찬찬히 훑어보았다.

성적표는 훌륭했다. 대학도 얼마든지 갈 수 있을 정도로. 등록금만 충분했다면 아마 서울 안의 대학에 충분히 들어갔을 것이다. 미희도 결혼하기 직전까지 입시에 대해 깊은 관심을 가지고 있었기 때문에 어느 정도는 알 수 있었다.

하지만 지희는 물론 대학을 포기한 채였다. 미희가 4년치 대학 등록금의 절반에 해당하는 큰돈을 주고 도망 나오듯 결혼했지만, 그 돈은 분명 빚을 갚았거나 아버지의 술값으로 나갔을 것이다. 지희는 아예 대학 입학에 대한 생각조차 없었을지도 모른다. 지희는 항상 그런 애였다. 언니가 공부를 잘해서 좋다며, 언니는 꼭 대학에 가야 한다고 종알댔던. 너도 가야 한다고 하면 자신은 공부를 못해서 안 갈 거라고 투덜댔었다.

'공부를 못하기는. 이렇게 잘하면서.'

미희는 한숨을 쉬면서 물끄러미 액자를 들여다보았다. 3년 내내 전 과목이 고르게 성적이 좋았고 지희가 얼마나 성실한 학생이었는지도 잘 보였다.

액자 위로 느리게 뭔가가 비쳐 보였다. 미희는 유리에 뭐가 묻었나 싶어서 소매로 닦았지만 도리어 그림자는 또렷해졌다. 움직이는 그 형상을 자세히 보려고 미희는 눈을 가까이 가져갔다. 거뭇한 그림자 안에 보이는 얼굴은 분명히 지희였다. 액자를 바라보는 동안 미희의 눈과 귀는 환상 속으로 빠져들었다.

부모님의 빚은 점점 커졌고, 지희는 고등학교 시절 내내 아르바이트를 했다. 동생은 저녁마다 언니와 찍은 몇 안 되는 사진을 꺼내놓고서 한참이나 바라보면서 수다를 떨었다.

"언니, 오늘 나연이가 나한테 머리 고데기 어떤 거 쓰냐고 묻더라. 머리 예쁘다고. 우리 고데기 10년 전에 엄마가 샀던 거잖아. 다 솜씨 탓인데 걔가 모르더라고."

"오늘 아버지가 또 화냈어. 이젠 진짜 화내는 이유도 모르겠다. 지난번엔 갑자기 옷이고 뭐고 다 사라고 하더니만 또 돈 없대. 벌어 오래."

"나 이번에 모의고사 성적 잘 나왔는데 아무래도 대학은 안 되겠지? 사실 우리 사정에 무슨 대학을 가겠어. 언니처럼 공부 잘해도 안 갔는데."

동생은 매일 조곤조곤 언니의 사진에 대고 이야기를 건넸다. 그리고 어느 날, 지희는 언니의 사진 무더기를 꺼내서 거기에 얼굴을 기댔다. 아주 지친 얼굴이었다.

"언니, 보고 싶다."

머릿속으로도 끊어질 듯 조그맣게 들리는 목소리였다. 미희는 가슴이 욱신거리는 것을 깨달았다. 아주 어린 시절부터 거의 딸처럼 챙긴 동생이었다. 화가 나서 떠나왔다고 해서 그립지 않을 리가 없었다. 미희는 액자를 내려놓고 얼굴을 감싸 쥐었다. 뺨이 달아올라 있었다.

평생 목표로 해온 것이 대입이었다. 미희는 부모님의 지리멸렬한 삶의 수준에서 벗어나기 위해서는 한 가지 방법밖에 없다고 생각했다. 명문대학에 가서 좋은 기업에 취직하고, 좋은 남자를 만나서 결혼하는 것. 지겨운 흙수저를 벗어나 적어도 다른 사람들과 동등한 위치는 될 거라고 언제나 다짐해 왔다. 그러려면 대학은 필수였다. 그것도 불리한 조건을 보충하려면 명문대학으로 반드시 가야 했다.

수능을 봤지만 명문대에 들어가기에는 충분하지 않은 점수가 나왔다. 담임선생님은 장학금을 받고 들어갈 수 있는 지방 국립대를 추천했다. 미희는 애초에 등록금도 모자라니 몇 년간 일해서 돈을 모으고 공부를 더 준비하기로 했다. 물론 집에는 비밀이었다.

하지만 동생에게만 살그머니 이야기했던 자신의 비밀이, 바로 동생의 입으로 밝혀질 줄은 상상도 하지 못했다. 아버지는 미희의 직장으로 찾아와 소리를 질러댔다. '네 동생이 지금 큰 집으로 가서 자기 방이라도 가지고 싶다는데, 돈방석을 깔고 앉은 언니라는 년은 뭐 하는 거냐'라고. 지희는 같은 방을 쓰는 미희에게도 항상 자기 방을 쓰고 싶다고 했고, 그래서 미희는 아버지의 말이 거짓이 아니라는 것을 알았다. 미희가 직접 돈에 대해 말했느냐 물었을 때도 지희는 대답했다.

"응, 왜? 언니 돈 있는 거 말했어. 아버지가 우리 이사하는 데 돈 필요하대."

미희는 그날로 부모님에게 돈을 넘겨주었고, 짐을 싸서 나와 남자

친구의 집으로 도망쳐 들어갔다. 아이를 가지면서 혼인신고까지 해 버렸다. 결혼식은 꿈도 꾸지 않았다. 남자친구는 부모님이 안 계셨고 누구도 방해할 사람은 없었다. 다만, 미희가 꿈꾸던 미래와는 이제 거리가 멀어져 버렸다.

미희는 다시 한번 천천히 액자를 쓰다듬었다. 다시 생각하면 당시 지희는 겨우 중학교 3학년이었다. 세상 물정이라고는 잘 모를 나이. 부모님과 나이 차이 많이 나는 언니가 세상에서 제일 강해 보이는 나이.

그녀는 액자를 식탁 위에 내려놓고 눈을 감았다.

"사실 지금도 지희 얼굴을 보면 화가 나요."

미희는 고백하듯이 말했다. 민호는 별다른 대답을 하지 않고 그녀의 얼굴을 바라보았다.

"제 인생의 목표가 지희 때문에 틀어진 거니까요. 전 대학에 가서 좋은 직장을 잡고 더 나은 삶을 살고 싶었어요. 지금처럼 좁은 월세 오피스텔에서 아이를 키우고 보증금도 대출받아서 내야 하는 삶이 아니라요."

미희의 말은 냉소적으로 흘렀다. 민호는 고개를 끄덕였다.

"어쩔 수 없는 일이죠."

"제가 속 좁아 보이지 않나요?"

"사람은 누구나 속이 좁아요. 저를 포함해서요."

"그건 다행이네요."

딱히 부정도 하지 않는 민호의 대답에 미희는 좀 더 편안하게 웃었다. 이야기하다 보니 마음이 조금 평온해진 것 같았다.

"생각해 보면 진짜 원인은 지희가 아니고 부모님이죠. 그보다 더 들어가면 나름 평균적으로 살던 부모님을 밑바닥으로 끌어내렸던 사기꾼들이 원인이고요."

알면서도 여태까지 인정하지 않았던 사실이었다. 지희는 진짜 원인이 아니었다. 미희의 인생이 목표에서 어긋나버린 건, 사기꾼들이 부모님을 덮쳤을 때부터 시작이었다. 미희도 그 사실을 잘 알았다. 하지만 입밖에 내서 말해본 것은 처음이었다.

원래 원망이란 곁에 있는 작은 상대를 향하기 쉬운 법이다.

"지희 씨하고 꼭 지금 당장 화해하지 않더라도, 약간의 문은 열어 놓으시는 게 어떨까요."

민호는 부드럽게 권했다.

"나중에, 아주 나중에…… 마음이 누그러지신다면 서로 말을 나눌 수 있는 정도로요."

미희는 가만히 커피잔을 내려다보았다. 지희의 잘못만이 아니라는 것을 알면서도 뭉쳐진 마음은 쉽사리 풀리지 않는다. 돈 문제만은 아니었다. 너무 오랜 기간, 너무 어린 시절부터 미희는 지희에 대한 책임감을 어깨에 짊어지고 살아왔다. 동생은 사랑스러웠지만 동시에 짐이었다. 그것을 벗어버리고 싶은 게 미희의 잘못은 아니었다.

"말씀대로, 지금 당장은 응어리가 풀리지 않아요."

"당연하겠죠."

"하지만 또 말씀대로 나중에 후회할 일은 만들고 싶지 않네요."

미희는 천천히 미간을 주물렀다. 꿈에서 멀어져 버린 삶, 너무 오랫동안 짐이었던 동생, 하지만 여전히 살아가고 있는 자신과 동생의 안쓰러운 인생.

"생각해 볼게요."

그 말을 끝으로 미희는 자리에서 일어났다. 그녀는 일어나서 나가다가 카운터 뒤쪽에 쌓인 포장용 박스를 가리켰다.

"상자 예쁘더라고요. 나중에 딸 친구들한테 선물할 때 여기 와서 사야겠어요."

웃음기 서린 말이었다. 포장용 박스에는 '우신 장난감 가게'라는 상호와 주소 옆으로 귀여운 3층 집 모양이 그려져 있었다. 미희는 가게를 떠났고, 뒤에 남은 민호는 그제야 그녀가 어떻게 이곳을 찾아온 것인지 알 수 있었다.

9

"소미야! 편의점 기프티콘 생겼어! 아이스크림 먹으러 가자!"

원룸 현관 바깥에서 지희가 우렁차게 소리를 질렀다. 자그마한 몸집인데 어찌나 목소리가 큰지 원룸 건물이 다 울릴 지경이었다.

"쟤는 꼭 전화나 벨 놔두고 문 앞에서 저러더라……."

소미는 부끄러워서 베개 밑에 얼굴을 처박았다. 곰이 킬킬댔다.

"힘차서 좋은데 뭘. 축 처져 있는 것보다 백배 낫지."

"그건 그런데."

한숨을 쉬고서 소미가 일어나 문을 열어주었다. 지희는 방 안으로 밀고 들어와서는 얼른 곰을 잡아채 손바닥에 얹고 어르기 시작했다. 장난감 가게에서 있었던 일 이후, 지희는 소미와 마주 앉아 액자와 자신이 겪은 일에 대해 밤새 이야기했고 결국 견디다 못한 곰이 "잠 좀 자자!"라고 빽 소리를 질렀다. 지희는 잠깐 놀랐다가 매우 신기해하면서 곰을 얼굴에 문대기 시작했다. (당연히 곰은 비명을 질렀다.) 언니와의 일로 인한 슬픔이 곰의 귀여움으로 밀려나는 듯한 모양새였다.

지희는 자기 주머니에 곰을 데려가고 싶다고 했지만 곰은 얼른 소미의 특제 주머니로 도망갔다. 그러거나 말거나, 지희는 소미의 손을 잡고 편의점으로 갔다.

"웬 기프티콘이야?"

"음……. 언니가 보내줬어. 먹고 싶은 거 먹으래."

"와, 정말로?"

"응!"

지희는 아이스크림을 잔뜩 골라 카운터에 우르르 쏟아놓으면서 입을 삐죽였다.

"근데 문자로는 연락하지 말래. 자기가 정리되면 연락하겠다고."

"그래도 엄청난 발전이잖아! 다시 액자 보내기 진짜 잘했다."

"그러게 말이야. 그래서 장난감 가게 사장님들한테도 아이스크림 좀 가져다 주게."

둘은 비닐봉지에 가득 담은 아이스크림을 가지고 장난감 가게로 향했다. 카운터에 서 있던 우신은 단 건 못 먹는다며 고개를 저었지만 결국 지희의 손에 끌려와서 아이스크림 콘 하나를 깠다.

"민호 사장님은요?"

소미가 묻자 우신은 위를 가리켰다.

"위층에서 자고 있어. 몸이 좀 안 좋아서."

"위층요?"

"위층이 우리 집이거든. 2층은 내가 살고 3층은 민호가 살아."

"헉, 둘이 같이 살아요?"

지희가 눈을 동그랗게 뜨며 물었다. 가게도 같이 운영하는데 같이 사는 게 대수인가? 소미는 알 수 없었지만 지희에게는 중요한 일이었던 모양이다. 우신도 별거 아니라는 듯 어깨를 으쓱했다.

"가게 운영하기 시작하면서부터 같이 살았는데 뭐."

"그렇구나아."

지희는 헤헤 웃으면서 아이스크림을 마구 먹기 시작했다. 남은 것은 냉장고에 모두 넣어두고서 우신은 입이 달다며 커피를 내렸다. 소미와 지희도 염치없이 커피까지 얻어 마셨다. 그사이 곰도 스푼에 떠준 아이스크림을 조금 먹었고, 우신에게 가서 조명 밑에서 검사를 받았다. 곰이 혼자서도 타박타박 잘도 걸어다니는 것을 보고 지희는 무척 마음에 들어 했다. 말하는 인형이 이상하지 않냐고 소미가 물었지만 지희는 들은 척도 하지 않았다. 그저 어떻게든 곰을 한 번 더 만져보려고 손을 내밀다가 곰에게 손등을 얻어맞고는 했다.

우신과 곰은 여전히 사이가 서먹했다. 곰은 우신과의 첫 대면에서 엉덩이를 보여줬던 게 썩 기분 좋지 않은 모양이었다.

그 사이에 손님 두어 명이 왔다 갔고, 지희와 소미는 방해가 되지 않도록 소파에 앉아서 소곤대며 이야기를 나눴다. 지희는 가끔씩 핸드폰을 꺼내 언니의 문자와 사진, 보내준 기프티콘을 번갈아 보기도 했다.

"좋아?"

"당연하지. 희망이 있잖아. 언젠가는 언니를 보고 전처럼 대화할 수 있을 거라는."

지희는 밝게 말했다. 조카의 얼굴도 봤으면 좋겠다면서 그녀는 어린 시절 언니의 사진을 보았다.

단번에 풀리기에는 쌓인 미움과 시간이 너무 길었다. 지희는 그것을 인정하기로 했다. 가끔이라도 손으로 편지를 쓰고, 이제 당신의 이야기를 안다는 사실을 전하고 싶었다. 그럼 시간이 흘러 언젠가는 전처럼 지내게 될지도 모른다. 언니의 속사정을 알게 된 이후 지희는 훨씬 더 노력하고 기다려야겠다는 다짐을 했다.

소중한 언니를 다시 찾은 듯한 지희의 희망찬 얼굴을 보면서 소미는 잠시 생각에 잠겼다. 소미에게도 불과 한 달 전까지 동생이 있었다.

동생은 나를 어떤 누나로 여겼을까.

이제 와서 중요한 일은 아니다. 동생은 한 줌 뼛가루가 되어 날아갔고 그 이전에도 딱히 소미의 인생에 중요한 존재가 아니었다. 하지만 그다지 나쁜 사람은 아니었던 동생의 죽음 이후에도 아무런 감정이 들지 않는다는 건, 기묘한 방식으로 소미의 신경을 건드렸다. 때때로 장원일 형사가 말했던 것이 귓가를 맴돌았다. 소미 학생은 누가 불을 냈는지 관심이 없어 보여. 장원일은 유능한 형사였다. 그의 말은 정확했다.

손가락을 건드리는 감촉에 소미는 정신을 차렸다. 곰이 다가와서 손끝을 잡고 있었다.

"무슨 생각해?"

"음, 아무것도."

지희는 그사이에 우신과 수다를 떨고 있었다. 주로 우신이 듣고 지희가 말하는 쪽이었다. 소미의 얼굴을 올려다보면서 곰이 말했다.

"쓸데없는 생각은 필요 없어. 알지?"

"그럼, 물론이지."

"너한테는 내가 있잖아."

"당연하지, 곰. 난 너만 있으면 돼."

어딘가 침울해진 자신을 신경 쓰는 곰이 고마워서 소미는 곰을 꼭 끌어안았다. 하지만 속은 여전히 스스로의 감정에 의아했다. 나는 가족이 없어져도 아무렇지 않은 건가. 왜일까. 사람이라면 적어도 연민이나, 그리움이나, 죄책감 같은 건 있는 게 정상 아닐까. 가족 중 혼자만 화재에서 살아남았다면 말이다. 아무것도 남기지 않고 전소되어 버린 집, 그 불길 속에서 고통스럽게 죽었을 삼촌과 동생.

그때 또 한번 작은 목소리가 가까이에서 들려왔다.

'그래, 너무 걱정하지 마.'

귓전을 울린 목소리는 다정했다. 소곤대는 그 목소리의 주인을 찾아 주변을 둘러보았지만, 특별히 눈에 띄는 것은 없었다. 마치 소미를 담요에 잘 감싸 안아 다독이는 듯 부드러운 목소리였다. 걱정하지 마, 걱정하지 마. 소미는 그 말을 속으로 따라 하며 눈을 감았다.

Chapter 2

1

요즘 소미는 이 도시가 기대보다 좋다고 생각했다. 특별히 이곳에 이사 온 이유가 있는 건 아니었다. 집이 화재로 무너지며 갈 곳이 없어 이사해야 했을 때 그저 도시에서 살아보고 싶어서 온 것뿐이었다. 서울이나 더 발전된 도시는 너무 비쌌고 겁이 났다. 수도권 중 적당한 임대료와 교통 좋은 곳을 찾다 보니 여기까지 흘러왔다.

객관적으로 이 도시는 이제 막 개발 중인 곳이라 인프라가 좋지는 않았지만 소미에게는 딱 적당했다. 오래된 주택들도 많고 오래 산 주민들도 여전히 많았다. 아파트 단지가 개발되고 건설현장이 많아지면서 조금 분위기가 삭막해져 가고 있긴 했지만 여전히 예스러운 인정(人情)은 남은 동네였다. 원룸 주인 할머니도 이 근처에서 오래 살다가 건물을 지어 원룸을 시작한 사람이었고, 장난감 가게의 두 사장도 이곳에서 몇 년을 살았다고 했다.

지희와는 빠르게 친해졌다. 지희는 발랄하고 말이 많았지만, 동시에 속내가 투명하고 솔직한 친구였다. 소미는 원래 교우관계가 넓지 않았기에 지희처럼 경쾌한 친구가 매우 반가웠다. 사람에게 다가가는 것을 어려워하는 소미에게 지희는 성큼성큼 다가와서 불과 한 달도 안 되어 원룸 안에서 같이 밥을 나눠 먹는 사이가 되어 있었다.

비록 소미의 원래 고향인 남해 마을만큼 아름다운 풍광은 없었지만, 소미는 고향보다 이 도시가 훨씬 좋았다. 과거의 흔적을 아예 지워버릴 수 있어서 더 좋았다. 이리 흐르고 저리 흐르는 사람들 속에서 소미의 뿌리 같은 건 완전히 삭제해도 눈치 채는 사람이 없었다.

원룸에서 자다가 눈을 뜨면 작디작은 천장이 보였다. 오래되고 낡아 얼룩이 있지만 깔끔했다. 내려앉기 직전에 벌레까지 돌아다니던 고향집의 낮은 천장과 비교할 수 없이 깨끗했다. 일어나서 커튼을 열면 낡고 오래된 주택으로 가득한 좁은 골목의 동네가 눈 아래에 펼쳐졌는데, 고향에서 조금만 높은 곳에 올라가면 보이던 바다보다 훨씬 좋았다. 지희는 그걸 이해하지 못했다.

"아니, 어떻게 남해보다 여기 낡아빠진 동네 풍경이 더 좋다는 거야?"

지희는 소미의 이야기에 납득할 수가 없다는 듯이 고개를 저었다.

"바다는 싫어. 비린내 나고."

소미는 심드렁하게 말했다. 많은 이들이 남해의 아름다움을 찬양하지만 소미에게는 아무 의미도 없었다. 그 보편적인 아름다움은 소미의 우울한 일상으로 퇴색했고, 그녀는 과거가 조금도 그립지 않았다. 이곳으로 이사 온 지도 이제 두 달 가까이 되었지만 고향에 가고 싶은 마음은 손톱만큼도 들지 않았다. 그냥 그곳을 깡그리 잊을 수 있다면 더 좋을 것이다.

하지만 지희 역시 부모님이 있는 고향이 싫다고 했다. 경상도 내륙 지방의 작은 도시 근방이었는데 '거기야말로 볼 것 없다'라고 지희는 단언했다. 소미는 속으로 볼 것의 문제가 아니라 과거의 문제일 것이라고 짐작했다. 지희 역시 옛날을 지우고 새로운 생활로 빠져들고 싶은 것이다. 지희가 옛 기억에서 살리고 싶은 것은 언니인 미희 하나뿐일 테니까.

그러나 이곳에도 단점이 있었다. 술에 취한 위층 사람, 정리되지 않은 길거리의 쓰레기, 간혹 주차로 인해 목소리가 높아지는 주민들. 그리고 그 몇 안 되는 단점 중 하나가 바로 옆집 아저씨였다. 층간소음도 아니고 벽간소음이라고 들어보았는가?

같이 앉아 TV를 보던 지희가 중얼거렸다.

"저 아저씨 또 기타 친다."

"지난번에 주인 할머니가 얘기했다고 했는데 또 저러네."

"진짜 시끄러워."

곰도 한마디를 얹었다. 지희는 곰을 손가락 끝으로 살살 쓰다듬다가 이제 그만하라고 왁왁대는 소리를 들었지만 포기하지 않았다. 소미는 미간을 주물렀다.

"기타는 잘 치는데, 저기다가 노래만 안 했으면 좋겠어. 노래는 진짜 너무 못하던데."

"그러게 말이야."

그러나 그들의 말이 끝나기 무섭게 남자가 노래를 부르기 시작했다. 나지막하게 시작했던 목소리는 점차 커져서 우렁우렁 울렸다. 마치 옆집과의 벽이 없이 그냥 한 공간에서 노래를 듣고 있는 듯한 기분이었다. 사실 노래라고 하기에도 좀 민망했다.

"항상 생각하는 거지만, 저 사람 무슨 멜로디를 부르는 건지 본인이 알고 있긴 한 거야?"

"기타 반주하고 목소리하고 서로 다른 곡인 거 같은데…… 매번 그래."

"시끄러워 진짜."

곰은 귀를 막고서 투덜댔다. 심지어 지희도 소미도 전혀 모르는 노래였다. 소미는 노래를 거의 듣지 않지만 지희는 요즘 음악에 빠삭했다. 그런 지희가 따로 검색까지 해봐도 노래의 정체를 알 수가 없어서 그들은 저게 자작곡일 거라는 결론을 내렸다.

"집에서 저러는 건 진짜 민폐긴 해."

소미는 혀를 찼다. 소리가 들려오는 시간은 대중이 없었다. 낮에 들려올 때도 있었고 밤에 들려올 때도 있었다. 그래서 지희와 소미는 옆집 남자가 백수일 거라고 추측했다.

"그래도 기타로 연주하는 곡은 좋고 연주 실력도 좋은 거 같은데…… 그쪽 일 하는 사람일 수도 있으려나?"

지희가 말했고 소미와 곰도 동의했다. 노래 실력이 처참해서 그렇지 기타 멜로디는 계속 듣고 싶을 정도로 훌륭했다. 어쩌면 어느 밴드에서 활동하는 기타리스트일 수도 있다.

노래가 끝나고 뭔가 답답한 듯 큰 소리로 중얼대는 말이 들려왔다. 하도 크게 혼잣말을 많이 해서 얼굴은 본 적 없어도 목소리로 알아볼 수 있을 게 확실했다. 가끔 욕을 하며 불평불만도 늘어놓고 투덜대기도 해서 소미와 지희는 시끄러워도 흥미진진하게 그의 혼잣말을 들었다.

어떤 사람일까, 소미는 궁금했다. 지희는 아무리 기다려도 끝나지 않는 옆집 남자의 불평에 결국 웃음이 터졌다.

2

강용수는 핸드폰 액정에 뜬 은행 계좌를 들여다보았다. 한없이 낮아지고 있는 잔고 수위는 이미 알고 있었지만, 이제는 정말 한계였다. 혼자 산다고 해도 월세와 식비는 피할 수 없는 고정비용이다. 하지만 그래도 이제 조금은 사정이 나아질 예정이었다.

여태까지는 근처 백화점의 문화센터에서 기타를 가르쳤다. 이 도시에는 딱 하나 있는 백화점이고 문화센터 역시 마찬가지였다. 주민센터의 문화강좌 강사 자리도 직접 담당자를 찾아가기까지 하며 노려봤지만 그 자리에는 이미 몇 년째 붙박이로 일하는 사람이 있어 쉽지 않았다. 그 사람의 경력이 훨씬 좋아서 도리어 백화점 문화센터의 강사 자리까지 뺏길까 걱정해야 할 판이었다. 요즘은 경기가 좋지 않아서 이런 자리 하나가 소중했다.

주민센터의 강사는 김현주라는 여자였다. 20대 중반의 나이에 벌써 여러 아티스트들의 세션을 맡을 정도로 실력이 있는 사람이다. 대체 저런 사람이 왜 이런 곳까지 와서 주민센터 강사를 하고 있는지 알 수 없을 정도였다.

"나도 기회만 있으면 잘할 수 있다고."

강용수는 주민센터 강사 자리에서 그녀의 이름을 보고 경력을 검증해 보겠다며 김현주가 참여한 음반들을 찾아보았다. 하나쯤은 거짓이 있지 않을까, 그걸 주민센터 담당 직원에게 제보해서 쫓아낼 수 있지 않을까 하는 심보였다. 못된 건 알지만 생계가 위험했으니 그로서는 최선의 대책이었다.

그러나 김현주의 경력사항에 거짓은 없었다. 심지어 호기심 삼아 들어본 음반의 연주는 상당히 훌륭했다. 강용수 역시 아주 좋은 기타 실력을 지니고 있었고, 누구보다 잘 친다고 자부했지만 김현주도 만만치 않았다. 고요하고 부드러운 어쿠스틱 기타의 단정한 연주는 강용수가 순간 부럽다고 느낄 정도였다.

주민센터 강사 자리는 물론이고 잘못하면 지금 하고 있는 문화센터 강사 자리도 위험할지 모른다. 김현주라는 저 여자가 일자리를 원한다면 당연히 강영수 쪽이 너무 불리했다. 그는 기타 연주 실력 하나는 괜찮은 편이었지만, 딱히 내놓을 만한 경력사항이 별로 없었다. 이곳 문화센터 자리도 강사를 할 사람이 없어서 운 좋게 자리를 잡은 것뿐이었다.

하지만 놀랍게도 주민센터에서 연락이 왔다. 강사 자리가 공석이 되었는데 한번 해보지 않겠냐는 거였다. 강용수는 이미 그 자리를 두드리면서 담당 직원의 메일에 이력서를 넣어놓은 상태였고 그 덕분에 직원이 연락을 했다.

일자리가 하나 더 늘면 그래도 조금 나아질 것이다. 월 100만 원가량의 적은 수입이지만, 문화센터 강사 수입에 추가로 들어온다면 결코 나쁘지는 않다. 어차피 이곳의 생활은 그리 많은 돈이 필요하지도 않으니까.

'그 여자는 서울 갔나 보군.'

강용수는 부러움을 지우기 위해 일부러 코웃음을 쳤다. 실력 좋은 세션맨이야 누구나 원하니 김현주라는 여자는 서울에서도 일거리를 잡을 수 있을 것이다. 혹은 요즘 아티스트들에게 유행하는 것처럼 제주도에 내려갔을지도 모른다. 멀리서 반주를 녹음해서 전송하는 식으로 일을 하기도 하니까. 강용수가 생각하기에는 상당히 호화롭고 게으른 방식이었다.

어쩐 일로 김현주가 강사 자리에서 나왔는지는 몰라도 어쨌든 강용수에게는 좋은 일이었다. 주민센터 강사 일은 이전에도 해본 적이 있었는데, 거의 주부나 노인들을 가르치는 것이라 근무 강도도 약하고 매우 편안한 자리다. 게다가 이곳은 주민들의 성향이 상당히 너그러운 편이었다. 적당히 성실하게만 일한다면 큰 문제는 없을 것이다.

그는 다시 기타를 잡았다. 애지중지하는 기타를 살펴보던 강용수는 기타 겉면에 칠이 조금 벗겨진 것을 눈여겨보았다. 칠이 벗겨진 것은 이미 예전부터 알고 있었는데 금전적으로 여유가 없어서 거기까지 신경을 쓸 수가 없었다.

'보기 싫은데 가볍게 수선이나 할까.'

어차피 기타의 기능적인 측면은 아니고 약간 칠이 벗겨진 것뿐이라 그냥 놔두어도 상관없었지만, 그래도 아끼는 기타이기에 깔끔히 유지하고 싶었다. 그는 잠시 머리를 굴렸다.

이 근처에 악기상은 없다. 서울 근처 부천을 가야 있을까.

'하지만 중고 물건 수리하는 곳은 있지.'

버스정류장 근처의 중고 상점. 장난감 가게라고 써 있지만, 밑에는 중고 물품과 수리 등을 취급한다고 적혀 있었다. 기타의 작은 흠집을 지우는 정도는 얼마든지 해줄 것 같았다. 새로운 일을 시작하는 데 이왕이면 아끼는 기타도 깔끔하고 예쁘게 만들어 가지고 가는 게 나으리라.

게다가 약 한 달 뒤에는 강용수가 목표로 하는 상당히 큰 음악 콘테스트가 있었다. 유명한 기획사에서 주최하는 이번 '스타 콘테스트'

는 외모나 퍼포먼스가 아닌 정말 음악으로만 승부하겠다는 콘셉트의 콘테스트였다. 강용수로서는 아주 좋은 기회였다. 음악 외적인 것으로는 딱히 내세울 게 없는 그였다. 그 콘테스트를 위해서라도 기타 컨디션을 최상으로 유지하는 게 나쁠 건 없었다.

거기서 수상만 하면 그가 그리도 원하던 진짜 음악인으로서의 생활을 시작할 수 있었다.

'보컬 하나만 딱 구하면 대상 자신 있는데.'

잘 빠진 곡은 완성되어 있다. 다정한 바다와 외로운 섬을 테마로 한 곡이었다. 세상에 홀로 떨어져 섬과 같은 인생이어도 푸른 하늘과 바다를 벗 삼아 즐겁게 살자는 가사는 감성적이고 희망찼다. 음악을 하는 친구들도 이 곡은 잘될 거라며 감탄했다.

하지만 강용수는 지금 자신의 곡에 딱 맞는 목소리를 찾지 못하고 있었다. 자신이 보컬까지 맡을 수 있다고 자신하던 20대 초반까지와는 다르게 이제 강용수는 자기 목소리가 얼마나 엉망진창인지 인정했다. 싱어송라이터는 터무니없는 소리다. 멜로디를 만들어야 하니 혼자 방 안에 앉아 노래를 불러대긴 했지만 보컬을 위한 것은 아니었다.

'누구든 진짜, 딱 맞는 보컬 나타나기만 하면……'

그 생각만 하면 속이 탔다. 계속해서 콘테스트 날짜는 가까워지고 있는데 딱 맞는 목소리는 나타날 생각을 하지 않았다. 유튜브 채널을 돌면서 인디 밴드나 무명 보컬들의 영상을 주의 깊게 보았지만, 그가 찾는 보컬은 없었다.

이 콘테스트가 지나고 나면 이렇게 좋은 기회가 또 올지 알 수가 없다. 강용수는 조바심에 애가 달았다.

하지만 지금은 그저 본인의 컨디션과 연주를 최상으로 유지하는 수밖에 없었다. 자그마한 기타의 흠집 하나조차도 수선하는 게 낫다고 느낄 정도였다.

그는 다음 날 바로 기타를 들고서 중고 가게로 향했다. 수선을 위해 왔다고 하자 카운터를 지키고 있던 사장이 고개를 끄덕였다. 사장의 키가 너무 크고 무섭게 생겨서 강용수는 솔직히 조금 위축되었다.

"여기 이 흠집을 좀…… 없애고 싶어서요."

사장은 가만히 그 흠집 부위를 들여다보았다.

"칠만 다시 하면 되겠네요."

"오래 걸리나요?"

"칠하는 건 금방인데 말려야 하니까요. 안전하게 하려면 내일쯤 다시 찾으러 오시면 됩니다."

사장의 말에 강용수는 고개를 끄덕였다. 그는 온갖 물품이 다 구비되어 있는 가게 안을 은근슬쩍 둘러보았다. 겉으로 보기에 이 건물은 꽤 낡아 있었지만 안쪽은 아주 말끔하게 정리되어 있다. 그는 특히 진열대 밑쪽에 서 있는 기타 한 대를 자세히 보았다.

"혹시 사장님, 이것 얼마인가요?"

"70만 원입니다."

“오, 제법 센데요.”

“전에 쓰시던 분이 잘 팔아달라고 하셔서요. 관리도 워낙 잘하셨고.”

크래프터에서 나온 조금 작은 바디의 어쿠스틱 기타였다. 여성들에게 어울릴 법한 콤팩트한 바디의 기타였지만, 관리도 잘 되어 있고 전 주인이 아꼈던 게 눈에 보여서 강용수는 탐이 났다.

“조금만 싸게 안 되나요?”

“신제품 가격이 백만 원은 넘는 거라고 원래 주인분이 그러셨거든요. 위탁판매를 맡기신 거라, 저희 재량으로는 어렵습니다.”

사장은 어깨를 으쓱했다. 강용수는 아쉬움에 입맛을 다셨다. 그는 기타를 진열대에서 들어 올려 손에 쥐어보았다. 다소 자그마한데도 몸에 딱 붙는 듯한 느낌이었다.

그때 유리문에서 종소리가 울리고, 한 젊은 여성이 들어왔다. 그녀는 강용수 쪽의 눈치를 보다가 카운터 쪽으로 다가섰다. 강용수는 그녀에게 신경 쓰지 않고 기타를 울려보는 데 정신이 팔렸다. 상당히 좋은 소리였다.

“우신 사장님, 저, 곰이, 아니, 인형 진료……아니, 수선 받으러 왔습니다.”

“아, 지금 뒤에 민호 있어요. 한번 들어가 보세요.”

“뒤로요?”

“네, 걱정 마시고. 안쪽이 더 이야기하기 편하실 거예요.”

사장이 뒤쪽 작업실을 눈짓했고 그 여성은 흘긋 강용수 쪽을 보고 뒤로 머뭇거리며 들어섰다.

강용수는 그들이 뭐라고 하든 말든 기타의 소리에 귀를 기울이고 있었다. 맑고 부드러운 소리다. 전 주인이 틀림없이 무척 사랑했으리라.

지난해 장마철에 기타 한 대가 물에 젖어 완전히 뒤틀려서 버렸으니 하나쯤 사두는 것도 나쁘지 않을 것이다. 주민센터 강사 자리를 맡았다는 생각에 강용수는 소비에 꽤 대범해졌다. 70만 원이면 이 정도 기타를 사는 데 아깝지 않은 돈이었다.

결국 그는 그 기타를 사서 가게를 나왔다. 거금 70만 원을 썼는데도 속이 뿌듯했다. 기타를 산 덕분에 원래 기타의 수선은 공짜로 해주기로 해서 그것도 좋았다. 오늘은 기분 좋은 날이니 맥주를 한 캔 마셔야겠다. 하면서 그는 싱글벙글 웃었다. 어쩐지 감이 좋은 날이었다.

3

"오늘 큰 거 팔았네?"

민호가 곰을 손바닥에 올리고 나오면서 우신에게 말했다. 우신은 고개를 끄덕였다.

"그러게. 저거 위탁 맡긴 분이 좋아하겠는데."

"흠, 그런데 저거…… 저 기타도 숨 쉬는 애 아냐?"

민호의 손바닥 위에서 팔짱을 끼고 있던 곰이 중얼거렸다. 민호는 고개를 끄덕였고 우신은 고개를 갸웃했다.

"그래? 난 눈치 못 챘는데."

"사장이면서 둔하군."

"원래 이 가게 주인도 내가 아니라서 말이야."

곰의 핀잔에도 우신은 주눅 들지 않았고, 민호는 그저 미소만 띨 뿐이었다. 소미는 어리둥절해서 곰에게 물었다.

"숨 쉬는 애? 그럼 쟤도?"

"응, 물론 나처럼 말하거나 움직이지는 못하지만."

곰은 약간 뽐내는 것처럼 가슴을 내밀었다. 민호가 거기에 덧붙였다.

"뭐, 애초에 여기 그런 애들이 많이 모이긴 하는데……. 특히 우리 가게에서는 그렇게 능력이 개화하는 애들이 많아요."

"신기하네요. 왜 여기에서 능력이 생기는 애들이 많나요?"

"왜냐하면 이 건물과 땅 자체가 그런 애들에 대해 치유력이 좀 있는 편이거든요. 수명도 늘어나고요."

신기한 일이다. 소미가 입을 딱 벌리고 있자 민호가 소리 내어 웃었다.

"아니, 곰이 주인분이 그렇게 신기해하시면 어떡하나요. 곰이 같은 경우가 그런 애들 중 가장 똘똘하고 특출나게 생기발랄한 아이인 걸요."

"그런가요?"

"네. 능력이 개화해도 보통은 곰이처럼 말하거나 움직이지 못해요. 그저 조용히 뜻만 보내거나, 자기 자신을 변화시켜서 주인의 소원을 이루어 주려고 하죠."

소미는 새삼스럽게 자신의 곰을 내려다보았다. 곰은 티 내지 않으려 하고 있었지만 어딘가 자랑스러워서 뻐기는 듯한 모습이었다. 그게 귀여워 그녀는 곰을 꼭 가슴 안에 안았다.

"그래서 저희가 곰이도 가게에 자주 오면 좋다고 하는 거예요. 이 공간이 치유력을 가지고 있어서 곰이 몸에 좋거든요."

"뭐, 그렇긴 하지. 여기 오면 기분이 좋아."

민호의 말에 곰도 고개를 끄덕였다.

"요즘처럼 계속 오면 되는 거죠?"

"네, 항상 오셔서 간단히 진찰받고 가세요. 저희도 사실 그냥 살펴보는 게 전부니까."

소미는 조금 망설이다가 계속 생각하던 바를 꺼냈다.

"저, 사실……."

그녀는 약간 민망해서 귀 끝을 붉게 물들였다.

"벌써 3주일째 보고 있는데 사장님들이 저한테 말씀 편하게 해주셨으면 좋겠어요. 공짜로 해주고 계신데, 앞으로도 제가 신세 질 거 같기도 하고……."

　사장들은 무료로 곰의 진료를 봐주고 있었다. 별것도 아니고 그냥 조명 아래에서 잘 살펴보고 보내주는 것뿐이지만, 그래도 소미에게는 대단한 호의였다. 그리고 곰이 있는 한 이 가게에 신세를 안질 수 있는 방법도 없었다. 게다가 슬쩍 물어보았을 때 사장들은 스물아홉 동갑으로 소미와는 무려 여덟 살 차이였다. 계속해서 깍듯이 존대해주는 게 더 부담스러웠다.

　민호와 우신은 서로 얼굴을 쳐다보았다. 민호가 어깨를 으쓱했고 곧 우신이 픽 웃었다.

　"그래, 그럼."

　조금 긴장하고 있던 소미의 얼굴이 확 밝아졌다. 민호는 그런 소미를 보면서 미소를 지었다. 소미는 스물한 살답게 속을 알기 쉬웠다. 아직은 성인보다 청소년에 가까운 나이이니 당연할지도 몰랐다.

　"그럼 말 놓은 기념으로 커피라도 마시고 갈래? 뭐 좋아해? 아메리카노? 라떼? 핫초콜릿?"

　반가운 말에 소미는 염치불구하고 대답했다.

　"저, 저는 라떼 주세요. 아이스로요!"

　"나는 우유 줘. 따끈하게 데우고 설탕 한 스푼 타서."

　곰이 당당하게 요구했다.

4

주민센터 문화강좌 첫 번째 시간은 매우 기분 좋게 끝났다. 여섯 명으로 구성된 초급반의 인원은 많지도 적지도 않았고, 적당히 열의 있는 좋은 학생들이었다. 노골적으로 놀지도 않고 귀찮게 질문하지도 않는다는 면에서 더할 나위 없었다.

원래 첫 번째 시간은 오리엔테이션인 법이라 그는 앞으로 나갈 진도와 방향 등을 설명했다. 나누어 준 진도표를 보면서 수강생들은 진지한 눈빛을 했다. 지금은 아예 기타를 잡을 줄도 모르는 사람들이지만, 아마 이번 사분기 강좌가 끝나면 다들 간단한 곡 하나 정도는 칠 수 있을 것이다. 그것을 목표로 가르치려고 하니까. 강용수도 적당히 돈만 축내면서 게으르게 가르치고 싶지는 않았다. 어느 정도는 성취감이 있는 편이 좋았다.

"여러분은 기타 배워서 목표가 있으신가요? 나중에라도 말이에요."

강용수는 완성할 곡에 대해서 설명하다가 수강생들에게 물었다. 수강생들은 서로 얼굴을 쳐다보았고 조금 용감한 남학생 한 명이 대답했다.

"저는 여자친구한테 기타 치면서 노래 불러주려고요."

"어떤 노래요?"

"성시경의 '희재'요."

"기타 반주는 둘째치고 일단 그 곡은 노래가 어려울 텐데."

강용수가 웃었다. 강용수 본인도 보컬에 욕심이 있기 때문에 남학생의 원대한 희망은 잘 알 수 있었지만, 처음 선택부터 너무 고난이도를 골랐다. 다른 여학생도 남학생의 대담한 선언에 웃다가 말했다.

"저는 김윤아의 '야상곡' 반주하면서 불러보고 싶어요."

"아이고야."

한술 더 뜨는 여학생의 말에 강용수가 머리를 짚었다. 수강생들본인도 꽤나 거한 욕심이라는 걸 알기에 모두가 스스럼없이 웃었다. 웃음 끝에 중년 여성 수강생이 말했다. 기타 솜씨가 잘 늘지 않아 초급반을 두 번째 수강한다는 여성이었다.

"선생님도 노래 잘하세요?"

"음, 저요. 노력은 하고 있죠."

강용수는 머쓱하게 말했다. 한때는 본인이 노래를 잘한다고 착각했던 적도 있었는데, 몇 년 전 뮤지션인 친구에게 호되게 비판을 당하는 바람에 그 착각이 깨졌다. 싱어송라이터를 지망하는 강용수로서는 매우 슬픈 일이었다. 이제 그는 남들 앞에서 노래를 부르지 못하고 방구석에 앉아 혼자서만 부를 수 있는 몸이 되었다.

"그렇구나. 사실 지난번에 저희 가르치던 김현주 선생님은 노래를 진짜 잘하셨거든요. 그래서 수업 끝날 때마다 한 곡씩 불러주셨어요."

중년 여성 수강생은 그때를 떠올리듯이 눈을 가늘게 떴다.

"조용한 노래들을 참 잘 부르셨죠. 목소리가 정말 예뻤어요."

"그랬군요."

강용수는 김현주의 이야기에 귀가 쫑긋했지만 어딘가 못마땅하기도 해서 헛기침을 했다. 그녀가 김현주에 대해 몇 마디 더 했지만, 수강생 중 김현주를 아는 이가 더 없었으므로 이야기는 흐지부지 끝났다. 강용수는 재빨리 다음 진도로 넘어갔다. 수강생들이 전 선생에 대한 대화를 길게 이어가는 건 별로 좋지 않았다.

강좌를 끝내고 오는 길, 강용수는 단골 베이커리에 들렀다. 최근 일하기 시작한 알바생이 그를 귀찮다는 눈빛으로 쳐다보았다. 그는 모른 척하고 베이커리를 둘러보며 빵을 골랐다.

이곳은 이 소도시에서는 찾아보기 힘들 정도로 큰 베이커리였다. 빵 종류도 많고 맛도 좋아서 강용수는 언제나 이곳에서 빵 구경을 하며 시간을 보냈다. 문화센터 강사와 이런저런 반주 일을 해주면서 버는 돈으로는 마음대로 디저트를 사 먹기 힘들다. 게다가 이 베이커리의 빵 값은 제법 비쌌다. 그래서 강용수는 언제나 꽤 오랜 시간을 들여서 신중하게 빵을 골랐고, 계산을 다 하고도 마음이 바뀌면 교환해 달라고 했다. 빵을 고르는 것만 사오십 분 이상을 썼으니 베이커리 쪽에서 좋아할 리가 없었다. 게다가 기껏 고른다고 해도 하나나 두 개 정도의 빵만 구입했기 때문이었다.

지난달부터 일하기 시작한 저 초보 알바생도 이미 강용수에 대해 알게 되어서 눈빛에 짜증이 배어 있었다. 그러거나 말거나 강용수는 여태까지와 마찬가지로 심혈을 기울여서 빵을 골랐다.

먹음직스러운 소보루 하나와 팥빵. 결국 골라낸 건 그거였다. 어느 빵집에나 있는 기본적인 종류인데, 이 집의 것이 특별히 맛있었다. 알바생은 약 한 달간 지켜본 결과 강용수가 약 80퍼센트의 확률로 그 두 종류의 빵을 살 것을 알고 있었다. 그래서 말없이 봉투에 싸서 빵을 내밀었다.

"6500원입니다."

"아, 역시 비싸네요."

강용수가 농담했지만 알바생은 차가운 눈빛으로 그를 쏘아볼 뿐이었다. 결국 그는 값을 깎는 것을 오늘도 포기하고 6500원을 내고 가게를 나섰다.

그는 이제 코딱지만 한 원룸으로 돌아가 콘테스트를 위한 곡을 작곡하려고 했다. 이미 곡은 한 곡이 나와 있었지만 보컬을 구할 수가 없어 상당히 스트레스를 받았다. 만약 이번 콘테스트에서 성공만 한다면 이따위 원룸과 외딴 도시에서는 단숨에 벗어날 수 있을 텐데, 하면서 강용수는 애타는 마음으로 하늘을 올려다보았다.

5

김현주는 신경질적으로 포스기를 두들겼다. 또 먹통이 되려는지 느려서 속이 터졌다. 뒤에서 빵을 굽던 어머니가 꽥 소리를 질렀다.

"그만 두들겨!"

"아, 이거 좀 바꿔. 엄마. 맨날 느려져!"

"찬찬히 해 이것아. 누굴 닮아 저리도 성격이 급한 거야?"

"엄마 닮았지."

"잘났다, 정말."

어머니는 혀를 차면서 매장에 나와 포스기를 조작했다. 어머니가 손을 대자 다시 멀쩡히 돌아가는 기계를 보면서 김현주는 머리를 긁었다. 그녀는 후우 하면서 한숨을 쉬었다.

"조금 아까 그 이상한 아저씨 또 왔었어."

"누구…… 아, 맨날 40분씩 구경하다가 빵 하나 사 가는 사람?"

"오늘은 그래도 두 개 사 가더라. 소보루하고 팥빵."

"하여튼 희한한 사람이야. 이틀에 한 번은 오면서 매번."

현주가 어머니의 베이커리에서 일을 한 지도 이미 한 달이 넘어서고 있었다. 다른 알바생들도 있어서 거의 바쁘지 않지만, 한가한 오후 시간 잠깐은 현주 혼자서 매장을 돌봤다. 그때마다 방문하는 이상한 남자는 매우 거슬렀다. 어머니는 한참 전부터 매번 그러는 사람이라고 했다.

"그 사람 기타리스트 같더라."

"그걸 네가 어떻게 알아?"

"한 달 내내 봤는데 그걸 모르겠어? 손에 굳은살 박인 게 나랑 거의 비슷해."

현주는 자신의 손을 들어 보였다. 기타연주자들은 손가락 끝에만 둥글게 굳은살이 박인다. 누가 보아도 평생 기타를 쳐온 사람이라는 걸 알 수 있는 표시였다. 연습의 흔적이니 자랑스럽고 뿌듯한 것이기도 했다. 모든 기타리스트들은 자신의 굳은살을 자랑스러워했다.

물론 김현주는 이제 아니었다. 왜냐하면 그녀는 더 이상 기타연주자가 아니었으니까.

"너 오늘 물리치료 받으러 갈 거지?"

"가야지."

"빼먹지 말고 다녀. 나아질지도 모르잖아."

어머니는 안타까운 눈으로 현주를 바라보았지만 그녀는 애써 그 시선을 외면했다. 어머니의 간절한 바람에도 불구하고 그녀는 이미 알고 있었다. 김현주는 더 이상 기타를 칠 수 없었다. 석 달 전 당한 교통사고로 인해 오른쪽 어깨의 신경이 마비되었고, 덩달아 약지와 중지의 신경도 마비되었다. 움직이지 않는 손을 가진 기타리스트란 존재하지 않는다.

교통사고는 크지 않았다. 그저 친구의 차를 얻어 타고 가다가 뒤에서 받혔을 뿐이었다. 상당히 큰 충격이긴 했지만 인생이 뒤바뀔 정도의 사고는 아니었다. 친구는 이마 부상과 목디스크를 얻었고, 현주는 어깨를 다쳤다. 정말로 별거 아니었다. 하지만 어깨의 신경이 손상되어 현주는 기타를 치지 못했다.

의사는 재활하면 가능할지도 모릅니다만, 이라면서 말끝을 흐렸다. 현주의 손끝은 석 달째 움직일 생각을 하지 않았다. 재활도 치료도 계속 하고 있지만 현주는 희망을 잃어갔다. 아주 조금씩이라도 호전되었다면 아마 기꺼운 마음으로 견뎌냈을 것이다. 그러나 그 교통사고 이후 그녀의 손가락은 시체처럼 죽어버렸다. 견디기가 불가능했다.

"항상 빌어먹을 일은 나한테만 찾아오지."

정말 별거 아닌 일이었고, 운전자인 친구의 잘못도 아니었고, 그저 일상 속에서 얼마든지 일어날 수 있는 작은 사고 하나로 현주가 그간 애써 일궈온 경력이 물거품이 되었다는 게 믿어지지 않았다. 원래도 비관적인 성격이었던 현주는 이제 구조에 대한 희망 없이 우두커니 홀로 사막에 서 있는 듯한 착각을 느끼고는 했다.

김현주의 연주자로서 커리어는 이제 시작이었다. 여태까지 쌓은 것만도 훌륭했으나 앞으로 나아갈 길이 구만리였다. 언젠가는 타고난 예쁜 목소리를 갈고 닦아 노래도 해보고 싶었다. 아직은 보컬 프로가 되기에 터무니없었지만.

그러나 기타연주자로서 홀로 설 수 없게 된 이후 모든 의욕이 사라졌다. 한순간 너무도 연약하게 부서져 버린 자신의 인생 때문에 현주는 여전히 뿌연 안개 속을 거닐고 있는 것 같았다.

다음 알바생이 와서 현주는 앞치마를 벗고 가게를 나섰다. 병원에 가려면 버스를 타야 했다. 지금도 오른쪽 어깨가 아파서 그녀는 왼손으로 어깨를 주무르며 길을 걸었다. 대로변으로 나가면서 보인 장난감 가게 간판에 현주는 이끌리듯이 가게 문을 열고 고개를 들이밀었다. 며칠 전 연락받은 게 있었기 때문이었다.

"안녕하세요 사장님."

"아, 오셨어요?"

잘 웃는 남자가 눈을 휘며 그녀를 맞이했다.

"제 기타가 팔렸다고 연락 주셔서요."

"네, 70만 원에 어떤 남자분이 사 가셨어요. 좋은 기타라고 하더니만 그 자리에서 구매하시더라구요."

"제가 정말 아끼던 기타거든요. 관리도 잘했고. 생각보다 빨리 팔렸네요."

"그러게요. 잠시만요, 정산금 내드릴게요."

사장은 위탁 판매한 돈을 현금으로 내주었다. 현주는 그것을 받아 들고 가게를 나섰다.

교통사고로 다친 손가락이 더 이상 제대로 움직일 가능성이 없다는 말을 듣고서 현주는 나름대로 고민을 많이 했다. 오른쪽 어깨는 뻑뻑했고 약지와 중지는 아예 힘이 들어가지 않았다. 의사는 재활을 한다면 일상생활은 무리 없이 가능할 거라고 약속했지만, 기타연주를 정교하게 할 수 있을지에 대해서는 애매하게 부정했다.

비관과 무력감은 지금도 현주를 잠식하고 있었다. 아끼던 기타를 팔아치운 것은 더 이상 속앓이를 하고 싶지 않다는 뜻이기도 했다.

어차피 안 된다면 속만 끓일 필요도 없었다. 차라리 음악이고 뭐고 다 잊고 새 길을 모색해 보는 게 나았다. 미련을 담아 기타를 쳐다본다고 손가락이 다시 멀쩡히 움직이는 것도 아니니까.

하지만 손에 든 현금을 보면서 현주는 돈을 그대로 거리에 팽개치고 싶다는 충동에 시달렸다. 자신의 25년 인생이 이 금액으로 정산된 것 같은 기분이 들었다.

6

달력에 표시해 둔 스타 콘테스트 일정을 노려보다가 강용수는 뒤로 벌렁 누웠다. 한 달이 조금 덜 남았다. 여전히 곡은 잘 나왔지만, 거기에 얹을 목소리가 안개 속이었다. 여기저기 마음에 든 보컬들에게 연락해서 샘플을 부탁해 봐도 적격자를 찾을 수 없었다. 스타 콘테스트의 일정은 이미 8개월 전에 발표되었고 이미 3개월 전에 곡은 나왔다. 그 이후 내내 강용수는 답답해서 몸부림쳤다.

그는 아직 유명하지 않은 몇몇 유명 뮤지션들의 음반에 참여한 적이 있었다. 하지만 강용수가 원하는 건 세션맨이 아니었다. 그는 꼭 작곡가로서 자기 음악을 하고 싶었다. 원래는 싱어송라이터를 원했지만, 이제 자신의 목소리가 엉망이라는 사실을 잘 알았기에 곡에 꼭 맞는 보컬을 원했다. 그의 감수성에 딱 맞는 아름다운 목소리, 속삭이듯 달콤하고 나른한 목소리가 필요했다. 다정한 바다와 외로운 섬을 노래해 줄 목소리가 말이다.

강용수는 머리를 감싸 쥔 채로 바닥을 한참 굴러다녔다. 아무리 굴러다닌다 한들 한 달 안에 그 곡에 꼭 맞는 보컬이 톡 나타날 리 없었다. 이번에는 곡에 진짜 자신 있는데. 이렇게 강렬한 감각이 찾아오기가 쉽지 않았다. 이런 곡이 나왔을 때 큰 기회를 잡아 거기서 터뜨려야 했다.

하지만 이대로라면 또다시 기회를 놓치고 1년이 지나가는 건가 싶어서 그는 우울해졌다. 어느새 그의 나이가 스물여덟이었다. TV에서 어린 나이의 가수들이 잘나가는 모습을 보면 자꾸만 세상이 어두워지고는 했다.

한숨을 깊이 쉬고서 그는 일어나 앉아 기타를 잡았다. 흠집을 완전히 수선해온 기타를 만지다가, 충동적으로 새로 사 온 기타를 가지고 와서 앉았다. 기타 소리가 상당히 예쁘니까 작곡에 도움이 될지도 모른다.

몇 번 줄을 튕겨보았다. 하지만 물론 속은 여전히 답답했다. 강용수는 조금 더 뒹굴다가 좌절의 비명을 베개 밑에서 지르고, 다시 일정을 확인한 뒤 맥없이 잠자리에 들었다.

그는 원래 꿈을 거의 꾸지 않는 편이었다. 그러나 그날따라 잠든 그의 머리맡으로 선명한 꿈이 찾아왔다.

작은 몸체의 기타가 강용수의 앞에서 춤을 추고 있었다. 아무리 꿈이라지만 참 유치찬란한 모습이다 싶어서 강용수는 한심하게 바라보았다. 그는 이게 꿈이라는 걸 알고 있었다. 기타가 일어서서 춤을 추는 게 꿈이 아닐 리가 없지 않은가.

"너, 그렇게 춤추다가 부서지면 안 돼. 70만 원 몸값은 해야 하니까."

강용수는 못마땅하게 중얼거렸다. 마치 그 말을 들은 듯 기타는 우뚝 멈춰 섰다. 기타에는 눈이 없는데도 강용수는 자신을 바라보는 강렬한 시선을 느꼈다. 기타는 마치 사람처럼 그를 차가운 시선으로 바라보고 있었는데 어디선가 많이 느껴봤던 기시감이 있었다.

'아, 그…… 빵집 알바생.'

싸가지 없으면서 냉랭한 눈빛. 강용수가 그 알바생을 떠올리자마자 기타는 마치 잘했다는 듯이 다시 춤을 추기 시작했다. 일어선 채 신나게 엉덩이(기타에 진짜 엉덩이가 있을 리 없지만, 바디의 뒤에서 아래쪽이니까)를 흔드는데, 배경으로 흐르는 음악은 아무래도 그 움직임과 전혀 맞지 않았다. 강용수는 답답해져서 가슴을 두드렸다.

"인마, 너 리듬하고 전혀 안 맞잖아. 그리고 이 조용하고 예쁜 노래랑 네 그 멍청한 트월킹이랑 어울린다고 생각하냐?"

기타는 다시 움직임을 멈췄다. 차가운 시선이 또 느껴지고 오로지 들리는 것은 그 음악뿐이었다. 고요하고 아름다운 선율 위로 사랑스러운 여성의 목소리가 들렸다. 그녀는 넓은 푸른 바다를 벗 삼은 홀로 된 섬의 이야기를 노래하고 있었다. 강용수가 찾아 헤매던 바로 그 목소리였다. 강용수는 몸이 얼어붙은 채로 주변을 둘러보았다. 아무것도 없는 텅 빈 공간 속에 기타와 그 둘만이 존재했다. 그리고 기타가 스스로 노래를 부르고 있었다.

'이거, 그 알바생 목소리구나.'

강용수는 직감적으로 그 사실을 알 수 있었다.

그 순간 요란스럽게 알람이 울렸다. 강용수는 마치 용수철처럼 벌떡 일어나 앉았다. 어젯밤 난리를 치며 굴러다닌 덕분에 머리는 까치집이었지만 그걸 돌볼 겨를이 없었다. 그는 시계를 보았다. 오전 10시. 지금 가도 빵집은 열려 있을 것이다. 강용수는 허겁지겁 트레이닝복을 꿰어 입은 뒤 구르듯이 원룸을 빠져나갔다.

7

오전의 베이커리에는 손님이 별로 없다. 사실 가게문을 여는 것도 빵을 굽기 위한 준비였다. 어머니는 일찍 나와 이미 빵을 준비하고 있었고 김현주 역시 오전 아홉 시 정도면 나와서 빵을 진열하기 시작했다.

그녀는 빈 베이커리 안에서 노래를 흥얼거렸다. 특별히 한 곡을 부르고 싶은 기분이 아니라서 김현주의 노래는 문 리버에서 플라이미 투 더 문으로, 어텀 인 뉴욕으로 흘러 넘어갔다. 가사를 기억하지 못하면 자연스럽게 다음 곡으로 넘어가는 식이었다.

빵을 진열하며 노래를 흥얼대는 데 열중하느라 그녀는 뒤에 손님이 들어왔다는 사실을 눈치채지 못했다. 빵을 구워 가지고 나오던 어머니가 크게 인사했다.

"어서 오세요, 손님."

현주는 깜짝 놀라면서 뒤를 돌아보았다. 그곳에는 그 아저씨, 빵을 사오십 분씩 고르면서 한두 개 사 가는 그 아저씨가 들어와 있었다. 하필 저 아저씨가 볼 때 노래를 흥얼거렸나 싶어서 현주는 얼굴이 빨개졌다.

"저, 저……."

아저씨는 말을 더듬었다. 생긴 건 멀끔한 편인데 머리가 까치집이라 꼴이 우스웠다. 한참이나 말을 제대로 꺼내지 못하는 모습을 보면서 현주는 의아한 얼굴로 고개를 갸웃했다.

"저하고 같이 음악 하실래요?"

결국 그가 꺼낸 말에 현주의 얼굴이 싸늘하게 식었다.

8

소미는 민호와 우신에게 줄 빵을 사려고 베이커리에 들렀다. 이

116

베이커리는 근방에서 가장 크고 빵이 맛있는 곳이었다. 계속해서 장난감 가게 사장님들한테 신세를 지는 기분이라 빵이라도 사다가 선물로 주고 싶었다.

"오, 냄새 좋다."

주머니 속에서 곰이 속삭였다. 소미는 주머니 천 밖으로 곰의 궁둥이를 톡톡 두드리고서 베이커리 내부를 살펴보았는데, 눈앞에 이상한 상황이 펼쳐지고 있었다.

"저하고 같이 음악 하실래요?"

소미는 순간 이게 무슨 상황인지 이해하지 못해서 고개를 갸우뚱했다. 머리가 엉망진창인 트레이닝복 차림의 남자가 앞에 선 알바생에게 거의 사정을 하면서 같이 음악을 하자고 애원하고 있었다.

그러나 알바생의 얼굴은 그야말로 얼음장 같았다.

"저 음악 같은 거 안 해요. 나가세요."

그녀는 곧장 거절하더니 더 이상 남자를 상대하지 않고 몰아내기 시작했다. 남자는 버티려 했지만 영업 방해로 신고하겠다는 말에 비굴하게 문 바깥에서 얼굴만 들이밀고 다시 한번 애원했다.

"정말로요. 제가 작곡한 곡을 드릴 테니까, 노래를 해주시면 돼요. 곧 콘테스트가 있다구요!"

남자는 좌절한 채 큰소리를 냈다. 알바생은 가차 없이 그를 내쫓았고 소미는 익숙한 목소리에 잠시 정지했다. 어디선가 많이 들은 목소리였다.

"이 목소리, 옆집 남자잖아?"

주머니에서 곰이 속삭였다.

"맞네. 맞아."

소미가 그제야 깨닫고서 손뼉을 쳤다. 알바생은 여전히 열 받은 표정이었지만 소미가 있는 것을 알고 프로페셔널하게 웃었다. 항상 생각하는 거지만 알바생은 오른쪽 팔이 약간 불편한 듯 움직였는데, 남자를 몰아낼 때는 화가 나서인지 아예 그런 모습이 보이질 않았다.

소미는 빵을 잔뜩 골라서 카운터로 가지고 갔다. 알바생은 열심히 계산했다. 꽤 많이 골랐기에 한참 걸렸다.

"저…… 혹시, 아까 그 아저씨 아세요?"

소미가 조심스럽게 묻자 알바생은 잠시 멈칫하더니 대답했다.

"저희 가게에 자주 오시는 분이세요."

"그런데 갑자기 무슨 말씀을 하신 거예요? 아까…….”

"모르겠어요. 갑자기 음악을 같이 하자고, 노래 불러달라고 해서요. 어이가 없어서 정말. 무슨 사기꾼 같은 놈이 갑자기.”

알바생은 화가 난다는 듯 말했다. 하지만 소미가 알기로 그 남자는 적어도 매일같이 음악을 연습하는 사람이었다. 음악을 잘 아는 지희도 남자의 기타 솜씨나 자작곡이 상당히 좋다고 인정했다. 소미는 혹시나 싶어서 말했다.

"사실 저 아저씨 제 원룸 옆집에 사는 분이거든요.”

"아, 그래요?"

"네. 사실 얼굴은 못 봤는데 목소리로 알았어요. 매일 노래 연습을 하는데 노래를 정말 너무 못 불러서 알아요. 진짜 엄청난 음치거든요."

알바생은 자기도 모르게 풉 하고 웃었다. 아까 꽥꽥거리며 사정할 때도 목 졸린 오리의 단말마처럼 들렸으니 노래를 하면 볼 만할 것이다. 하지만 소미는 진지하게 말을 이었다.

"근데 기타는 꽤 잘 치고요. 작곡도 잘하는 거 같았어요. 듣기 좋더라구요."

"그래요?"

"네. 다만 너무 매일같이 기타를 쳐대서, 좀 자제해 달라고 말할까 생각하고 있어요. 밥 먹고 잠자는 시간 빼면 계속 기타 연습을 하는 거 같아서요."

현주는 잠시 빵 싸던 손을 멈췄다.

그녀는 예술에서, 음악에서, 기타 연주에서, 연습의 중요성을 잘 알았다. 그녀 자신이 어린 나이로는 상당히 수준 높은 연주를 하면서 경력을 키워나갔기에 더욱 그랬다. 다른 이들은 모두 그것을 재능 덕분이라 했지만 사실은 연습 때문이었다. 어린 시절부터 매일같이 손가락에 피가 나도록 연습한 덕분이었다.

그 노력이 교통사고 한 번에 전부 날아가버렸지만.

아까의 남자도 손가락의 굳은살을 봤을 때 지금 이 여자 손님의 말이 거짓일 리가 없었다. 현주는 빵을 모두 포장해서 웃는 얼굴로 여자 손님을 보낸 후 가만히 허공을 바라보면서 생각에 잠겼다.

오후가 되어 교대할 알바생이 오자 현주는 앞치마를 벗었다. 일하는 내내 무슨 정신이었는지 잘 기억이 나지 않았다. 갑작스럽게 달려와서 같이 음악 하자고, 노래를 해달라고 사정하는 남자 덕분에 짜증도 났고 어쩐지 불안정해졌다. 음악이라니. 현주는 접으려고 노력하는 꿈이었다. 어차피 그녀의 손가락은 움직이지 않았고 노래 실력은 프로가 되기엔 충분하지 않았다.

현주는 가게 문을 열고 나가려던 순간 그 앞에 그 남자가 서 있는 것을 눈치챘다. 남자는 기타케이스를 들고 와서 현주의 앞에 섰다.

"아까는 죄송했습니다. 잠에서 갓 깨서 정신이 없었어요. 그런데 묘한 꿈을 꾸는 바람에."

"그러셨군요."

"하지만 아까 드렸던 말씀은 진심입니다. 제 곡에 노래를 해주셨으면 좋겠어요. 그쪽 목소리가 무척 좋다는 사실을 알고 있습니다."

"어떻게 아시는데요?"

"그…… 꿈에서 들었고, 실례지만 아까도 들었거든요. 홍얼거리시던 것."

꿈같은 소리 한다. 또다시 나온 이상한 말에 현주는 경계심이 섞인 눈빛으로 남자를 훑어보았다. 남자는 잠시 기다려 달라는 듯 두 손을 들어 올리고 케이스를 열어 기타를 꺼냈다.

순간 현주는 그 기타가 자신의 것임을 한눈에 알아보았다. 몇 년

동안 동고동락한 기타인데 어떻게 못 알아볼까. 놀란 눈의 현주를 앞에 두고서 남자는 기타를 연주하기 시작했다.

띄엄띄엄 지나가던 사람들이 시선을 보냈다. 남자는 현란한 테크닉을 지닌 사람은 아니었지만 정직하고 올곧은 연주를 하는 사람이었다. 조용하면서 잔잔한, 하지만 지루하지 않은 기타 연주가 흘렀다.

처음 듣는 곡이었다.

현주는 자신도 모르게 손끝으로 박자를 맞췄다. 자신이었다면 어떻게 연주했을까, 여기에 가사가 붙어 멜로디가 흐른다면 어떤 목소리로 노래해야 할까.

베이커리 앞에서 펼쳐지는 기타 연주에 사람들이 하나둘 모여들었다. 버스킹 공연이라도 되는 것으로 생각한 모양이었다. 스무 명이 채 안 되는 이들이 삼삼오오 모여 서서 듣다가 미소를 지었다. 모두들 남자의 곡에 따뜻해진 표정이었다.

낭만적이네, 하고 현주는 생각했다. 뜬금없는 벌건 오후에 일하던 엄마의 빵집 앞에서 이런 식의 기타 연주를 듣다니. 말하자면 보컬을 구하기 위한 구애의 세레나데인데 너무 요령도 없고 무작정 막무가내인 남자였다.

그리고 현주는 그의 방식이 꽤 마음에 들었다.

연주를 끝내고 남자는 긴장한 표정으로 기타를 한 손에 들었다. 사람들도 연주가 끝나자 잘 들었다며 인사하고 흩어져 제 갈 길을

갔다.

"어떠신가요?"

현주는 말없이 손을 내밀어서 남자의 기타를 가져왔다. 남자는 머뭇대면서도 기타를 그냥 내주었다. 자세를 잡아보자 익숙한 그 느낌이 전해졌다. 손가락이 제대로 움직이지 않아서 연주는 할 수 없었지만 품에서 떠나보냈던 소중한 기타를 보니 마음이 말랑해졌다. 떠나보냈지만 다시 보게 된 소중한 친구.

현주는 웃으면서 기타의 겉면을 쓰다듬었다.

"이걸 사 간 분이 그쪽이군요."

"……예?"

남자는 제대로 알아듣지 못하고 어리둥절한 표정이었지만 현주는 미소를 지었다. 무슨 말인지는 몰랐지만 현주의 표정이 좋은 것을 보고 남자는 기대감이 서린 눈빛으로 그녀를 바라보았다.

"저, 긍정적으로 생각해 주실 수 있을까요? 아까 말씀드렸던 보컬 말입니다."

"전 프로로 노래할 만큼의 테크닉이 없어요."

"상관없습니다. 제 음악은, 들어서 아시겠지만…… 조용하고 나지막한 노래예요. 그쪽의 음색이 가장 필요할 뿐입니다."

"농담으로라도 노래 잘한다는 말씀은 안 하시네요."

"아, 아, 그게……."

남자는 순간 당황했지만 현주는 그리 싫지 않았다.

"연주 잘 들었어요. 좋은 곡이네요."

현주는 먼저 손을 내밀어서 남자에게 악수를 청했고 남자는 새삼 부끄러워하며 맞잡았다. 그는 머뭇거리다가 물었다.

"저, 그럼, 아직 제가 성함도 못 여쭤봐서요."

남자는 순서가 완전히 뒤바뀐 상황에 멋쩍게 웃었다.

"전 김현주라고 해요. 원래 기타리스트였고요."

"네······?"

순간, 남자의 눈이 둥글게 커졌다. 그는 입을 벌리고서 그녀를 멍청하게 쳐다보았다.

"그, 김, 김현주 씨요?"

"네. 왜 그러시죠?"

"아, 제가 지금 주민센터에 강사로 나가는데, 그 전 강사가······."

"맞아요. 하긴, 이 동네에 기타리스트가 여럿 있기는 힘드니까 그쪽이 일하시는 게 맞긴 하네요."

현주는 담담하게 남자를 바라보았다. 남자는 자신이 강용수라는 기타연주자 겸 작곡가라고 소개했다.

그는 간절한 눈으로 현주를 바라보았다.

"한 달도 안 남은 대형 기획사 콘테스트가 있습니다. 거기 곡을 내려고 하는데, 꼭 노래를 해주셨으면 해서요."

"아까 그 곡인가요?"

"네, 맞습니다. 마음에 드신다면 부탁드립니다. 보수는 톡톡히 지급할게요. 아니, 저하고 팀으로 활동하시는 건 어떤가요?"

현주는 남자에게서 시선을 거두지 않았다. 남자는 빵집에서 진상이었고 어딘가 어설퍼 보였지만 사기꾼은 아니었다. 실수는 많을지언정 열심히 노력하는 사람이었다. 같이 일한다면 나쁘지 않을 만한 동료일지도 모른다. 현주 역시 노래를 해볼까 하던 시절이 있었으니 좋은 작곡가 겸 연주자와 팀을 짜는 게 좋은 기회일 것이다.

그러나…….

현주는 물끄러미 강용수를 바라보았다.

9

대형 기획사가 열었던 '스타 콘테스트'에서는 스물도 되지 않은 어린 여성 가수가 대상을 수상했다. 작곡과 연주를 동시에 한다고 해서 화제가 되었다. 모든 면이 수준급으로 빼어나고 무엇보다 곡이 경쾌하고 발랄해서 큰 인기를 끌었다.

강용수는 웹사이트로 콘테스트의 결과를 검색해 보았다. 속이 아프지 않다고 하면 거짓말이겠지만 그렇다고 아주 폭발할 것 같은 스트레스는 아니었다. 그냥 부럽다, 저 자리에 내가 있었으면, 정도였다. 기분도 뭐 나쁘지는 않았다.

"솔직히 저런 콘테스트 용으로 소비하기에는 아까운 곡들이지."

강용수는 자신감에 차서 고개를 끄덕였다. 그는 자신이 소중하게 하나씩 만들어 모으고 있는 곡들이 언젠가는 세상에 나가 음원사이트와 유튜브를 점령할 것을 확신했다. 많은 이들이 그의 곡을 사랑하고 거기에서 영감을 얻을 것이다. 눈부시게 아름다운 바다와 외로운 섬, 한 걸음씩 걸어 나가는 인생. 분명히 누군가에게 그 노래는 인생에서 가장 중요한 순간의 배경음악이 되어줄 것이다.

그걸 확신하고 여유가 생긴 것은 김현주가 그의 곡들을 불러준 이후였다. 그녀는 정식으로 그의 곡에 보컬로 참여하기를 거절했다. 다만 샘플 정도는 불러줄 수 있다고 제안했다. 그녀 자신이 현재 음악에 매우 무기력한 상황이기 때문이라고 했다. 김현주가 다친 상황을 알게 된 강용수는 차마 그녀에게 더 조를 수가 없었다. 샘플 정도로 불러주는 것만 해도 여유 없는 그녀의 입장에서는 최대한의 배려라는 사실을 알았기 때문이었다.

그러나 잠깐씩 불러 녹음해 준 것만으로도 강용수는 그녀의 목소리와 사랑에 빠졌다. 김현주는 기다리지 말라고 했지만 강용수는 그녀가 정식으로 이 노래를 녹음해 주기를 기다리겠다고 선언했다. 막무가내인 그의 말에 김현주는 어처구니없다는 듯 고개를 저었다.

그래도 강용수의 그런 고집 덕분인지 김현주는 좀 더 열심히 재활과 치료를 병행하고 있었다. 강용수 본인은 기타연주를 꼭 자기가 하겠다는 입장이었지만, 김현주는 그를 흘긋 보면서 웃었다.

"제 손가락이 멀쩡했다면 용수 씨보다 훨씬 그 곡에 어울리게 연주했을 거예요."

"그렇게 심한 말을⋯⋯."

"사실이니까요. 용수 씨도 아시잖아요?"

현주는 별다른 동요도 없이 그렇게 말했다. 사실 강용수도 알았다. 김현주의 연주 실력은 본인을 꽤 상회했고 만약 그녀가 완전히 재활에 성공한다면 기타 연주를 넘겨주고 작곡가 자리로 밀려나야 할지도 몰랐다. 그건 안 된다며 둘이 같이 연주까지는 할 수 있다고 강용수는 다짐했다. 어쨌든 현주는 다시 기타 연주를 시작하게 되면 보컬 녹음도 해주겠다고 약속했으므로.

그전까지 강용수는 최대한 많은 곡을 만들어 놓을 생각이었다. 그는 방구석에 앉아 다시 멜로디 라인을 우렁차게 불렀다.

옆방에서 수다를 떨고 있던 소미와 지희는 다시 한번 헛웃음을 지었다. 벽간 소음이 또다시 시작되고 있었다.

"저 아저씨 한동안 조용하더니 또 시작이네."

"그사이에 노래는 좀 늘었나 보다. 여전히 음치지만."

"그러게나 말이다. 으이구."

곰은 양쪽 귀를 틀어막고서 한숨을 쉬었다. 옆집 아저씨의 노랫소리는 한동안 잦아들지 않을 듯한 예감이 들었다.

Chapter 3

1

"움직이는 장난감 있어요?"

소미는 말없이 카운터 앞에 등장한 남자아이를 바라보았다. 초등학교 4, 5학년쯤 되었을까? 아니면 키가 작은 6학년일 수도 있겠다. 몸집이 크진 않지만 눈매가 다부졌다. 아이는 대답하지 않고 바라만 보는 소미를 이상하다는 듯이 쳐다봤다.

"움직이는 장난감 있냐고요. 왜 대답 안 하세요?"

"어떤 걸 바라는지 모르겠어서요, 손님. 움직이는 장난감이라면 강아지 인형도 있고 자동차도 있고 열리는 화장대도 있거든요."

"종류는 상관없어요. 그냥 움직이는 거, 그중에서도 제일 특이한 거 사고 싶어요."

"손님 용돈으로 사기엔 비쌀지도 모르는데요."

"돈도 상관없어요. 10만 원이든 20만 원이든요."

아이는 마치 어른처럼 턱을 추켜올리며 여유 만만한 눈빛을 했다. 손을 들어 올려 핸드폰 뒤에 꽂아 넣은 카드를 보여주기까지 했다. 소미는 순간 작은 어른이 저 몸에 들어가 있는 게 아닌지 궁금해졌다. 그것도 자신만만하고 건방진 남자 어른이 말이다.

"다른 데서 못 보는 특이한 거 주세요. 절대, 절대 못 보는 걸로요."

아이가 강조해서 말했지만 소미가 고개를 저었다.

"그런 건 없어요. 보다시피 여긴 중고 상점이고, 새 물건들도 다른 가게를 거쳐서 온 거거든요. 여긴 저렴하고 깨끗한 장난감을 원하는 친구들이 오는 곳이에요."

아이의 눈은 못마땅하게 찌푸려졌다. 그는 돌아서서 진열대 위를 성의 없이 몇 번 훑어보더니 한숨을 푹 쉬었다. 등에 멘 책가방에는 고급스러운 금실로 자수가 놓여 있었다. '박연우'라는 이름이었다. 입은 옷에도 유명한 명품 로고가 여기저기 새겨져 있다. 어지간히 잘 사는 집안 자제인 모양이었다. 이 근방에서는 보기 힘든 타입의 아이 였다.

"뭐 이래?"

결국 박연우는 핸드폰을 재킷 주머니에 쑤셔 넣고서 신경질적으로 돌아섰다. 아이는 소미를 마땅찮은 눈빛으로 쩨려보았다.

"저기요, 거기, 직원이면 좀 더 열심히 일하세요. 진짜 별로네, 이 가게."

"뭐, 뭐?"

"손님이 찾는 물건이 없으면 죄송합니다, 이런 건 어떠신가요, 이런 말이라도 해야 하는 거 아니에요?"

소미는 말문이 턱 막혔다. 다른 것도 아니고 쪼끄만 애한테 이런 항의를 들을 줄은 몰랐다. 요즘 젊은 진상이 무섭다더니, 이건 젊은 수준이 아니라 어린 진상이다. 부모한테 배운 거겠지? 소미는 대답도 잃은 채 멍청하게 불평불만을 늘어놓는 연우를 쳐다보았다.

"뭐 해?"

그때 구세주가 등장했다. 카운터 뒤쪽 작업실에서 우신이 나온 것이었다. 키가 크고 사나운 인상의 성인 남성이 나타나자 박연우는 움찔하고 입을 다물었다. 소미는 우신을 돌아보았다.

"우신 사장님, 이 꼬마 손님이 우리 가게에 마음에 드는 장난감이 없다고 불평 중이에요."

"꼬마라니, 손님한테 무슨 소리예요?"

소미의 말이 끝나자마자 연우가 발끈해서 말꼬리를 잡았다.

"손님 마음에 드는 제품을 들여놓는 게 일이잖아요. 그것도 못 해 놓고서 꼬마라니!"

"귀찮네."

우신이 중얼거렸다. 그는 무심한 눈으로 연우의 아래위를 훑었다.

"마음에 드는 거 없으면 가라, 꼬맹아."

"이, 이…… 꼬맹이라뇨! 제대로 된 물건 하나 없는 가게 사장이면서! 우리 아빠가 변호사예요, 알아요?"

"몰라. 그리고 제대로 된 물건 있어도 안 팔아. 가."

우신은 무뚝뚝하게 말하며 파리라도 쫓듯이 손을 휘저었다. 소미였다면 더 시비를 붙였겠지만, 사장은 너무 크고 위압적인 남자였다. 연우는 입술을 앙다물고 우신을 노려보다가 이내 입을 다물고 휑하니 나가버렸다.

소미는 거칠게 흔들리는 유리문을 바라보면서 어처구니가 없는 한숨을 내쉬었다.

"요즘 애들 무섭네요."

"그러게 말이야. 저런 애가 이 근처에는 없었던 거 같은데……."

우신은 고개를 갸웃했다. 이 소도시에는 별다른 번화가도 없었고, 그나마 있는 곳에는 거의 유흥주점뿐이었다. 아이들이 가서 구경하고 놀 만한 곳이 없어 우신의 장난감 가게가 있는 이 거리에 아이들이 가장 많이 오갔다. 동물병원도 있고, 문구점도 있고, 서점도 있고, 무엇보다 장난감 가게도 있었으니까. 우신은 무뚝뚝하고 날카로운 인상이어서 아이들이 꺼렸지만 민호는 상냥하고 잘 웃는 인상이어서 잘 따랐다. 학기 중이 되면 하교 시간에는 아이들이 바글거릴 때가 많았다.

최근 민호의 컨디션이 안 좋을 때가 많아 가게에 나오지 못하는 날이 늘어나서 우신은 소미에게 아르바이트 자리를 제안했다. 우신의 무뚝뚝한 인상으로는 가게 매출에 상당한 악영향이 가기 때문이었다. 소미 역시도 아르바이트로 생활비를 꽤 줄일 수 있어 좋은 제

안이었다. 지희는 같이 아르바이트를 하고 싶어 했지만 장난감 가게에 두 사람의 직원은 필요 없는 데다가 더 시급이 좋은 일자리에 이미 취직했기 때문에 도리가 없었다. 하루가 멀다 하고 원룸 벨을 누르면서 여기 가자 저기 가자 했던 지희가 바빠지자 소미는 조금 서운했다. 소미 본인의 아르바이트로 그런 서운함이 많이 가실 수 있었다.

"저런 애들은 물건 사도 문제야. 고장이 났네 어쩌네 하면서 환불해 달라고 오기 쉽거든."

"잘사는 집 애 같던데요."

"잘사는 집 애들이 더 해."

우신은 혀를 차면서 고개를 저었다. 소미는 손님들의 성향을 정말 알다가도 모르겠다고 생각했다. 전단지 아르바이트도 해보고 배달 아르바이트도 해봤지만, 대놓고 손님을 맞이하는 일은 처음이라서 더욱 그랬다.

"곰은 자요?"

"응. 뒤에서 자는 중이야. 잘 자네."

"요새 잠이 늘었네."

소미는 슬쩍 카운터의 커튼 뒤로 얼굴을 들이밀었다. 뒤쪽은 작업실로 꾸며져 있었고, 각종 장난감의 수선을 할 때 필요한 도구들과 작업대가 자리 잡고 있었다. 이 공간에는 주로 우신이 머무르며 의뢰받은 장난감 고장을 고치거나 중고로 팔려 온 물건들을 수선하고는 했다.

그리고 작업대 한 편에 놓인 작은 바구니에 곰이 잠들어 있었다. 곰을 위한 폭신한 쿠션과 손수건보다 작은 이불은 우신의 솜씨였다. 조용히 잠든 곰에게서 아무런 기척도 나지 않아서 소미는 순간 움찔했다. 곰이 마치 보통 인형처럼 느껴졌기 때문이었다.

소미는 조심히 다가가서 곰을 불렀다.

"곰, 괜찮은 거지? 곰?"

소미의 목소리를 들은 곰이 끄응 하면서 몸을 뒤척였다. 소미는 조심스럽게 닿을 듯 말 듯하게 곰의 뺨을 손가락 끝으로 간질였다. 보들보들한 털이 간지러웠다. 곰은 성가시다는 듯 손으로 소미의 손가락을 쫓아 보냈다.

"귀찮게 하지 말고 일해……."

곰다운 퉁명스러운 대답에 소미는 씩 웃었다. 잠이 늘긴 했어도 멀쩡한 모양이다. 인형도 사람이나 마찬가지로 컨디션이 좋은 날 나쁜 날이 있는지 모른다. 어차피 말도 하고 먹기도 하는데, 컨디션 기복이 있다고 해서 놀랄 일도 아니었다.

"알겠어, 미안."

소미는 곰의 이불 위를 살살 두드려 펴주고서 진열대 청소를 위해서 밖으로 나왔다. 여름이 조금 더 깊어져 날씨가 더웠다. 에어컨의 온도를 더 낮춰야 할 것 같았다.

2

　연우는 괜히 긴 거리를 이동하면서 시간을 낭비했다는 생각이 들어 화가 났다. 학원도 빼먹고서 간 거였는데 그 장난감 가게에는 멀쩡한 물건 자체가 없었다. 못사는 애들이나 쓸 법한 낡은 장난감들만 가득했다. 아닌 척 고치고 칠을 다시 해서 내놨지만, 포장은 되어 있지 않고 누군가 썼던 손때 탄 흔적은 여실했다. 그런 쓰레기 같은 것도 돈을 내고 사서 쓴단 말이지 싶어서 연우는 어처구니가 없었다.

　박연우, 열두 살, 인송초등학교 6학년. 아버지는 변호사고 어머니는 회계사다. 아버지가 대기업 법무팀에 들어가 일을 맡으면서 서울을 떠나와 여기서 살았다. 아버지는 딱 2년만 살다가 가면 된다고 했는데 벌써 1년 반이 지났다. 회계사인 어머니는 서울로 출퇴근하는 게 끔찍하다고 아버지와 싸웠지만 결국 아버지 고집대로 되었다. 그렇게 억울하면 직장 그만두고 애나 보라고 아버지가 소리를 질렀다. 어머니는 애나 보려고 그 공부를 한 게 아니라고 며칠 걸러 한 번씩 아버지에게 마주 고함을 질렀다.

　말하자면 두 사람 모두에게 연우와 지내는 시간은 '애나 보는 시간'이었다.

　하지만 연우는 거기에 서운함을 느끼지 않았다. 같은 학교에 다니는 같은 반 친구들과 비교해 보면 알 수 있었다. 부모님이 얼마나 뛰어나고 돈을 잘 버는 사람들인지 연우는 아주 정확하게 알았다. 연우의 부모님과 대다수 친구들의 부모님은 완전히 달랐다. 연우의 명품 옷과 평범한 친구들이 입는 초라한 티셔츠나 바지, 브랜드도 없는 가방 같은 건 그 차이를 대변했다.

물론 같은 반 아이들도 그 사실을 잘 알았다.

"연우야, 어디 갔다 왔어?"

같이 컴퓨터 학원에 다니는 현성이가 반갑게 손을 흔들었다. 연우는 가방을 내려놓고서 의자에 털썩 주저앉았다.

"영어 학원도 빠지고서 다녀왔는데 진짜 아무것도 없더라."

"어딜 다녀온 건데?"

"지난번에 박철웅이 말한 거기."

"아, 그 장난감 가게?"

이현성이 웃기 시작했다.

"확인하려고 갔어? 누가 봐도 뻥이었는데."

"궁금하잖아."

"움직이면서 말하는 장난감이라니, 그거 진짜 아무도 안 믿겠다. 박철웅 같은 찐따 새끼가 말한 건데 네가 그걸 믿다니 좀 신기한데?"

"믿은 거 아니야. 그냥 신경이 좀 쓰여서 보러 간 거지."

"에이, 믿었나 본데?"

이현성은 놀리면서 말꼬리를 늘였다. 불쾌감이 치솟은 박연우는 얼굴을 굳히고 그를 노려보았다. 다부진 눈매가 노려보자 이현성은 입을 다물었다.

겉으로 보기에는 현성의 키와 체격이 연우보다 컸다. 연우는 또래보다 작은 편이었고, 체구도 작았다. 하지만 현성은 함부로 연우에게 덤비면 안 된다는 걸 안다.

연우는 공부를 잘했고 선생님들이 아주 예뻐하는 학생이었다. 그냥 잘하는 정도가 아니었으니까 당연한 일이다. 경시대회며 백일장이며 전국 규모의 대회에서 상을 타는 건 비일비재했다. 현성도 공부를 잘해서 초등학교 5학년 때까지는 선생님이 유달리 신경을 써주었지만, 6학년이 되어 연우와 한 반이 된 후로는 어떻게 해도 이길 수 없었다.

4학년을 마친 연우가 5학년 새 학기에 전학 온 날부터 현성은 라이벌 의식을 불태웠다. 하지만 6학년이 시작되고 난 후 연우가 얼마나 많은 대회에서 상을 받았는지 알고서 친한 친구가 되는 것으로 목표를 바꿨다. 공부를 잘하는 것도 그랬지만 심지어 연우네 아빠는 변호사라고 했고, 이 도시에서 가장 큰 대기업에 다닌다고 했다. 잠깐 내려온 것일 뿐 중학교는 다시 서울에 가서 다닐 거라고도 했다.

어떻게 해도 쟤는 못 이겨. 현성은 일찌감치 알아챘다. 그러느니 차라리 제일 친한 친구가 되어서 비슷한 사람처럼 보이는 게 나았다. 잘사는 집, 능력 있는 부모님, 똑똑한 머리. 친해져서 손해 볼 일은 없었다.

하지만 현성이는 아무리 해도 연우가 좋아지지 않았다. 연우처럼 학원을 많이 다니면, 과외 선생님이 옆에 붙어 있으면, 현성도 그만큼은 할 수 있다. 넉넉하지 않은 집안 사정 때문에 수학과 컴퓨터 학원만 조르고 졸라 간신히 다니는 현성은 연우가 보지 않을 때 그 뒤통수를 노려보고는 했다.

그러거나 말거나 연우는 예습에 열중했다. 공부는 중요했다. 부모님만큼, 부모님보다 더 능력 있는 사람이 되어야 했다. 이유는 몰랐지만 연우는 반드시 그래야 했다. 그렇지 않으면…….

책을 들여다보는 연우의 팔을 현성이 툭 쳤다.

"끝나고 오늘 집에 가는 길에 맥날 갈래?"

"그래, 어차피 저녁 못 먹었으니까."

"나 오늘은 돈 없는데 누구한테 좀 빌려야겠다."

현성이 씩 웃었다. 연우는 물끄러미 현성을 바라보다가 고개를 끄덕였다.

"그러든지."

"같이 빌릴 거지?"

"그래 뭐."

현성은 시시덕대며 물었고 연우는 무심히 대답했다.

3

학원이 끝나자 밤이 어두웠다. 9시가 가까웠으니 당연했다. 마지막 수업이 종료되자 아이들이 썰물처럼 건물을 빠져나갔다. 빨리 집에 가려고 거의 대다수가 몇 분 후에 감쪽같이 사라졌다. 부모님이 데리러 온 집이 많아서 아이들은 엄마나 아빠에게 투덜대거나 수다를 떨면서 귀가했다.

몇몇은 친구들과 이야기를 하며 느릿느릿 나갔다. 그리고 마지막 즈음 현성과 연우가 나왔다. 두 사람의 사이에는 안경을 쓴 소년 한 명이 잡혀 있었다.

"애들 거의 다 갔다."

연우가 중얼거렸고 현성은 옆의 소년을 끌고서 건물 옆 속 골목으로 갔다.

"철웅아, 너도 이제 알 때 됐잖아. 네가 알아서 좀 갖다주면 굳이 말해야 할 필요도 없을 텐데."

현성이 빙글빙글 웃으면서 안경 쓴 소년, 철웅의 이마를 툭툭 밀었다. 철웅은 비쩍 말라서 현성에 비교하면 거의 두 살은 어려 보였다. 똑같이 작은 체구인 연우와도 발육에서 차이가 날 정도였다. 철웅은 겁에 질린 눈으로 현성을 바라보다가 주머니를 뒤져 지갑을 꺼냈다.

"지금은 진짜 돈이 없어."

"그래도 저녁 먹을 돈은 있을 거 아냐. 체크카드도 없어?"

"학원 오기 전에 떡볶이 사 먹어서 진짜 없어."

"야, 너는 무슨 학원 수업도 듣기 전에 분식집을 가냐."

현성은 눈살을 찌푸리고 철웅의 머리를 한 움큼 잡아 흔들었다. 철웅은 대답을 하지 못한 채로 흔드는 대로 흔들렸다. 현성의 큰 손이 뺨을 찰싹찰싹 때리기 시작하자 철웅은 얼른 안경을 빼서 들었다. 지난번에는 얼굴을 맞다가 안경이 깨져 골탕을 먹었다. 연우는 골목 바깥 망을 보다가 현성에게 주의를 주었다.

"야, 흔적 안 남게 조심해."

"알아. 진짜 이거…… 컴퓨터 학원 오는 날은 우리랑 저녁때 따로 만나는 거 너도 알지 않냐? 왜 미리 준비를 안 하는 거야? 이래서 머리 나쁜 놈들은 답이 없어."

지갑을 빼앗아 열어봤더니 나온 것은 천 원짜리 세 장뿐이었다. 현성은 철웅에게 돈을 가져가서 밥을 먹으면 된다고 생각했기에 정말로 저녁값을 안 들고 나왔다. 지금으로서는 저녁을 굶게 생겼다. 있는 지폐를 전부 자기 주머니에 쑤셔넣고서도 화가 났다.

"니가 돈을 제대로 안 가져와서 내가 저녁도 못 먹게 생겼잖아."

현성은 이제 철웅의 머리를 때리기 시작했다. 강도만 조절하면 머리는 멍이 들어도 모르니 때리기 가장 좋은 곳이었다. 옆머리를 치기 시작한 현성의 손은 곧 철웅의 정수리와 뒤통수를 갈겼다. 점점 더 힘이 더해지는 것을 보다 못한 연우가 날카롭게 말했다.

"그만해. 뭐 하냐 지금?"

"아니, 존나 답답하잖아. 이 정도 했으면 지가 알아서 들고 와야지."

현성이 짜증스럽게 대답했다. 연우가 알기로 현성이 철웅을 소위 '셔틀'로 쓴 것은 벌써 1년이 넘었다고 했다. 연우는 6학년이 되어 현성과 어울리며 철웅이 당하는 것을 자주 지켜봤지만, 적극적으로 나서는 것은 현성이었다.

연우는 한심한 표정으로 애꿎은 건물 벽을 차면서 화풀이하는 현성을 바라보았다. 현성이 벽과 바닥을 마구 걸어차자 철웅은 움찔거리면서 움츠러들었다. 곧 현성은 철웅의 교통카드를 뽑아서 밟아 부러뜨렸지만, 철웅은 제대로 항의하지 못했다. 연우에게는 둘 다 한심해 보였다.

"야, 가라. 그냥 집 가서 밥 먹어."

"아, 씨발…… 지금 집 가면 엄마도 없는데."

"니네 엄마 있든 말든 니가 꺼내 먹으면 될 거 아냐. 빨리 꺼져."

연우의 매서운 말투에 현성이 멈칫했다. 연우가 화가 난 것을 깨닫고 그는 잠시 입을 다물었다가 다시 한번 벽을 걸어차고서 돌아섰다. 그래도 연우에게는 인사하는 것을 잊지 않았다.

"내일 보자."

"빨리 가."

"그래, 그래."

현성은 눈치를 보면서 흘긋거리며 자리를 떠났다. 연우는 꼼짝도 못 하고 벽에 붙어 서있는 철웅을 보면서 부러진 교통카드를 가리켰다.

"너 집에 걸어가게 생겼다?"

"어…….."

"돈도 없잖아. 그렇지?"

철웅은 어색하게 고개를 끄덕였다. 연우는 거의 키가 비슷하지만 자신과는 정반대 성격인 철웅이 한심했다. 난 왜 이런 동네에 와서 이런 새끼하고 같은 학교에 다니는 걸까?

연우는 원래 서울 강남에 살았고, 가장인 자신과 가족이 꼭 같이 살아야 한다는 아버지의 이상한 고집이 아니었다면 계속 그곳에 살았을 것이다. 하지만 아버지는 처와 자식이 함께 살지 않는다면 자신을 이용하는 거라고 생각했다. 아버지는 연우의 앞에서도 어머니한테 '날 돈 벌어오는 기계로 이용해 먹을 생각은 하지도 마'라고 말하고는 했다.

그 결과 연우는 이런 후진 골목에서 멍청한 녀석의 얼빠진 얼굴을 보고 있어야 했다. 주눅이 든 철웅의 얼굴에 짜증이 났다. 철웅은 학교 근처가 아니라 꽤 멀리서 버스를 타고 등교하고는 했으니 이 시간에 걸어가면 고생깨나 할 것이다. 철웅의 집은 오늘 연우가 갔던 바로 그 장난감 가게 근방이었다. 애초에 연우가 거기까지 갔던 것도 '움직이고 말하는 장난감을 봤어'라는 철웅의 말 때문이었으니까.

연우는 주머니에서 천 원짜리 지폐 두 장을 꺼내서 철웅의 발치에 던졌다.

"내일 갚아."

철웅은 얼떨떨한 얼굴로 연우를 바라보다가 얼른 지폐를 주워들었다.

"고, 고마워."

"네가 오늘 늦게 들어가서 꼰지를까 봐 빌려주는 거야."

짜증나, 하고 투덜거리면서 연우는 그 자리에서 돌아섰다. 철웅은 지폐 두 장을 소중하게 들고 가방을 챙겨 들고 급히 버스 정류장을 향해 뛰어갔다.

학원 끝나고 적당히 저녁 때우고 들어가려던 계획도 다 망가졌다. 집 앞 편의점에 들러서 라면이나 먹고 들어가야겠다고 생각하며 연우는 어슬렁거리며 걸음을 옮겼다. 그래도 늦게 들어가고 싶지는 않았다. 집에서 혼자 기다릴 반려견 초코를 보고 싶었다.

4

가게 문을 슬슬 닫을 시간이 되었다. 문 앞에 놓인 안내판을 들여놓으려고 문을 연 우신은 밖에 선 중년의 남자에게 시선을 주었다. 아까부터 계속해서 신경이 쓰이던 남자였다. 그 역시도 우신의 시선을 맞받았다. 싱글싱글 웃는 얼굴의 남자였다.

"볼일 있으신가요?"

돌려 말하는 일이 없는 우신은 인사도 생략하고 물었다. 민호는 언제나 그런 식으로 싸움 걸듯 말하지 말라고 펄쩍 뛰고는 했지만, 우신은 민호처럼 상냥하게 말할 수 없었다. 민호는 어떤 말도 부드럽게 하는 데 도가 튼 사람이었고 우신은 정확히 그 반대였다.

"여기 사장님이신가요?"

"가게 닫을 건데 뭐 필요하시면 빨리 말씀하세요."

"하하, 성격 급하시네."

우신은 빤히 남자를 바라보았다. 우신의 키가 190에 달했지만, 남자도 상당히 장신이었다. 몸이 두툼했다. 솔직히 말하면 인상이 매우 좋지 않아서 조폭처럼 보이기도 했다. 어스름하게 어둠이 내려앉는 거리에 서 있으니 위압감이 올라갔다.

"장난감 사실 건가요? 아니면 수리?"

"둘 다 아닙니다. 여기서 일하는 직원에 대해서 좀 물으려고요."

잠시 우신은 입을 다물었다. 서민호에 대해서는 아니다. 세상에 민호에 대해서 우신보다 잘 아는 사람은 없었고 민호에 대해 저런 식으로 캐물을 사람 또한 없었다. 그건 확신할 수 있었다. 그렇다면 남는 건 소미뿐이다.

"며칠 전부터 연소미라는 알바생 고용하셨죠?"

"잘 아시네요."

중년 남자는 주머니에서 신분증을 꺼내 보여주었다.

"장원일 형사라고 합니다."

우신은 차분히 신분증을 살펴보고 다시 건넸다. 형사는 이제 웃는 얼굴이 아니었다. 우신은 잠시 들어오라고 문에서 비켜섰다.

"밖에서 보기보다는 꽤 크군요."

"그렇게 많이들 말씀하시죠."

우신의 장난감 가게는 진열된 유리면보다 뒤쪽으로 크게 공간이 있었다. 한옆으로 손님들을 위한 2인용 소파가 마주 보고 놓여 있었고 작은 테이블이 자리를 차지했다. 옆으로는 벽을 따라 장난감을 비롯한 물건들이 진열되어 있었다. 우신은 형사를 소파로 안내했다.

"이게 다 중고인 건가요?"

"거의 중고고, 새것도 가끔 있고요. 새 물건인 채로 팔러 오시는 분들도 계셔서."

"중고로 사서 마진 붙여 되판다라……. 좋은 아이템이네요."

형사는 흥미롭다는 듯이 말했지만 우신은 무뚝뚝하게 대답했다.

"소미에 대해서는 뭘 물으시려는 겁니까?"

"알바 고용하실 때 이력서나 그런 거 받으셨을까 해서요."

"형사님이 그런 건 왜 물어보시죠? 프라이버시일 텐데요."

장원일이 자신만만하게 웃었다.

"형사가 물어보는 건 사건수사에 관계가 있어서죠. 그 친구가 자기 신변에 대해 뭐 말한 건 없나요?"

"무슨 사건인지 먼저 알아야 대답해 드릴 수 있을 것 같은데요."

우신은 장원일을 빤히 쳐다보았다. 눈앞에 앉은 남자가 형사는 맞는 것 같지만, 소미로부터 들은 것이 없어서 다소 혼란스러웠다. 장원일은 우신의 의아함이 진짜라는 사실을 깨달았다.

"그 여자애가 아무것도 말씀 안 드린 모양이군요."

"무슨 말씀이신지 모르겠습니다."

장원일은 어떻게 말해야 할지 곰곰이 생각하다가 입을 열었다. 너무 자세하게도, 너무 간단하게도 말하고 싶지 않았다.

"한 달 좀 더 된 일인데, 저 아래 지방에서 주택에 불이 나서 두 사람이 타 죽었습니다. 봄에 시골에서 불이 나는 건 워낙 흔한 일이라서 뉴스에는 몇 초짜리 한 꼭지 정도 나오고 말았던 일이죠."

그런 일이라면 우신의 기억 속에 남아 있지 않은 게 당연했다. 장원일은 이어서 말했다.

"다행히 외딴집이라 불이 번지지는 않았지만, 사람이 죽은 문제라서요. 방화인지 아닌지가 관건이었죠. 그리고 조사 결과 집 바깥에서 불이 시작된 게 확인되었습니다."

"그랬군요."

"그 집에는 세 사람이 살았고, 둘이 죽고 한 명이 살아남았습니다. 그 한 명이 연소미입니다."

우신의 표정에는 큰 흔들림이 없었다. 장원일은 사람의 표정을 읽는 데 도가 튼 형사였지만 우신은 실제로도 크게 동요하지 않았다. 도리어 그래서? 라는 듯한 얼굴로 장원일의 뒷말을 기다렸다.

"연소미는 원래 일이 끝나면 보통 7시까지는 귀가했지만 그날은 9시까지 들어가지 않았죠. 버스에서 내린 뒤 집에 도착할 때까지도 시간이 40분가량 빕니다. 그 사이에 어디에 있었는지도 제대로 말하지 못했고요. 말하자면 알리바이가 없다는 겁니다."

"추측하신 동기가 있나요?"

"삼촌의 유산도 그렇지만, 그에게 걸린 생명보험이 있었습니다."

장원일은 머릿속으로 액수를 떠올렸다.

"보험금은 1억이 넘는 액수로 당시 그 집의 사정에 비하면 상당한 금액이었죠. 돈을 받는 사람은 연소미와 동생인 연소언이었고요. 화재로 인해 삼촌과 동생 연소언이 둘 다 사망했습니다."

형사가 소미를 용의자로 의심하는 이유는 알 것 같았다. 하지만 우신은 여전히 소미를 그런 눈으로 볼 수는 없었다.

"말씀하시는 바는 알겠지만, 소미는 그럴 애는 아닌 것 같습니다. 동기는 있고 알리바이가 없어 형사님이 의심하시는 이유는 납득이 가지만요."

"저도 확신하는 건 아니지만, 제 감이 자꾸만 연소미를 살펴보라고 말하고 있어서요."

장원일은 관자놀이를 집게손가락으로 두들겼다.

"형사 노릇을 오래 하다 보면 감이라는 걸 무시하지 못하게 되죠. 분명 사건에 연소미가 연관되어 있다는 감이 옵니다. 사실 서에서는 대충 마무리 짓자는 이야기가 나오고 있는데, 저는 좀 더 뜯어보고 싶어서요. 좀 도와주실 수 없을까요?"

"글쎄요. 소미는 좋은 알바생입니다. 증거도 없이 그러고 싶지는 않아요."

"그럼 이건 어떠신가요. 그 삼촌의 생명보험 말입니다."

장원일은 마지막으로 미끼를 던졌다.

"삼촌의 누나였던 연소미의 모친이 삼촌에게 들어준 것이었죠. 약간의 빚을 갚아주면서 말입니다. 그리고 그 모친은 현재 청주 교도소에 사기죄로 수감되어 있어요. 마지막까지 보험료는 연소미 모친의 계좌에서 나가고 있었습니다."

5

초코는 갈색 푸들이었다. 연우의 어머니는 사실 강아지를 무척 좋아해서 반려견을 기르고 싶어 했다. 부모님은 둘 다 매우 바빠서 계속 기르지 못하고 있다가, 이 도시로 이사 오면서 친구가 없는 연우가 외로울 거라는 핑계로 초코를 데려왔다. 연우는 개 따위 필요 없으니 서울로 돌아가자고 울었다. 그 옆에서 2개월짜리 강아지였던 초코는 연우의 손등을 핥았다. 연우는 맵살스럽게 초코의 머리를 때리며 저리 가라고 밀었다. 마치 초코 때문에 서울로 돌아가지 못하는 것처럼.

그러나 불과 반 년 만에 초코는 연우의 가장 소중한 친구가 되었다. 도리어 어머니는 너무 바빠서 초코와 친해지지 못했다. 아버지는 냄새나는 개를 굳이 기른다면서 혀를 찼다. 초코를 수발하는 것은 오로지 연우뿐이었는데, 다행히 집에 도우미 아주머니가 올 때는 아주머니가 초코를 챙겨주었다. 하지만 도우미 아주머니는 일주일에 3일만 왔다. 나머지 시간 동안에는 초코 혼자 집을 지켜야 했다. 부모님은 연우가 모든 것을 잘해야 한다며 학원에서 학원으로 옮겨 다니게 일정을 짰기 때문이었다.

공부하고 다양한 악기와 운동을 배우는 건 연우도 좋았다. 지금 열심히 하지 않으면 서울에 돌아갔을 때 경쟁에서 뒤처질 거라는 생각도 있었다. 초코와 오랜 시간을 함께 보내지 못하는 것만은 불만이었다.

연우가 깜깜한 집 안으로 들어서자 초코가 왕왕 짖으면서 반겼다. 꼬리가 프로펠러처럼 돌아갔다.

"형 왔다, 초코야."

아무도 없는 집은 온기 없이 차가웠다. 초코가 계속해서 현관 앞에 엎드려 기다렸는지 신발을 벗고 디딘 곳이 따끈했다.

'강아지의 체온은 사람보다 좀 높다지.'

연우는 초코를 끌어안고 털 사이에 코를 파묻었다. 부모님의 품 냄새보다 익숙한 꼬순내였다.

"이번 주말에는 목욕하자. 형이 시켜줄게."

연우는 흐뭇하게 웃으면서 초코를 내려주고 방으로 들어갔다. 오늘도 할 공부가 많았지만, 일단 초코에게 간식을 주고 침대 위에서 같이 논 뒤에 할 생각이었다. 하루 내내 초코가 오줌을 싸놓은 배변 패드를 치우는 것도 연우의 일이었다.

엎드려서 책을 읽다 핸드폰을 보니 모르는 계정에서 DM이 와 있었다. 인스타그램을 열어 메시지를 확인했다.

— 돈 빌려줘서 고마워. 내일 갚을게.

철웅이었다. 뼈도 없는 새끼. 연우는 눈을 찌푸렸다. 현성 옆에 서서 망을 보던 연우에 대한 악감정은 아예 없는 건가. 이건 착한 게 아니라 멍청한 거다. 초코도 머리를 얻어맞고도 바로 쫓아와 다시 앞에서 꼬리를 흔들었지만, 사람은 그러면 안 되는 거다. 연우는 속으로 철웅을 비웃으면서 계정을 들어가 보았다. 팔로워도 서너 명 수준인 철웅의 계정에는 사진 10여 장이 올라와 있었다. 연우의 눈이 커졌다.

철웅의 계정에는 다양한 강아지들의 사진이 있었다. 첫눈에 봐도 좀 아파 보이는 강아지들이 많았다. 연우의 눈은 초코와 비슷한 갈색 푸들에 머물렀다. 게시물을 열어보자 그 밑에는 '엄마 병원에 또 아픈 강아지가 들어왔다. 사람들 강아지 좀 버리지 말았으면'이라는 글이 붙어 있었다.

연우는 한 장씩 사진을 모두 넘겨보았다. 눈곱이 끼고 털이 벗겨지고 상처가 난 강아지들이었다. 사진만 봐도 마음이 아팠다. 강아지를 안고 있는 중년 여성은 넉넉하고 여유 있게 웃고 있었다. 철웅은 사진 속에서 강아지들의 머리를 쓰다듬으며 그 여성과 함께 일을 했다. 딱 봐도 그리 시설이 좋지 않은 동물병원으로 보였다. 작은 사진

148

안의 배경에서도 낡고 누추한 시설이 보일 지경이었다.

"딱 지 수준인 동물병원이네."

연우는 괜히 소리 내서 철웅과 동물병원을 비난했다. 하지만 사진들에서 눈을 떼지 못했다. 중년 여성은 철웅과 닮았다. 여러 게시글을 종합한 결과 그 여성이 동물병원 원장이면서 철웅의 어머니인 게 확실했다. 그리고 유기견 봉사 활동도 하는 듯했는데, 그래서인지 사람들이 병원 앞에 개를 버리고 가는 일이 잦은 모양이었다.

"나쁜 새끼들."

결국 욕을 내뱉고 연우는 핸드폰을 껐다. 여러 가지로 마음이 심란했다. 어머니와 사이가 무척 좋아 보이는 철웅의 모습도, 버려지고 상처받은 유기견들의 모습도, 그 유기견을 열심히 돌보는 모자의 모습도 모두 마음에 들지 않았다.

초코가 침대에 엎드린 연우의 얼굴에 코를 들이밀었다. 차갑고 동그랗고 촉촉한 코였다. 이런 코는 건강한 강아지들의 특성이라고 알고 있었다. 연우의 뺨에 코를 비비면서 초코가 핥아주었다. 결국 연우는 웃으면서 초코를 끌어안고 잠시 침대를 굴러다녔다. 초코의 작고 부드러운 몸이 애정과 기쁨으로 두근거리는 게 느껴졌다. 그게 좋아서 연우는 초코의 털에 코를 묻었다.

"우리 엄마도 시간만 있으면 널 무척 예뻐할 텐데."

어머니는 강아지를 좋아했다. 아마 철웅의 어머니만큼은 아니겠지만, 그래도 초코를 처음 데려오자고 주장한 것이 어머니였다. 철웅과 어머니처럼 연우도 아마 초코를 데리고서 어머니와 같이 즐거운 시간을 보낼 수 있을 것이다.

시간만 여유롭다면 어쩌면 아버지도 초코와 친해질지 모른다. 아버지는 초코가 눈에 띄면 언제나 갖다 버리라고 화를 냈다. 어머니가 고집을 부려 데려온 강아지라서 더 그런 것 같았다. 가끔 연우는 아버지가 정말 초코를 갖다 버릴까 봐 겁이 났다.

하지만 무섭고 걸핏하면 소리를 지르는 아버지라도 가끔 연우에게도 케이크나 책 같은 걸 사다 주기도 했다. 특히 대회에서 상을 받고 나면 세 식구가 함께 외식을 나가기도 했다. 그 시간만은 아버지도 어머니도 싸우지 않고 나지막하게 웃으며 대화했다. 연우는 지난번 마지막으로 외식했던 두 달 전이 그리웠다.

연우는 더 깊은 생각을 차단하고 다시 책을 펴고 공부를 시작했다. 열흘 뒤에 있을 경시대회에서 좋은 성적을 거두고 싶었다. 그래야 서울로 돌아갔을 때, 비슷한 애들 사이에서 다시 경쟁할 수 있을 테니까. 그리고 다시 한번 부모님이 행복해하며 조용히 대화 나누는 모습을 볼 수 있을 테니까.

6

주말이 되자 평소보다 손님이 더 많아졌다. 물론 우신도 있고 소미도 있으니 일손이 모자라진 않았지만 평소보다 분주하긴 했다. 민호가 내려와서 곰을 한 손에 들고 밖을 내다보았다.

"바쁘네. 점심 차려줄 테니까 먹고 해."

"뭘 차려? 그냥 배달시켜 먹든지 하자."

"네가 장 봐놓은 거, 채소가 많이 남았어."

민호는 앓고 난 다음이라 지쳐 보였지만, 그래도 쉬어서인지 안색이 훨씬 나았다. 그의 손 안에 있는 곰도 연신 하품을 해댔다. 가게 안에 손님이 있었지만 민호가 손으로 잘 가려서 카운터 밖에서 곰이 보이지는 않았다.

진열대에서 장난감 목마를 고른 중년 남자 손님은 저렴하게 잘 샀다며 웃으며 나갔다. 오전 시간 내내 붐비던 가게는 잠시 비었다. 소미는 고개를 저었다.

"와, 주말이라고 손님 많네요. 그 동안은 평일에만 일해서 몰랐어요."

원래 평일에만 아르바이트를 하기로 했지만, 민호의 몸이 좋지 않아서 토요일에도 나왔다. 소미가 나오지 않았다면 우신 혼자 훨씬 바빴을 것이다.

"토요일 오전이 제일 바빠. 애들 장난감 사서 집에 가는 아빠들이 많은 거 같더라고."

"여기 혼자 사는 분들이요?"

"응. 여긴 건설 현장이 많아서 일용직으로 일하러 혼자 온 사람들이 많으니까."

일하느라 바쁜 아빠들은 주말이 되어야 가족을 보러 집을 찾아간 다. 서울과 교통이 편리하긴 하지만 교통비가 워낙 비싸서 차라리 근 처 원룸을 얻어 사는 쪽이 싸게 먹혔다. 소미와 지희가 사는 원룸 건 물에도 그런 아빠들이 많이 살았다.

"오후에는 좀 덜할 거야. 내일은 한가해질 거고."

그때 유리문이 열렸다. 반사적으로 어서 오시라고 인사를 하려던 소미가 멈칫했다. 아르바이트를 하며 익숙해진 얼굴의 소년이 문 사 이로 얼굴을 들이밀고 있었다.

"왔구나, 철웅아."

장난감을 구경하러 자주 들르는 철웅이었다. 같은 거리의 '선 동 물병원' 최선혜 선생의 아들이기도 했다. 철웅은 안경 밑 영리해 보 이는 눈으로 가게 안을 훑어보다가 들어왔다. 처음에는 소미에게 수 줍어서 인사도 제대로 못 하더니, 며칠 지났다고 제법 친숙하게 누나 라고 부르며 말을 붙였다.

철웅이 들어오자 민호는 슬쩍 곰을 든 손을 아래로 내리고서 카운 터 뒤 작업실로 사라졌다.

"사장님, 엄마가 중국집 시킬 건데 같이 드실 거냐고 물어보라고 하셨어요."

철웅이 우신을 향해 말했다. 소미는 자신도 모르게 미소를 지었 다. 주말에는 동물병원도 바쁠 텐데, 젊은 사장들이 가게 한다고 밥을 굶을까 봐 최선혜 선생은 언제나 걱정이 한가득이었다. 실제로 우신은 자신의 식사에 별로 신경을 쓰지 않는 스타일이었다. 소미에게도 나가서 알아서 먹고 오라고 할 때가 많았다. 하지만 민호가 곁에 있을 때는 밥을 꼬박꼬박 챙겨 먹었는데, 사실 본인의 식욕보다는 민호의 건강 때문에 함께 먹는 게 아닐까 소미는 의심했다.

"그래, 지금 우리 가게도 손님이 좀 뜨막한데 선생님이 여기 오셔서 같이 드시는 건 어떨까? 병원 비우실 수 있니, 지금?"

"네, 지금 괜찮아요. 어차피 점심시간도 있고."

"그럼 오늘은 내가 낸다고 선생님께 말씀드리렴. 먼저 시켜둘게. 최 선생님 쟁반 짜장 시키면 되겠지?"

"네, 저는 차돌짬뽕이요! 엄마 모시고 올게요!"

기운차게 외치면서 철웅이 달려 나갔다. 우신이 전화를 거는 사이에 민호가 카운터 쪽으로 슬며시 머리를 내밀었다. 소미는 그에게서 곰을 받아들었다.

"철웅이가 감이 좋아."

"그런 거 같더라구요."

"물건들하고 감응이 되더라니까. 지난번에 곰도 들킬 뻔했잖아."

민호가 투덜거렸다. 장난감을 비롯한 물건들이 사람의 마음과 반응한다는 사실은 알려져서 좋을 것이 없었다. 절대다수의 사람들이 감응 능력이 없어 잘 해야 상상력이 지나친다는 소리를 들을 것이고, 나쁘면 미친 사람 취급을 받을 것이다. 특히 말하고 움직이는 곰과 같은 인형은 실험 대상이 될지도 모른다. 소미는 가끔 그 생각을 떠올릴 때마다 소름이 끼쳤다. 이곳의 장난감들이 작게 속삭일 때는 그 이유가 소미 본인도 궁금하기는 했지만, 곰을 실험 대상으로 보낼 생각은 눈곱만큼도 없었다.

지난번 지희의 일에 관해서 어떻게 된 것인지 소미가 물었을 때 우신이 답해줬다.

"네가 소중히 여기는 물건들 중에는 가끔 사람의 마음과 상호작용을 하는 것들이 있어. 아무래도 사람들이 스킨십을 많이 하고 애착을 갖는 장난감과 인형의 비율이 높지."

"상호작용이요?"

"그래. 나하고 민호는 그런 것들을 숨 쉰다, 살아 있다고 표현하지. 지난번에는 지희가 언니한테 보낸 사진이 액자를 통해 변화를 만든 거야. 그런 물건들은 대부분 주인의 무언가를 흡수해서 간직하고는 하지. 그렇게 흡수했던 걸 주인이 바라는 방향으로 일을 이끌기 위해 밖으로 내놓는 거야."

우신은 진열대 밑에 놓인 전축을 쓰다듬었다. 아주 오래전 손님이 와서 판 것으로 먼지가 앉고 손때가 탄 물건이었다.

"아마 그 사진은 지희와 언니의 고통스러웠던 기억을 조금 흡수해 갔을 거야. 그래서 당시의 감정이 좀 옅어졌겠지. 물론 기억도 부분 부분 사라지거나 흐려졌을 거고."

낡고 닳아빠진 물건들에는 기억이 고여 있다. 사람은 물건에게 애정을 주며 자신의 감정을 쏟아 붓는다. 그리고 희박한 확률로 그들이 깨어나서 주인의 소망을 이루어주려 노력한다.

"모든 물건이 그런 것은 아니고, 거의 모든 사람이 사물의 이야기를 듣지 못해. 소미 너 같은 경우는 감응을 무척 잘하는 경우야. 이 가게 안 대부분의 목소리를 듣고 있잖아."

"소곤대는 목소리가 꽤 여럿 들리기도 해요."

"맞아. 그게 여기 있는 녀석들의 소리야."

내친김에 소미는 그동안 계속 궁금했던 질문을 꺼냈다.

"그중에 제일 또렷하고 큰 목소리가 있는데, 걔가 누군지는 알 수 있을까요?"

"어떤 목소리인데?"

"제가 처음 가게 들어왔을 때 들려왔어요. '괜찮아, 걱정하지 마'라고. 젊은 남자 목소리 같은데 굉장히 다정해요."

우신은 잠깐 미간을 문질렀다.

"자주 들리니?"

"그건 아니에요. 여태까지 한 서너 번 들었나? 그런데 무척 또렷하고 꼭 귓가에서 말하는 거 같아요. 혹은 공기 전체에서 소리가 울리는 것처럼 피부에 와닿는 느낌이기도 하구요."

소미는 그 목소리를 떠올릴 때마다 부드러운 담요가 연상되었다. 지친 몸을 감싸 안고 모든 것을 잊게 해주는, 갓 세탁한 포근한 담요. 우신은 어깨를 으쓱했다.

"글쎄다. 여러 녀석들이 수다를 잘 떨어서 어떤 놈인지는 찾아봐야 알 것 같은데."

별 의심 없이 소미는 고개를 끄덕였다. 감응력이 좋은 소미로서도 이 가게의 장난감들 중 어떤 것이 숨 쉬고 있는지는 정확히 알 수 없었다. 사장이라지만 우신도 닥쳐봐야 아는 것일지 몰랐다.

생각에 잠겨 있던 소미는 곧 문이 열리는 소리에 움찔했다. 최 선생이 활짝 웃으며 철웅과 함께 들어섰다.

"배고프다. 벌써 시켰다며?"

"예, 거기 소파 앉으세요. 곧 올 거예요."

"왜 그랬어? 오늘은 내가 사려고 했는데. 지난번에도 조 사장님이 샀잖아."

최 선생은 소파에 철웅과 함께 앉았다. 곧 음식이 도착해 테이블 위로 펼쳐졌다. 며칠 아팠던 민호가 함께 앉아 젓가락을 들자 최 선생은 그동안 어떻게 아팠던 거냐고 꼬치꼬치 캐물었다. 민호는 계절 바뀔 때마다 한 번씩 몸살이 난다면서 웃었다.

"그래도 소미가 알바로 들어와 줘서 다행이에요. 저 아플 때마다 우신이가 혼자 고생했었는데."

"그러게 말이야. 철웅이가 소미 누나 참 좋아하더라고. 그렇지?"

"그런 거 아니야, 엄마아."

철웅은 최 선생의 팔뚝을 아프지 않게 꼬집었다. 얼굴이 벌겠다. 소미는 순간 놀리고 싶은 마음이 치솟았지만 애써 입을 다물었다. 우신과 민호도 마찬가지인지 입가가 씰룩였다.

식사 후에는 우신이 내려주는 커피까지 다 같이 마셨다. 아직 어린 철웅만 우유를 받았다. 커피를 마시고 싶다며 눈치를 보았지만, 우신은 위장이 아플 수 있으니 일단 중학교에 들어간 다음에 마시라고 충고했다.

최선혜는 기지개를 켜면서 하품을 했다.

"이제 또 오후 일 시작해 봐야지."

"주말이라 환자가 많죠?"

"평일보다는 많아. 근데 이 동네는 개 데리고 오는 사람보다 개 버리는 사람이 더 많은 거 같아."

저런, 하면서 민호의 눈썹 양 끝이 처졌다. 웃을 때도 찡그릴 때도 참 표정이 풍부한 사람이다. 소미는 재미있어 하면서 민호의 표정을 감상했다.

"그저께도 병원 앞에 말티즈 한 마리를 누가 놓고 갔더라고. 그것도 검은 비닐에 넣어서, 세상에. 내가 발견 못 했으면 그냥 죽으라는 거잖아."

최선혜는 징그럽다는 듯 고개를 저었다. 그녀의 동물병원이 유기견을 마다하지 않는다는 소문이 퍼져서인지 유달리 그 앞에 개를 버리고 가는 사람들이 많았다.

"가서 또 치료를 해봐야지."

한숨을 쉬면서 최 선생과 철웅이 몸을 일으켰다. 호탕하고 유쾌한

사람이었지만 유기견 소식을 전하는 최선혜는 좀 지쳐 보였다. 소미
는 사랑하는 반려동물들을 멋대로 버리는 이들은 대체 무슨 생각일
지 궁금해졌다.

7

우신은 오늘 가게를 좀 일찍 닫기로 결정했다. 언제나 밤늦게까지
열어두던 것을 생각하면 드문 일이었다.

"토요일은 좀 일찍 닫자. 오늘 손님이 너무 많았어."

"저야 좋죠 뭐."

"얼른 가서 쉬고 월요일에 나와."

"내일은요?"

"내일은 민호가 가게 지킬 테니까 염려하지 말고."

소미는 쉬는 날이라는 생각에 자기도 모르게 신났지만, 일요일 하
루 뭘 해야 하나 생각해 보니 별다른 게 없었다. 차라리 시원하게 에
어컨이 틀어져 있는 가게에 나와 책이나 읽고 핸드폰 게임을 하는 게
나을 것 같았다. 그렇다고 쉬는 날에 나오겠다고 하기에는 좀 쑥스러
웠다.

우신은 잘 들어가라며 인사하고서 가게 문을 닫고 위층으로 올라
갔다. 위층으로 이어지는 계단은 작업실 안쪽으로 연결되어 있었고,

작업실 뒤쪽으로는 뒷문이 있어 가게의 유리문을 닫아놓아도 뒤로 드나들 수 있었다. 영업을 안 할 때 우신과 민호는 뒷문을 주로 이용하고는 했다.

"날씨 좋다, 곰."

"그러게."

주머니에서 얼굴을 내민 곰은 가만히 노을을 바라보았다. 잠을 푹 자서인지 기분이 꽤 좋은 듯했다. 말하지 않아도 곰의 기분은 소미도 잘 느낄 수 있었다. 그 반대도 마찬가지이듯이.

뉘엿거리며 해가 저무는 시간이다. 며칠 만에 일찍 퇴근하는 것이라 기분이 좋았다. 이 도시에 온 지 한 달도 채 되지 않았지만 소미는 꽤 만족하고 있었다. 혼자 사는 삶은 깃털처럼 가뿐했고 새로 만난 사람들이 외로울 수 있는 시간을 채워주었다. 뒤에 두고 온 과거가 발목만 잡지 않는다면 이 도시에서의 삶은 소미의 소박한 욕심을 완벽하게 채워주었다.

그 형사만 나타나지 않고, 꿈에 삼촌과 동생만 보이지 않는다면.

소미는 애써 그들을 머릿속에서 지웠다. 여름의 저녁 시간은 아직 후덥지근했지만 낮보다 훨씬 상쾌했다. 이 경쾌한 기분을 지나간 일 때문에 망치고 싶지는 않았다.

"저, 소미 누나."

그때 소미를 부르는 목소리가 들렸다. 곰은 얼른 주머니 안으로 숨었고 소미는 고개를 돌려 자신을 부른 이를 찾았다. 철웅이 쭈뼛거리면서 소미를 바라보고 있었다.

"어머, 철웅아. 너 왜 거기 있어?"

"엄마가 길고양이 아프다는 전화 받고서 나가셨어요. 저 다른 데서 놀다가 장난감 구경하러 왔는데 문을 일찍 닫으셨네요."

"응, 오늘은 우신 사장님이 닫고 싶대. 사장님들 마음이 짢아."

"아쉽다. 새로 들어온 피규어 만져보고 싶었는데."

"내일 민호 사장님이 계신대. 와서 구경하면 되겠다."

소미는 시무룩한 철웅을 달랬다. 나이보다 조숙한 아이였지만 그래도 아직 중학생도 되지 못한 꼬마다.

"그럼 지금 최 선생님 길고양이한테 가신 거야?"

"네. 아마 한 시간쯤 지나면 오실 거예요."

그럼 집에 가서 저녁 먹어야지, 라고 하려다 소미는 잠시 말을 멈췄다. 최선혜는 혼자 철웅을 기르고 있었다. 아마 집으로 돌아간다고 해도 혼자 시간을 보내야 하리라. 한 시간 정도면 소미가 철웅을 데리고 있어도 괜찮을 것 같았다.

두 사람은 편의점으로 가서 음료수와 과자를 사서 나와 놀이터에 가서 앉았다. 괜찮다고 말했지만 역시 어린아이라 철웅은 신나서 얼굴이 발갰다. 최선혜가 몸에 안 좋다고 특히 색깔 있는 음료수는 사주지 않는다고 했다. 초등학교 저학년들이 좋아할 법한 캐릭터 음료수 병을 들고 좋아하는 철웅의 모습에 소미도 웃음이 났다. 내년이면 중학생이 될 나이인데 철웅은 여전히 귀여운 걸 참 좋아했다.

철웅은 한참이나 장난감과 만화영화에 대해 열변을 토했다. 거의 열정에 가까운 모습이었다. 소미는 장난감 가게에서 일하고 인형을 좋아했지만, 특별히 변신로봇이나 장난감 차, 피규어에 대해서 큰 관심은 없었다.

"친구 중에 영석이라는 애가 있는데요. 걔가 진짜 피규어를 많이 모았거든요. 걔네 집에 놀러가서 한번 구경한 적 있는데 엄청났어요. 부럽더라고요."

"피규어 비쌀 텐데. 그치? 가게에서도 제일 비싼 품목 중 하나야."

"맞아요. 전 나중에 커서 돈 벌면 피규어를 정말 많이 사고 싶어요."

철웅은 눈을 반짝거렸다. 소미는 웃음을 터뜨렸다.

"돈 많이 벌려면 공부를 잘해야 하는 거 아냐?"

"공부는 상관없어요! 사업하면 되죠."

"저런, 사업은 아무나 하니?"

"전 친구가 많아서 장사도 잘할 거예요."

철웅은 당당하게 말했다. 작고 마른 체구의 어린아이지만, 소미는 순간 그의 자신감이 부러웠다. 아마 자기가 잘할 거라고 당당하게 말할 수 있는 저 태도는 최선혜가 길러준 것이리라. 최선혜는 항상 가없은 동물들을 도와주면서 재정적으로는 쪼들렸지만 남들 앞에 당당했다. 자신의 아이에게도 아낌없는 사랑을 쏟아 붓는 것을 알 수 있었다.

"철웅이는 친구가 많구나. 그럼 학교가 재미있겠네."

"음……."

소미의 말에 철웅이 잠시 망설였다. 의외의 반응이었다.

"왜? 재미없어?"

"재미는…… 있는데요. 사실 좀 문제가 있어서……."

"무슨 문제?"

소미는 편의점 커피를 쪽 빨아 마시면서 눈을 크게 떴다. 철웅은 잠시 캐릭터 병을 내려다보다가 중얼거렸다.

"자꾸 돈 내놓으라고 하는 애가 하나 있어서요."

"뭐어?"

"그, 좀…… 때리기도 하고요. 참고 있는데 언제까지 참아야 할지 모르겠어요."

소미는 놀란 나머지 빨대에서 입을 뗐다. 침울한 얼굴의 철웅이 말하는 건 소위 삥을 뜯긴다는 그거였다. 초등학생들도 그런 짓을 한단 말인가, 싶으면서 인터넷 뉴스에서 본 수많은 학교폭력 사건들이 눈앞에 지나갔다.

"막 심한 건 아니에요. 그냥 좀…… 그런 일이 있어서 고민인 것뿐이고요."

"그래."

소미는 어떻게 말을 해야 할지 잠시 고민했다. 철웅이 말하는 폼을 보아하니 아마 어머니인 최선혜 선생한테도 말을 하지 않았을 것 같았다. 소미는 이런 면에 별다른 경험이 없었지만 그래도 이럴 때 신중해야 한다는 사실 정도는 알 수 있었다.

"얼마나 된 일인데?"

"한 1년 정도 된 것 같아요."

"불량한 친구니?"

"그렇지는 않고 공부도 잘하는 앤데 제가 싫은가 봐요."

"말하자면…… 때리고 돈을 뺏는 거지?"

"네."

"얼마나 자주? 심하게 때리는 거야?"

"일주일에 한두 번 정도요. 그렇게 심하진 않고, 그냥 머리 몇 대 툭툭 치는 정도로……."

자주도 한다. 소미는 알 수 없이 열불이 뻗쳐서 속으로 '어린 놈의 새끼가……' 하고 중얼거렸다. 어떻게 해야 철웅이를 도와줄 수 있는 걸까.

"걔가 다른 친구들한테도 그래?"

"네. 다른 애들도 몇 명 당했다고 하더라고요. 저처럼 오래 당한 애들은 없는 것 같지만요."

철웅의 낯빛이 어두웠다. 소미는 조금 이해가 가는 것 같았다. 철웅은 조숙해서 이런 이야기를 남에게 잘 털어놓지 않으려 했다. 어머니와 둘이 사는 상황이라 어지간한 일은 혼자 해결하려는 태도가 몸에 배어 있었기 때문이었다.

"이 이야기 저희 엄마한테는 하지 말아주세요. 저도 그냥 나온 애기니까요."

철웅은 소미의 눈치를 보았다. 소미는 자신을 누나로 칭하려다가 뭔가 위화감이 들어서 입을 다물었다. 그녀는 잠시 후 말을 이었다.

"내가 뭔가 도와줄 게 있다면 언제든 말해. 할 수 있는 건 뭐든지 해줄게."

"네. 근데 괜찮을 거예요. 걔만 그렇고, 또 걔랑 같이 다니는 애는 저 도와주거든요."

"도와준다고?"

"네. 박연우라고, 공부 진짜 잘하고 잘생긴 앤데 안 그런 척하면서 도와줘요. 때리는 거 길어지면 그만하라고 하고 교통카드 망가지면 돈도 빌려주고요."

"아, 그 친구도 그 때리는 애한테 끌려다니나 보구나."

소미는 고개를 끄덕였다. 그런데 박연우라면…….

그 이름을 어디서 봤는지 기억해 낸 소미는 움찔했다. 철웅은 그 낌새를 눈치채지 못하고 턱을 괸 채 씩 웃었다.

"걔는 믿을 만한 애라 걔한테 제가 발견한 진짜 멋있는 장난감 이야기도 했어요."

"멋있는 장난감? 그게 뭔데?"

"소미 누나 키링이요!"

소미는 놀라서 눈을 껌벅였다. 철웅은 손짓발짓을 하면서 이야기

164

했다.

"소미 누나, 항상 달고 다니는 그 키링 인형 말이에요. 걔 말할 줄 알아요. 움직이기도 하더라고요."

"그게 무슨 소리야?"

"누나는 못 본 거예요?"

"그냥 인형이야. 봐. 관절도 안 움직이는 그냥 솜인형인걸."

소미는 일부러 주머니에서 곰을 꺼내 내밀었다. 곰은 보통 인형처럼(곰의 말에 의하면 이걸 '죽은 척'이라고 했다) 가만히 차렷 자세로 꼼짝 않고 있었다. 하지만 철웅은 곰을 이리저리 살피더니 고개를 저었다.

"아니에요. 전 진짜 봤다니까요."

그러더니 목소리를 낮춰 소곤거린다.

"우신 사장님이랑 민호 사장님 둘이 있을 때, 카운터에서 애가 손짓하면서 이야기하고 있었어요. 누나는 모르는구나. 사장님들이 얘기 안 해줬어요?"

"어머, 얘는 진짜. 말도 안 되는 소리를."

소미는 일부러 크게 박장대소했다. 누가 들어도 어색한 웃음소리였지만 이야기에 열중한 철웅은 알아차리지 못했다. 소미가 어처구니없다는 듯 고개를 젓자 철웅은 무척 서운한 것 같았다. 어떻게 보면 얻어맞고 돈 빼앗겼다는 이야기를 할 때보다 더 서운한 표정이었다.

"봐, 어른들은 이런다니까. 근데 연우 걔는 제 말을 되게 진지하게 들어줬어요. 진짜라고 생각해 주더라고요."

"아이고, 그랬어? 우리 철웅이도 아직 어리구나."

"아 진짜……."

철웅은 씩씩대다가 입이 댓 발 나와서 일어섰다. 그 와중에 빈 과자봉지와 캐릭터 음료수 병은 곱게 챙겨서 주머니에 넣었다. 소미의 커피 컵까지도 받아서 가방에 넣었다.

"저 바로 병원 가서 버릴 수 있어요. 가까우니까. 엄마도 지금쯤 오셨을 거 같아요. 잘 먹었습니다 누나."

"그래, 그래. 혹시 도움 필요하면 정말 꼭 이야기하고. 내가 다른 건 몰라도 네 친구 하나쯤은 막아줄 수 있어."

"네, 감사합니다."

철웅은 마음이 가벼워졌는지 밝게 웃고 동물병원 쪽으로 뛰어갔다.

소미는 다시 한번 철웅이 부러워졌다. 어리지만 밝고 단단하다. 최 선생과 무척 닮은 성격이었다.

'나도 엄마와 닮았을까?'

생각하기 싫은 일이었다. 소미는 물끄러미 철웅이 멀어져간 방향을 바라보았다. 한 시간 남짓 사이 해가 져 어두워진 거리에는 가로등이 켜지기 시작했다. 여름의 날씨는 변덕스러워서 공기 중에 습기가 느껴졌다. 곧 비가 올 것같이 묵직한 공기였다.

"저 녀석, 그때 훔쳐봤어."

곰이 소미의 손바닥 안에서 제대로 일어나 앉아 투덜거렸다.

"쟤도 꽤 감응력이 좋은가 봐. 슬쩍 스쳤는데도 정확하게 봤더라고."

"그러게. 그래서 그 친구가 장난감 가게에 와서 움직이는 장난감을 찾았었구나."

"무슨 소리야?"

"곰 네가 잠들었을 때 그 박연우라는 애가 가게에 들렀거든. '움직이는 장난감'을 찾겠다면서."

8

열흘 뒤 경시대회는 실망스러운 결과로 끝났다. 연우는 입상하지 못했다. 1등상은 아니더라도 이름은 수상자 명단에 올라갈 줄 알았는데 그조차 하지 못했다. 아버지는 벼락처럼 화를 냈다.

"너 대체 무슨 짓을 하고 다니길래 이따위 대회에서 상 하나도 못 타는 거야? 어쩐지 애가 요새 정신이 빠진 거 같더라니. 학원이며 과외며 그렇게 많이 투자하는데 아무것도 가져오지 못하는 게 말이 돼?"

어머니는 한숨을 쉬었고 아버지는 소리를 지르다가 이를 물면서 앉았다. 이웃에 소리가 들릴 거라는 사실을 깨달은 것 같았다. 연우는 거실에 앉은 아버지의 앞에서 양손을 모으고 서서 고개를 숙였다. 초코가 낑낑대는 소리가 방문 너머에서 들려왔다. 신경이 거슬린 아버지는 있는 대로 인상을 찌푸렸다.

"잘못했어요. 다음번에 꼭 상 타겠습니다."

연우는 얼른 잘못을 빌었다. 아버지는 눈을 가늘게 떴다. 어머니는 차가운 목소리로 말했다.

"애 그만 잡아요. 대회에서 성적 못 내기 시작한 거, 여기로 내려오면서부터예요. 학습 환경이 다르니까 어쩔 수 없잖아요. 애초에 당신만 여기 내려와서 살고 나하고 연우는 서울에 그대로 있었어야 했어요. 당신 욕심만 채우느라고 이게 대체 뭐냐고요."

"내가 돈 벌어 오는 기계로 보여? 여자가 집에서 밥 한 번을 안 차려주면서 따로 살면서 뭐 하겠다는 거야? 바람이라도 피우려고?"

아버지는 어머니의 차가움에 화로 답했다. 여전히 날씬하고 예쁜 어머니는 외견상 아버지와 나이 차이가 많이 나 보였고, 실제로도 제법 차이가 났다. 아버지는 어머니가 혹시라도 다른 남자를 만날까 봐 겁을 내고 있었다.

"애 듣는 데서 그게 무슨 소리예요!"

어머니도 더 참지 않고 소리를 내질렀다.

"내가 언제 한눈을 팔았다고 이래요. 당신 의처증이에요, 알아요?"

"내가 꽉 잡고 있으니까 바람을 못 피우는 거지, 결혼 전에도 남자에 환장했으면서!"

"대체 무슨 소리예요! 일부러 이래요?"

또다시 어머니와 아버지는 핏대를 세우며 싸우기 시작했다. 연우는 뒷걸음질을 쳤다. 그때 방문 너머에서 초코가 왕왕 짖어댔다. 아버지는 번뜩 눈을 그쪽으로 돌리더니 손가락질을 했다.

"저 개 때문이야. 저 개가 들어오고서 정신이 팔려서 공부를 안 하는 거라고. 연우 저 새끼가, 그깟 개한테 정신이 팔려서!"

"말도 안 되는 소리 말아요."

"당신이 개를 데려오자고 했잖아!"

어머니는 무서운 눈초리로 아버지를 노려보았다. 아버지는 그 자리에서 일어나 연우의 방문을 열었다. 초코가 뛰쳐나왔지만, 곧 아버지의 억센 손아귀에 목덜미를 잡혔다. 깨갱거리는 소리에 놀라 달려간 연우는 곧 아버지의 손에 밀쳐져 뒤로 넘어졌다.

"연우야!"

어머니가 달려와 연우를 끌어안았다.

"아버지, 초코 놔주세요, 제가 공부 더 열심히 할게요!"

연우가 몸부림치며 어머니에게서 벗어나 아버지를 잡으려 했지만, 아버지는 곧장 나가버렸다. 허공에 허무한 발길질을 하는 초코의 목덜미를 한 손에 쥐어 잡은 채로. 연우는 급하게 그 뒤를 쫓아 나갔다. 아버지는 운전석 문을 열고 초코를 집어던져 넣은 뒤 차를 몰아주차장을 빠져나갔다.

"아버지!"

그리고 연우는 아버지의 차를 쫓아 달리기 시작했다. 어두운 밤하늘에는 구름이 짙게 껴서 습기가 가득했다. 미세한 빗방울이 하나둘 연우의 피부 위로 떨어졌다.

아버지는 초코를 버릴 생각이다. 연우는 확신했다. 자그마하고 순한 성격의 초코가 길거리에 버려지는 순간 좋은 꼴은 보지 못할 것이다. 아버지의 화풀이는 언제나 이런 식이었다. 아마 나중에 부수고 버릴 것이 없다면 연우를 버려버릴 것이다. 공부를 못하면 당장 다음 달에 버릴지도 몰랐다.

숨이 턱에 차올랐다. 아버지의 차는 꺾어져서 어둠 속으로 사라져 버렸지만, 그래도 차가 향한 방향으로 계속해서 달릴 수밖에 없었다. 핸드폰이고 뭐고 아무것도 들고 나오지 않았기에 버스를 이용할 수도 없었다. 아버지가 직진으로 계속해서 갔기를 기도하면서 연우는 죽을힘을 다해서 달려 나갔다. 머릿속에 아무런 생각도 들지 않고 오히려 텅 비기 시작했다.

얼마나 오래 달렸는지 알 수도 없었다. 뛰다가 죽을 것 같으면 걸었다. 하지만 오래 걷지는 않았고, 다시 뛰었다. 비가 점점 더 많이 내렸다. 여름이라지만 차가운 빗방울이다. 만약 초코가 이 비를 맞으면서 어두운 도로 위에 버려지면 차에 치이는 건 순식간일 것이다. 연우는 죽어라 뛰면서도 불길한 생각에 안절부절못했다. 초코는 집 안에서 유일하게 따뜻한 연우의 동생이었다.

얼마를 달렸을까, 정말 죽도록 뛰다가 다리가 풀려버린 연우에게 눈에 익은 간판이 보였다.

우신 장난감 가게. 박철웅이 말해서 가봤던 그 가게다. 거리의 가게들이 대부분 문을 닫은 시간이었지만 장난감 가게의 유리 진열창은 빛을 내고 있었다. 비에 흠뻑 젖은 연우는 앞뒤 가리지 않고 장난감 가게의 문을 열었다.

"어서 오세…… 어?"

가게 안에 있던 우신과 민호, 소미는 놀란 눈으로 비에 흠뻑 젖은 아이를 바라보았다. 한번 봐서 아는 얼굴인 아이였다. 그리고 그들의 곁에는 철웅도 있었다.

연우는 비틀거리지 않으려고 유리문의 손잡이를 꽉 잡았다. 철웅이 있는 것은 정말 예상 밖이었다. 이곳 외에는 도움을 청할 가게조차 없는 거리였다. 불쌍하게 보이기 싫었지만, 그래도 지금 중요한 건 그게 아니었다.

"저, 도와주세요."

"뭐? 잠깐만…… 너 지금 이러고 뛰어온 거니?"

민호가 놀란 얼굴로 급히 타월을 찾아 연우에게 둘러주었다. 하지만 연우는 민호의 손을 쳐내고서 당돌하게 말했다.

"초코 찾아주세요. 사례는 얼마라도 할게요."

"초코? 그게 무슨 말이야. 정확히 말해라."

우신은 눈을 찌푸리고 말했다. 연우는 우신에게 돌아섰다.

"제 강아지예요. 아버지가……."

연우는 이를 꽉 물었다.

"아버지가 버리려고 들고 나갔어요."

가게 안이 조용해졌다. 민호와 우신은 무슨 일인지 빠르게 알아챘고 소미와 철웅은 아직 어리둥절한 상태였다. 연우는 뒷말을 토하듯 내뱉었다.

"아버지가 이쪽으로 차를 몰고 나왔거든요. 찾는 거 좀 도와주세요. 사례할게요."

"사례 같은 소리 하지 말고. 어린애가 별소리를 다 하네."

우신은 못마땅한 얼굴이었다. 민호는 다시 한번 타월을 연우에게 둘러서 얼굴을 닦아주었다.

"일단 초코가 어떤 강아지인지 설명해 봐."

민호가 차분하게 요구하자, 연우가 입술을 떨며 이야기했다. 갈색 푸들에 몸무게는 2.5킬로그램 정도. 아주 작고 다리가 긴 편이었다.

"사람을 좋아하고 잘 따르는 성격이에요. 아마 누구라도 보면 따라가려고 할 테니까."

연우는 불안정하게 이야기했다. 철웅이 다가와서 우신에게 받은 타월 하나를 더 둘러주었다.

"괜찮아. 같이 찾자."

철웅은 연우의 팔뚝을 꽉 쥐면서 말했다. 팔이 아플 정도였지만,

연우는 거기에 어쩐지 안심이 되었다.

"일단 개를 찾고 나서 이야기하자."

우신은 우산을 나눠주었다. 가게 앞으로 나간 일행은 우신의 손짓에 따라 각자 흩어졌다. 혹시 뭔가 단서를 발견하면 꼭 가게 쪽으로 오면서 우신에게 전화를 해주기로 약속했다.

소미는 우산을 받친 채 초코를 부르며 어두운 골목으로 달려 나갔다. 작은 푸들이 어두운 밤 빗속에 혼자 버려졌다고 생각하니 빨리 찾아야겠다는 생각 외에는 들지 않았다. 바람까지 불어서 우산을 써봤자 허리까지 죄다 젖었다. 으슬으슬 소름이 돋았다.

하지만 이렇게 달리기만 해서 찾을 수 있을까? 골목에는 인적이 드물었고, 있어도 우산을 든 채 얼른 집에 가기 위해 바쁘게 걸음을 옮기는 사람들뿐이었다. 가로등이 있긴 했지만 빗속에 더 을씨년스러워 보였다. 소미의 어깨 주머니에서 곰이 불쑥 고개를 내밀었다.

"들어가, 곰. 비 와서 너 젖어."

소미가 숨을 헐떡이면서도 곰의 머리 위로 뚜껑을 덮어주려고 했다. 하지만 곰이 손을 휘저어서 그걸 막았다.

"잠깐 기다려 봐. 나 그 개 소리 들을 수 있어."

"뭐? 어떻게?"

"너도 들을 수 있을 거야. 잘 들어봐. 그 꼬마가 개한테 애정을 엄청 줬나 봐. 속삭이는 소리가 들려오는 거 같아."

"……그러니까, 장난감들이 말하는 것처럼?"

"맞아."

소미는 자세히 귀를 기울였다. 곰의 말을 들어서인가, 어디선가 조그맣고 애처로운 낑낑 소리가 들리는 것처럼 느껴졌다. 하지만 방향도 거리도 모르겠어서 별다른 소용은 없었다.

"어딘지 모르겠어."

그때 소미가 서 있던 골목으로 박연우가 뛰어 들어왔다. 연우는 다른 방향으로 찾으러 갔지만 골목을 헤매다가 소미와 마주쳤다. 박연우가 간절한 표정으로 혹시 뭐라도 찾았냐고 물었지만 이야기를 해줄 도리가 없었다.

아이는 우산조차 쓰지 않은 채로 비를 그대로 맞으며 다녔다. 여름이지만 비가 오는 밤은 몸이 덜덜 떨릴 정도로 춥다. 우산을 쓴 소미도 피부가 차가웠는데 저러다 연우도 크게 앓을까 걱정이 되었다.

그때 주머니에서 상체를 내민 곰이 급하게 외쳤다.

"저쪽이야! 저쪽에서 낑낑대는 소리 들렸어!"

곰이 가리킨 방향은 소미가 달려가던 골목에서 작은 골목으로 꺾어지는 쪽이었다. 순간 연우는 눈을 크게 뜨고 곰을 바라봤다. 주머니에서 몸을 완전히 내민 곰이 재촉했다.

"빨리 가보자. 이대로 초코 체온 떨어지면 위험할 수도 있어. 밤인데다 비가 온다구."

"인, 인형이…… 말을…… 진짜였네?"

너무 놀라서 잠시 상황을 잊어버린 연우의 팔을 소미가 잡고 뛰기 시작했다.

"일단 가보자!"

연우는 화들짝 놀라 허둥대면서 소미의 뒤를 따랐다. 발밑으로 빗물이 철벅대며 튀었다.

9

최선혜는 진찰대 위를 먼저 닦고 바닥에 떨어진 물까지 밀대로 밀어 닦았다. 따뜻하게 온도를 올린 투명한 입원장 안에는 자그마한 푸들 강아지가 늘어져 있었다. 왼쪽 앞다리에는 깁스를 한 채였다.

오늘 밤을 바깥에서 났다면 아마 살 수 없었을지도 모른다. 혹은 왼다리가 불구가 되었을 수도 있겠다. 하지만 가능한 최단 시간 내에 구해내 병원으로 왔기 때문에 앞으로 별다른 후유증은 없을 것이다. 체력을 회복하고 다리가 낫고 난 이후 예전처럼 꼬리를 흔들며 왕성하게 뛰어다닐 모습이 눈에 선했다.

'도리어 후유증은 저쪽에 남을지도.'

최선혜는 대기실에 기다리고 있는 남자아이에게 시선을 보냈다. 잔뜩 젖은 채로 병원에 뛰어 들어온 아이는 최선혜도 익히 아는 소미와 함께였다. 아이의 품에 안긴 푸들은 축 늘어져 있었다.

살려주세요, 라고 말하는 아이의 눈은 마치 본인이 죽어가는 것처

럼 보였다. 늦은 밤 막 병원의 문을 닫으려던 선혜는 기다려 달라는
철웅의 다급한 메시지를 보고서 기다렸다. 그 후에 저 둘이 들이닥친
것이었다. 그리고 그 뒤로 장난감 가게의 두 사장과 철웅까지 함께
병원으로 달려왔다.

대기실에는 큰 수건을 두른 박연우와 소미를 비롯해 총 다섯 사람
이 둘러앉아 꽉 차 있었다. 다섯 모두 비 오는 밤거리를 헤매고 다녀
서 다들 바지가 흠뻑 젖은 채라 각자 수건을 깔고 앉았다. 철웅이 따
뜻한 커피와 코코아를 준비해 한 잔씩 나눠주었다.

"너무 걱정하지 않아도 돼."

대기실로 나간 최선혜는 연우에게 웃었다. 철웅의 친구라고 했고,
강아지를 이토록 진심으로 찾아다녔던 아이니 분명 좋은 아이일 것
이다. 선혜는 가운 주머니에 넣었던 손을 빼서 진료실 옆 입원장이
있는 곳을 가리켰다.

"초코는 지금 잠들었어. 놀라고 추위에 체온을 빼앗겨서 지쳤거
든. 왼쪽 앞다리에 금이 가긴 했는데 다행히 빨리 와서 후유증은 없
을 거야."

연우는 안심한 얼굴이 되었다. 긴장한 채 꼿꼿하게 앉아있던 몸이
풀려서 수그려지는 것이 보였다. 소미가 슬그머니 연우의 등을 두드
려 주었다.

"달리다가 혼자 다리를 다친 걸까요?"

"음 글쎄."

선혜는 망설였지만, 어쨌든 사실대로 말했다.

"누군가가 때리고 지나간 거 같아. 발로 찼든가, 집어 던졌든가."

연우의 얼굴에 그늘이 졌다. 누가 그런 것인지 빤한 일이기 때문이었다.

최선혜는 작은 의자를 끌어와서 연우의 앞에 앉았다.

"혹시 무슨 일인지 물어봐도 되겠니?"

연우는 고개를 숙인 채로 입을 다물었다.

"내가 도와줄 일이 있을까 해서 그래. 선생님이 그래도 강아지에 대해서는 무척 잘 알거든. 네 친구 철웅이 엄마이기도 하니까, 편안하게 말해도 돼."

친구?

연우는 움찔했다. 그는 곁에 앉은 철웅을 곁눈질로 살펴보았다. 하지만 철웅은 별다르게 동요 없는 얼굴이었다. 도리어 그는 손을 내밀어 연우의 무릎을 두드려 주었다.

연우는 이유를 알 수 없이 작아지는 기분이 들었다. 체구가 작은 편이어도 위축된 적은 한 번도 없었다. 하지만 지금은 계속해서 몸이 쪼그라드는 것 같았다. 초코가 무사히 살아서 다행이었지만, 철웅과 철웅이 아는 사람들과 철웅의 엄마에게 도움을 받았다는 사실이 어깨를 짓눌렀다. 지난 몇 달간 현성이 철웅을 괴롭히는 현장에 같이 있었던 것이 연우였다.

가만히 연우가 고개를 숙이고 있자 선혜가 물을 가져와서 내밀었다.

"부모님이 초코 키우는 거 반대하시니?"

흔히 있는 일이었다. 아이는 강아지를 좋아해도 부모 중 한쪽이
싫어서 내다 버리는 경우를 숱하게 보아왔다. 연우는 바닥만 내려
다보다가 물을 한 모금 삼킨 뒤 입을 열었다.

"아버지가 초코를 버리셨어요. 저한테 화가 나셔서요."

"그랬구나."

아마 그 아버지란 작자가 자그마한 푸들을 집어던진 후 발길질을
하고 떠났을 것이다. 최선혜는 거기에 대해 30분 정도 멈추지 않고
욕을 할 수 있었지만 아이가 앞에 있었기에 참았다. 대신 입술을 씹
으면서 화를 속으로 삭였다.

"이번에 경시대회에서 상을 못 받았어요. 성적이 많이 안 좋았거
든요. 부모님이 싸우셨고, 아버지가 화가 났어요. 아버지는 원래 초
코를 싫어했고, 제가 초코 때문에 성적이 떨어졌다고 생각하셨고요.
그래서 데리고 나가서 버리셨어요."

연우는 무표정한 얼굴로 이야기했다. 짧은 대답이었지만 듣는 이
들은 그 말 뒤에 숨은 긴 이야기를 유추했다.

최선혜는 말을 삼키고 고개를 끄덕였다.

"그래. 그럼 초코는 어떻게 할 거니?"

집으로 다시 데리고 가면 아버지가 더 펄펄 뛸 게 뻔했다. 이제 초
코와 같이 살 수는 없다. 연우는 집 안에서 유일하게 자신을 위로해

주던 동생을 데리고 갈 수 없었다.

"모르겠어요."

아무리 똑똑하고 영리하다 한들 연우는 아직 초등학교 6학년이었
다. 아버지라는 거대한 산은 연우의 뜻을 짓눌렀다.

고개를 숙인 연우 옆의 철웅이 말했다.

"그럼 우리 집에서 초코를 맡아주면 어떨까?"

"그래줄 수 있어?"

연우가 고개를 휙 돌려서 철웅을 바라보았다. 연우의 눈빛이 간절
했다. 철웅이네가 초코를 맡아주면 적어도 가끔은 와서 보고 안아줄
수 있었다.

"철웅아."

최선혜는 입을 다물라는 뜻으로 철웅의 이름을 불렀지만 소용없
었다.

"맡아줄 수 있잖아, 엄마. 그렇다고 다른 데다 보낼 수는 없고."

"그렇지 않아도 유기견들 때문에 지금 병원 포화 상태야."

"그러니까, 거기에 한 마리쯤 더해진다고 해도 괜찮잖아요."

철웅은 눈을 빛내면서 또랑또랑하게 말했다. 선혜는 머리를 짚었
다. 솔직히 이렇게 될 줄은 짐작하고 있었다. 유기견들로만 병원에
일곱 마리를 보호하고 있는데 거기다가 추가로 들일 생각은 없었다.
하지만 세상일은 마음먹은 대로만 돌아가지 않는다.

"네가 밥 주고 보살펴야 해 그럼."

"물론이죠."

철웅은 자신만만하게 말했다. 어차피 다른 강아지들도 직접 보살피는 데 이골이 난 동물병원집 아들이다. 선혜도 그저 을러대듯이 한번 말해본 것뿐, 철웅이 알아서 잘할 거라는 사실을 알고 있었다.

"그럼 이제 연우는 집에 가야지. 내가 차로 데려다 줄게."

민호가 시계를 들여다보았다.

"너무 늦었어. 부모님이 걱정하실 거 같은데."

"어머니한테 전화랑 메시지가 엄청 오긴 했어요. 아버지도 집에 안 들어가셨나 봐요."

"그래, 얼른 가렴. 초코는 걱정하지 말고."

"저……."

연우는 잠시 망설였다.

"혹시 지금 초코한테 인사해도 되나요?"

"그래. 하지만 조용히, 천천히 뽀뽀하고 인사만 하고 나와야 해. 알겠지?"

최선혜는 연우를 데리고 들어가서 입원장을 열어주었다. 연우는 발뒤꿈치를 들고 입원장 안을 들여다보았다. 초코는 눈을 가늘게 뜨고 연우를 알아보았는지 꼬리를 힘없이 흔들었다.

처음 만났을 때 연우에게 머리를 얻어맞으면서도 품에 기어들던 아기 초코의 모습이 기억났다. 보드랍고 작은 몸, 따뜻한 혀, 연우가 숨죽여 울 때마다 위로해 주던 까만 눈동자.

"잘 있어. 내가 꼭 데리러 올게."

연우는 속삭였다. 어떻게 해서든 초코를 곧 집으로 데리고 갈 것이다. 어떤 방법이 있을지는 아직 모르지만 절대 품에서 떼어놓고 싶지 않았다. 그의 반려견이고 동생이었으니까.

민호는 연우를 데리고 운전해서 집에 데려다주러 나갔다. 차로 가기에는 가까운 거리였으므로 금방 올 거라고 했다. 우신은 가게로 돌아갔고 소미는 우산을 쓰고 원룸으로 향했다. 어쨌든 초코가 무사해서 다행이었다. 연우는 어떻게 될지 아직 알 수 없었지만.

"시끌벅적한 밤이었네."

주머니에서 머리를 내민 곰이 중얼거렸다.

"아까 초코 소리는 어떻게 들은 거야, 곰?"

소미는 궁금하던 것을 물어보았다.

"반려견들의 마음은 우리랑 비슷한 데가 있거든. 대충 소리랑 의미는 들려."

"신기하다. 나도 노력은 해봤는데, 굉장히 희미했어. 비슷한 데가 있다니……."

"자기 주인의 애정에 반응한다는 건 기본적으로 같은 거니까."

곰은 주머니 위에 턱을 받치고서 비 오는 거리를 바라보았다.

"초코가 연우랑 헤어지지 않으면 좋겠다."

"그러게. 그런데 좀 힘들 거 같긴 해. 아버지가 그렇게 직접 버릴 정도면……."

소미가 말끝을 흐렸다.

"초코 겨우 두 살이라며. 뭐 나처럼 한 10년이나 좀 넘었으면 몰라도 주인이랑 떨어지는 건 가혹해."

"뭐래. 그럼 넌 열 살이니까 나랑 떨어져도 괜찮다는 거야?"

"그건 아니지만."

어이없어 웃으면서 소미는 곰의 머리 위로 살짝 손수건을 덮어주었다. 우산을 쓰고 있어도 바람이 불어 빗방울이 날렸기 때문이었다. 손수건을 후드처럼 눌러쓰고서, 그 끝자락을 꽉 잡은 채 곰은 소미의 얼굴과 밤거리를 바라보았다. 어쩌면 이 체온과 다정을 곁에서 느낄 수 있는 시간은 많이 남지 않았을지도 몰랐다.

10

일주일 뒤 연우는 교실에서 조용히 책을 읽고 있었다. 일주일 전의 그날 이후 현성과는 말 한마디 나누지 않았다. 대신 가끔 철웅에게 먼저 다가가서 잠시 이야기를 하다가 자리로 돌아오고는 했다.

처음에 현성은 왜 이러냐는 눈빛으로 연우를 건드렸지만 그가 조금도 반응하지 않자 어딘가 불안한 얼굴이 되었다. 게다가 철웅과 연우가 짧게나마 대화하는 모습을 보고 나서는 더욱이나 좌불안석이었다. 연우가 철웅에게 별다른 이야기를 한 것은 아니다. 다만 초코의 안부를 묻거나, 좋아하는 책이 따로 있냐는 등 시답잖은 질문을 던진 것뿐이었다.

아, 그리고 '말하고 움직이는 인형'에 대한 이야기도 있었다.

"나도 봤어. 그 인형."

지금도 믿을 수가 없어서 연우는 마치 별거 아니라는 듯 이야기했다. 그 짧은 말로도 알아듣고서 철웅이 눈을 빛냈다.

"그치, 너도 봤지?"

"솔직히 안 믿겨서 내가 너 말 듣고서 그 가게에 확인도 하러 갔거든. 근데 그날은 못 봤지만……."

"언제 본 거야?"

"소미 누나하고 만나서 초코 데리러 갈 때. 소미 누나도 알더라. 곰이라고 부르던데?"

"역시, 누나도 알고 있었어. 날 배신했다니."

철웅은 주먹을 불끈 쥐었다. 하지만 남에게 알리고 싶지는 않아서 둘 다 목소리를 한껏 낮춘 상태였다.

"비밀인가 보더라고. 내가 다시 물으니까 들은 척도 안 했어."

"쳇. 치사해. 나도 걔랑 놀고 싶은데."

"하지만 누나가 원하면 비밀 지켜줘야지."

연우가 어른스럽게 말하자 철웅은 분해하면서도 얌전히 고개를 끄덕였다. 맞아. 지켜줘야지.

초코는 철웅의 집에서 아주 편하게 지낸다고 했다. 일곱 마리의 강아지들과도 이미 친해졌다. 하지만 역시 원래의 주인이 보고 싶은 지 현관 앞에서 몸을 말고 잔다. 언제든 문으로 연우가 들어오면 제일 먼저 반기고 싶어서이다. 그 말을 듣고서 연우는 안도가 되면서도 가슴이 아팠다.

초코는 연우의 집에서도 그랬다. 언제나 깜깜한 집에 들어가면 현관 앞이 동그랗게 따뜻했다. 초코가 몸을 말고 앉았던 자리였다. 아무도 없는 집 안에서 얼마나 오래 기다렸을까. 얼마나 혼자 외로웠을까. 어쩌면 초코는 철웅의 집에 있는 것이 나을지도 모르지만, 그래도 연우는 초코와 함께 살고 싶었다.

그날도 평온하게 지나가는 하루인 줄 알았다. 그러나 점심시간에 갑자기 담임선생님이 연우를 불러냈다. 연우는 복도에 나갔다가 아연한 표정이 될 수밖에 없었다.

"아버지?"

뜻밖에도 아버지가 굳은 얼굴로 서 있었다. 출근할 때 입었던 양복 차림 그대로였다.

"너, 가방 가지고 나와라. 가자."

"지금요? 하지만 학교가 안 끝났는데요."

"말대꾸하지 마."

아버지가 사납게 말했다. 담임선생님은 괜찮다고, 연우에게 아버지 말씀대로 짐을 챙겨서 나오라고 일렀다. 연우는 불안해진 채 가방을 챙겨서 나왔다. 점심을 먹은 아이들이 전부 고개를 내밀고 창문으로 교실 문밖으로 연우와 아버지를 훔쳐보고 있었다. 연우의 반, 다른 반 아이들 할 것 없이 전부 다 그랬다.

그러나 연우가 가방을 챙겨 나오자 기다리고 있는 또 한 사람이 있었다. 어머니였다.

어머니 역시 출근할 때의 옷차림 그대로였다. 어머니는 빠르게 다가와 연우의 손을 낚아챘다.

"가자, 연우야."

"어딜 가! 애 데리고 어딜 가서 바람이 나려고!"

아버지가 낮게 다그쳤다. 차마 어린애들이 많은 곳에서 소리를 높이지는 못하는 모양이었다. 하지만 어머니는 경멸이 담긴 눈빛으로 아버지를 노려보았다.

"내가 오늘 연락할 때 분명히 말했죠? 갈라설 거라고. 난 이미 이혼 결정했어요. 연우는 내가 키울 거예요."

"누구 마음대로? 아들은 아버지가 길러야 해. 그리고 누구 마음대로 갈라서?"

아버지가 한 걸음 다가서자 어머니가 연우를 몸으로 가리며 막아섰다. 연우는 자신도 모르게 어머니의 손에 매달렸다. 하지만 곧 아버지가 어머니를 밀치면서 연우를 끌고 갔다.

"아버님, 여기서 이러시면 안 됩니다."

담임선생님이 막으려고 했지만 작은 몸집의 중년 여성인 선생님은 제대로 다가오지도 못했다. 아버지는 사나운 눈으로 어머니를 노려보았다.

"애 데리고 나가서 여자 혼자 멋대로 굴겠다고? 웃기는 소리. 공부 잘하고 똑똑한 거, 누구 유전자 덕분인데 감히 갈라서자는 소리를 해?"

원래 바깥에 나와서는 남들이 알게 화를 내지 않던 아버지였다. 하지만 오늘은 분노를 참지 못하는 모습이었다. 어머니 역시 다른 사람들이 볼 때는 언제나 나긋나긋하게 말하고는 했지만 오늘은 날카롭게 쏘아붙였다.

"나 혼자 얼마든지 연우 키울 수 있어요. 당신하고 단 하루라도 더 같이 못 살겠어."

"입 닥쳐. 어디서 감히 큰소리야? 연우는 내 아들이야!"

"연우한테 물어봐요. 누구 따라가고 싶은지. 그럼 되잖아? 애한테 선택권을 주란 말이에요."

두 사람의 시선이 동시에 연우에게 향했다. 같은 복도 교실의 거의 전 학생들이 창문과 문틈으로 그들을 훔쳐보고 있었다. 담임선생님도 어쩔 줄 몰라 했다.

연우는 창문 너머로 철웅의 걱정스러운 눈빛을 보았다. 그 옆에는 현성의 고소하다는 듯한, 비웃는 듯한 시선도 있었다. 연우는 아버지와 현성을 번갈아 보다가 입을 열었다.

"저는 아버지와 가는 게 좋을 것 같아요."

"뭐?"

순간 어머니의 표정이 일그러졌다. 상처 입은 게 분명한 얼굴. 하지만 이 집 안에서 연우의 마음을 위로해 준 게 초코뿐이었다면 기댈 곳은 어머니뿐이었다. 비록 바빠서 얼굴조차 제대로 보지 못해도 어머니는 연우를 사랑했다.

"아버지하고 저 많이 닮았거든요."

"그래, 나 덕분에 똑똑하게 태어난 거지."

"못돼서 옆에 있는 다른 사람들 괴롭히는 것까지 똑같아요."

순간 아버지는 말을 멈췄다. 연우는 현성과 아버지를 번갈아 보면서 말을 이었다.

"저, 이현성하고 같이 친구들 많이 괴롭혔어요. 때리고 돈도 빼앗고, 욕했어요. 선생님, 저 학교폭력 저질렀어요. 이현성하고 같이요."

"그, 그게 무슨 소리니?"

담임선생님도 놀라서 말을 더듬었다. 아버지는 얼굴이 시뻘게졌다.

"무슨 헛소리야, 공부하느라 바빴는데 네가 그런 짓을 할 시간이 어디 있어!"

"시간은 항상 많아요, 아버지. 아버지가 밤늦게 들어와서도 저한테 화내셨던 것처럼."

연우는 침착했다. 스스로도 이상하다고 느껴질 정도였다. 아버지가 기가 막혀서 입을 벌리고 이도 저도 못 하는 모습을 보고 속으로 시원했다.

"현성아, 정말이니? 이게 다 무슨 소리야?"

담임선생님이 날카롭게 현성에게 물었다. 현성은 다급하게 손을 저었지만 반 아이들 중 하나가 볼멘소리로 내뱉었다.

"연우는 몰라도, 현성이는 맞아요. 현성이가 제 돈 빼앗은 적 있어요. 그것도 두 번이나요."

"저도요."

한 아이가 말하자 다른 아이들이 우르르 자기도 빼앗기고 맞았다며 손을 들었다. 피해자가 한둘이 아니었다. 심지어 다른 반 아이들도 여럿이다. 담임선생님은 머리를 짚었다. 이제 그냥 덮고 넘어갈 수 없는 일이 되었다. 현성의 얼굴은 종잇장처럼 창백했다.

"너, 이현성, 교무실로 가 있어라."

담임선생님의 말에 현성은 핏기가 사라진 채로 유령처럼 교무실로 향했다. 연우는 그 많은 아이들이 한마디씩 내뱉은 가운데 철웅은 아무런 말도 하지 않은 채 자신을 바라보고 있다는 사실을 알았다. 그는 철웅에게서 시선을 피하고 아버지를 똑바로 보았다.

"학교폭력 저질렀으니 처벌받을 거예요. 피해자가 이렇게 많고요."

아버지는 망신스러움에 얼굴이 벌게졌다. 연우는 이어서 말했다.

"제가 아버지 닮아서 이런 거죠?"

그는 입을 다물고 얼굴이 굳어지더니 곧 등을 돌려서 말없이 자리를 떠났다. 곧 있을 담임선생님과의 면담이 수치스러울 것이다. 아마 이혼이나 양육권 포기를 쉽게 받아들이지는 않겠지만, 지금 이 자리의 모욕을 견디기는 힘들 것이다. 아버지는 그런 사람이었다. 언제나 흠결 없는 갑의 위치에 있어야 하는 사람.

어머니는 다가와 연우의 손을 잡았다.

"엄마랑 교무실로 가자. 괜찮아. 친구들한테 사과하고 앞으로 그러지 말자."

어머니의 목소리는 여전히 다정했다.

"엄마가 연우 옆에 있을게. 다 괜찮아."

그때 연우는 깨달았다. 불행하다고 연우와 초코가 둘 다 집을 떠날 필요는 없다. 불행의 원인을 제거하는 쪽이 나았다. 그럼 어머니와 연우와 초코 셋이서 조용하고 행복하게 살 수 있었다.

그리고 연우는 어떻게든 자신의 인생에서 그 원인을 제거하리라고 결심했다.

11

학교를 떠들썩하게 만들었던 사건이 지난 후 두 달이 지났다. 철웅은 아이들을 괴롭히던 이현성이 전학 간 게 기뻤지만 박연우가 서울로 가버린 것은 슬펐다.

어느 주말 오후, 선 동물병원에 반가운 손님이 왔다.

"세상에, 잘됐다. 이제 초코를 데려갈 수 있다니."

최선혜는 연우를 덥석 끌어안았다. 철웅에게서 이야기를 들어 학교에서 무슨 난리가 났었는지는 알고 있었다. 연우는 느닷없는 포옹에 놀랐는지 잠시 뻣뻣하게 굳었지만 곧 어색하게나마 미소를 지었다.

"그동안 초코 돌봐주셔서 감사했어요."

인사를 나눈 뒤 연우의 어머니, 정서현이 고개를 숙여 감사를 표했다. 연우는 초코를 품에 안고 열심히 쓰다듬고 있었다. 철웅도 연우 곁에서 신나게 초코와 손장난을 쳤다. 초코는 오랜만에 보는 연우 때문에 흥분해서 꼬리를 프로펠러처럼 돌렸다.

"별말씀을요. 그럼 이제 서울에서 살고 계신 거죠?"

"네, 시원하게 나와버렸어요."

정서현과 연우 둘 모두 그사이 무척 밝아진 모습이었다. 정서현은 언제나 단정하게 입던 정장이 아닌 캐주얼 차림이었다.

그녀와 연우는 난리가 났던 날 바로 서울로 올라가서 이미 이혼을 결심한 정서현이 미리 구해놓은 집에 들어갔다. 그녀는 며칠 전부터 필요한 최소한의 짐은 이미 옮겨놓은 상태였다.

"의처증까지 있는 그 인간을 더 견딜 필요도 없었죠. 그동안 왜 그리 이혼을 못하고 질질 끌었는지 몰라요."

서현은 고개를 흔들며 미소를 지었다. 물론 지금은 이혼 소송이 진행 중이다. 연우의 아버지는 절대 이혼은 할 수 없다며 펄펄 뛰었지만 서현도 물러서지 않았다. 지금껏 참은 만큼 이혼의 의지도 강했다.

혼자 외로워야 했던 아들이 소중하게 보살피던 반려견을 남편이 끌고 나가 버리는 장면을 목격하고 서현은 상당한 충격을 받았다. 자신과 아들을 위해서라도 갈라서야 한다는 것을 깨달은 것이다. 그녀는 이혼 소송에 이길 자신이 있었다. 남편이 변호사라지만 그녀의 친정 가족 중에도 변호사가 여럿이었다.

"잘하셨어요. 짧은 인생 행복하게 살아야죠."

선혜는 담백하게 말하면서 웃었다. 서현은 거기에 십분 동의하면서 고개를 끄덕였다.

철웅과 연우는 초코를 데리고 장난감 가게로 달려갔다. 카운터 뒤에 앉아있던 소미가 놀라서 외쳤다.

"어, 연우 왔어? 세상에!"

"네, 누나."

연우는 머뭇거리며 가게 안으로 들어갔다. 철웅은 카운터에 매달려서 곰한테 말을 건넸다.

"곰, 이리 좀 나와봐. 연우도 너 말하는 거 봤잖아. 인사 좀 해."

애원하는 듯한 목소리였다. 연우는 눈을 크게 뜨고 주춤거리면서 소미의 앞으로 다가갔다. 소미는 미소를 띠고 어깨에 매단 주머니를 내려다보았다. 주머니에 달린 뚜껑이 움찔거리더니 곧 휙 열리고 자그마한 인형의 동그란 이마가 불쑥 솟아나왔다.

"아 진짜, 귀찮게. 꼬마들아, 나 좀 자자."

곰은 험상궂게 말했지만 주먹만 한 인형이 인상 써 봤자다. 연우는 그때 봤던 말하는 인형을 다시 보자 놀람과 반가움에 입을 헤 벌렸다. 정말 어린 소년다운 표정이라 소미는 고개를 젖히며 웃었다. 연우는 그것도 깨닫지 못한 채 손을 내밀어서 곰을 만지려고 들었다. 당연히 곰은 그 손등을 맵살스럽게 쳐냈다.

"인형이 날 쳤어!"

연우는 감격스럽게 외쳤다. 소미의 웃음이 한층 더 강도를 올렸다. 철웅도 조심스레 옆에서 손을 내밀었다가 똑같이 얻어맞았다. 그리고 쌍둥이처럼 외쳤다.

"인형이 날 쳤어!"

곧 카운터 뒤에서 민호가 고개를 내밀었다.

"연우 오랜만이네!"

그는 나와서 초코에게 인사하고 입을 벌린 두 소년과 곰을 번갈아 보았다.

"연우야, 너도 말하는 인형에 대한 건 이해해 줄 수 있는 사람한테만 말해야 해. 그런데 세상에 그런 사람이 거의 없거든? 잘못하면 곰이 연구 대상이 되어버릴 수도 있으니 조심해 줘."

"네, 네. 물론이죠! 아무한테도 얘기 안 할게요!"

연우는 고개를 열심히 끄덕였다. 아무리 봐도 너무 귀엽고 너무 신기했다. 저런 애가 연구 대상이 되어버리는 건 말도 안 된다. 그는 절대 누구에게도 이야기하지 않을 거라고 결심했다.

곧 어머니가 불러서 연우는 가야 할 시간이 되었다는 걸 알았다. 서울에 가면 또 공부를 하러 학원에 가야 했다. 이혼을 결심한 어머니를 위해서라도 연우는 더 좋은 성적을 내고 더 훌륭한 사람이 될 것이다. 절대 물러서지 않을 생각이었다. 지금 철웅과 더 놀지 못 하는 것은 아쉽지만 박연우는 아버지를 인생에서 완전히 삭제하기 위해서 더 노력해야 한다는 사실을 잘 알았다.

배웅을 위해 같이 나오는 철웅을 보고서 연우가 물었다.

"있잖아, 하나만 묻자."

"뭐를?"

"내가…… 너 괴롭혔었잖아. 이현성이랑 같이."

연우는 머뭇거렸다.

"그런데 왜 나를 친구로 대해줬어?"

"너 나 안 괴롭혔어."

철웅은 하하 웃었다.

"넌 그 옆에서 보다가 날 도와줬지. 네 나름의 방법으로. 그리고 무엇보다 네가 처음이었거든."

"뭐가?"

"내 말을 진지하게 들어준 거."

철웅의 미소가 더욱 환해졌다.

"넌 내 말을 믿어줬잖아. 살아 움직이는 장난감이 있다는 거, 정말로 믿어서 확인까지 하러 왔잖아."

그랬지, 하고 연우는 중얼거렸다. 철웅은 반에서도 잘 떠들고 엉뚱한 아이로 소문이 나 있었다. 친구들은 철웅의 이야기에 신나게 웃기는 했지만 진지하게 받아들이지는 않았다. 하지만 이상하게도 연우는 철웅의 이야기에 귀를 기울이고는 했다. 친하지 않아서 쭈뼛거리며 다가와 한두 마디 던지는 것인데도 그랬다.

"내 얘기를 전부 믿어준 게 너 하나였는데, 그럼 당연히 친구 아니겠어?"

철웅은 밝게 웃었다. 맞다. 연우는 그의 말을 전부 믿었고 철웅은 그런 연우의 어려움을 외면하지 않았다. 굳이 말로 표현하지 않아도 되는 연결된 마음. 이게 우정이 아니라면 뭘까?

철웅은 연우의 어깨를 가볍게 안았다가 놓았다.

"다음에도 같이 놀자."

"그래."

마주 웃는 연우의 얼굴 역시 한낮의 해처럼 환했다.

Chapter 4

1

우신 장난감 가게의 한편에는 큰 자리를 차지한 물건이 있다. 아주 오래된 전축, 즉 전기 축음기였다. LP와 카세트테이프를 틀 수 있고 라디오도 나오는 녀석이었지만 너무 구식이라 아무도 거들떠보지 않는 물건이었다. 우신이 열과 성을 다해 수리하고 말끔하게 닦아놓았기에 빈티지 장식품으로 가끔 관심을 보인 이들은 있었는데 이상하게도 거래까지 되지는 않았다. 간혹 민호가 혀를 차면서 전축을 가리켜 '쟤도 고집이 세다'라는 둥의 말을 했던 적이 있었다.

어느 날, 그것이 소미에게 말을 걸었다. 아주 드문 일이었다.

원래 물건들의 말은 공기 중에 먼지처럼 떠다녔다. 은은하게 귓가와 피부 위를 간질였지만, 정확하게 어떤 뜻인지는 몰랐다. 민호와 우신의 말에 의하면 소미는 감응력이 아주 좋은 편이라고 했지만 여전히 저들이 뭐라고 말하는지는 알지 못했다. 아쉽기도 하고 다행이기도 했다. 이 속살거리는 말들이 전부 뜻을 가지고 들려온다면 아마 일이라고는 아무것도 못 할지 모른다. 얼마나 시끄러울 것인가.

그래서 자신을 향한 속삭임이 들렸을 때 소미는 무척 놀랐다. 전축의 목소리는 매우 온화했다.

"미안해요, 많이 놀랐나요?"

쨍하게 사람 목소리와 똑같이 들려오는 곰과는 완전히 달랐다. 소미의 귓가에만 은밀하게 공기가 진동하는 것 같았다.

"아, 아뇨. 괜찮아요. 아…… 그런데 좀, 이게 없었던 일이라."

"그렇죠. 다들 힘을 아끼느라 조용조용히 대화하다 보니."

나지막한 웃음소리가 공기를 울렸다. 소미는 주변을 둘러보았다. 가게에 들어올 때 몇 번 명확한 말을 들었던 기억이 있었다. 하지만 그때의 목소리와는 확연히 다른 존재라는 것을 알 수 있었다. 그때의 목소리가 어딘가 우울하면서도 수줍었다면, 지금의 이 존재는 좀 더 온화하고 따스한 소리였다.

"저…… 누구, 그러니까, 어디……."

누구냐고 물으려다가 과연 '누구'라는 단어가 맞는지 헷갈려서 소미의 말이 꼬였다. 그 존재가 답했다.

"난 전축이에요. 진열장 아래, 맨 왼쪽 밑에 있어요."

"아!"

소미는 눈을 크게 떴다.

우신이 열심히 아침마다 먼지를 닦아놓는 전축이었다. 덩치가 제법 큰데 오래된 것이라 사람들이 관심이 없다고 우신이 가끔 말했던 적이 있었다. 소미는 그때마다 전축이 장식용으로는 제법 쓸 만하다고 생각했다. 거기에 있는 것만으로도 어딘가 빈티지한 느낌이 들었기 때문이다. 그런데 이 전축도 숨 쉬는 존재였구나, 싶어서 소미는 전축의 앞에 쪼그려 앉았다.

"안녕하세요. 음, 그러니까…… 이미 몇 달이나 구면이지만 제가 인사하는 건 처음이네요."

"그래요. 반가워요, 소미 씨."

"네, 네."

나지막하고 따뜻한 인사라서 소미도 수줍게 고개를 끄덕였다. 전축에서 작게 웅웅대는 떨림이 느껴졌다. 워낙 낡은 것이라 우신이 닦아낼 때도 상당히 조심스러워했던 것이 기억났다. 소미는 살짝 손끝을 전축의 모서리에 댔다.

"나도 무척 오랜만에 목소리를 내보는 거예요. 그동안은 힘이 들어서 잠자고 있었거든요."

"그랬군요."

"얼마 전 깨어났는데 이제 슬슬 때가 되었다 싶어서요."

"때요?"

"네. 소원을 이루어야 할 때요."

소미는 예상하지 못했던 말에 고개를 갸웃했다. 소원이라니?

"소원이요?"

"네. 혹시 소미 씨가 내 부탁을 들어줄 수 있을까 해서 말을 걸어 봤어요."

"네에?"

소미는 눈을 크게 떴다.

"무슨 소원인데요? 저 별다른 능력이 없는데……."

"어려운 건 아니에요. 다만, 그 사람과 가까이 사는 사람이 해주기 좋을 것 같아서요."

"그 사람이요? 대체 어떤 일이기에."

"제 옛날 주인으로부터 물건 하나만 가져다 주셨으면 해요."

옛날 주인. 전축의 옛날 주인이라면 상당히 나이가 많을 것이고, 노인일 확률이 컸다. 소미는 조금의 난감함과 큰 궁금함에 고개를 갸웃거리며 전축을 들여다보았다.

"전축…… 씨의 옛날 주인이 제가 아는 사람인가요?"

"맞아요."

전축은 낮은 소리로 말했다. 목소리에서 옅은 그리움이 흘렀다. 소미는 더욱 의아해졌다. 이사 온 지 몇 달이 되긴 했지만, 소미가 알 만한 사람은 많지 않았다.

"내 옛 주인은 김성자 씨입니다."

"김성자…… 김성자 씨라."

소미는 눈을 찌푸리고 한참이나 생각했다. 분명히 익숙한 이름이 기는 했다. 순간 그녀는 엇 하고 놀랐다. 이사할 때 임대계약서에서 본 이름이었다. 주인집 할머니 이름!

"지금 사는 집 주인 할머니 성함이에요!"

소미가 놀란 듯 말하자 전축이 긍정했다.

"맞아요. 그래서 소미 씨한테 부탁하려고 하는 거예요."

"어, 어떤 건데요?"

"오래된 카세트테이프 하나만 가져다주셨으면 해요. 물론 제가 답례로 드릴 건 없고…… 염치없이 부탁만 하는 입장이지만요. 미안해요, 소미 씨. 그런데 정말로 소원이라서요."

"아……."

소미는 당황스러워서 잠시 말을 삼켰다. 오래된 카세트테이프라면 그리 값나가는 물건은 아닐 것이다. 움직이지 못하는 전축이 부탁하는 소원이라는데 딱히 사례를 바랄 정도로 각박한 성격도 아니고, 쉬운 거라면 얼마든지 해줄 수 있다. 그렇지만 너무 맥락 없는 부탁이라서 판단이 안 되는 것도 사실이었다.

그때 카운터에서 이 상황을 보고 있던 곰이 불쑥 말했다.

"소미야, 전축 부탁 들어주자."

"어, 들어주자고?"

"응."

소미는 왜냐고 묻고 싶었지만 당사자인 전축 앞에서 차마 이유를 꼬치꼬치 캐묻기가 민망했다. 그녀가 곰에게 눈으로 왜냐고 묻는데도 곰은 다 알아들었으면서 딴청을 피웠다.

"소원이라잖아. 어려운 것도 아니고 한번 들어주자."

"그래, 뭐. 네가 그렇게 말한다면."

곰이 재차 주장하자 소미는 한숨을 쉬었다.

"고마워요. 정말 고마워요 소미 씨."

전축이 기뻐하는 목소리를 냈다. 낡은 전축의 몸체에서 웅웅대는 소리가 더 커졌다. 소미는 살살 그 옆면을 쓰다듬고서 일어섰다.

"그런데, 무슨 테이프인데요? 뭐라고 말씀드리면 아실까요?"

"'세 식구의 목소리'라고 하면 아실 거예요."

"세 식구의 목소리."

"네. 꼭 부탁드려요."

곧 전축에서 웅웅대는 소리가 잦아들고 목소리도 들려오지 않았다. 곰이 카운터 끝에 앉아서 말했다.

"힘들어서 이제 자나 보네."

"아, 그런 거야?"

"응. 오래된 물건들에게는 목소리를 내는 것 자체가 무척 피곤한 일이기도 하거든."

"저런."

소미는 혀를 차다가 이제 전축이 잔다는 말을 믿고서 곰에게 왜 부탁을 들어주자고 한 건지 이유를 물어보았다. 하지만 곰은 여전히 소원이라잖아, 라는 말 외에는 입을 꾹 다물었다. 인형도 입이 무거울 수 있는 거냐며 소미는 눈을 흘겼다.

뭐 어쨌든 이왕 들어준다고 했으니 이유야 무슨 상관일까. 주인 할머니는 매우 소탈하고 인자한 분이었고 소미에게도 호의적으로 대해주었다. 오래된 카세트테이프를 찾아달라고 하는 것쯤이야 별 일 아닐 것이다.

"그래 뭐. 눈 딱 감고 말씀드려 보자."

소미는 카운터에 턱을 괴고 앉았다. 손님이 없는 평일 오전이라 민호는 위층에서 쉬고 있었고 우신은 은행에 다녀온다며 나갔다. 밖은 늦여름이라 찌는 듯이 더웠지만 가게 안은 에어컨이 돌아가 시원했다.

2

별거 아닐 거라 생각했던 일이 실제로는 만만찮았던 경험이 누구에게나 있다. 소미 역시 지금 그랬다.

저녁이 되어 알바 시간이 끝나 돌아오면서 소미는 계속해서 전축의 소원에 신경이 쓰였다. '세 식구의 목소리' 테이프라. 혹시 할머니가 못 알아들으면 어떻게 하지? 할머니한테 소중한 걸 무작정 내놓으라고 하는 꼴이면 어떻게 하지? 뭐에 쓰냐고 물어보면 뭐라도 대답하지?

하나도 대답할 수 있는 게 없었다. 곰의 주장 때문에 너무 쉽게 해주겠다고 덥석 말해버린 것 같았다. 이런 고민에 곰은 '어떻게든 될 거야'라면서 속 편한 소리만 했다.

'일단 주인 할머니한테 뭐라고 첫 마디를 꺼내야 하지?'

요즘 주인 할머니는 바깥출입이 별로 없었다. 몸이 썩 좋지 않다면서 병원에 자주 가는 것 같았는데 병원 외에는 요즘 시장도 가지 않는 것 같았다. 게다가 소미가 아르바이트를 위해서 가게에 나가다 보니 마주칠 일이 상당히 적었다. 그렇다고 카세트테이프를 달라고 말하러 제일 위층에 자리한 주인집 할머니네에 직접 가기에는 소미의 넉살이 부족했다.

소미가 알기로 지금 주인 할머니는 혼자 살고 있었다. 하나 있는 아들은 서울에 가서 결혼해 살고 있다고 들었다. 살기 바쁘니까 자주는 못 오고 명절에나 얼굴을 본다면서 주인 할머니가 지나가는 말로 한탄했었다. 그러니까 전축이 말한 '세 식구의 목소리'라는 건 아마 주인 할머니 부부와 그 아들의 목소리일지 몰랐다. 주인 할머니의 남편은 아마 돌아가신 것 같았지만. 할머니도 워낙 연세가 많으셔서 여든이 넘은 나이였으니 사실 남편분이 돌아가셨다고 해도 놀랄 일은 아니었다.

소미가 이러지도 저러지도 못하는 사이에 이틀이 지나갔다. 어떻게든 말을 꺼내야 하는데 할머니의 그림자조차 보이지 않았고 역시 직접 찾아가야 하나 하는 생각이 들었다. 하지만 역시 용기가 없어서 금요일 저녁 퇴근한 소미는 원룸 앞 벤치에 잠시 앉아 고민했다.

'난 항상 소심한 게 문제야.'

에휴, 하면서 소미는 해가 저무는 하늘을 바라보았다. 주머니에 든 곰은 자는지 고롱고롱하는 떨림만 주머니 밖으로 전해져 왔다. 주인 할머니를 일주일 넘게 만나지 못한다면, 미안하지만 말을 전하는 데 실패했다고 전축에게 전할 수밖에 없을 것이다. 참 민망한 일이었다.

그때 등 뒤에서 목소리가 들려왔다.

"소미 학생, 여기서 뭐 해? 일 다녀온 거야?"

"앗, 네, 할머니."

소미는 놀라고 반가운 마음에 벌떡 일어섰다. 그 목소리는 주인집 할머니였다. 할머니는 소미가 갑자기 일어서자 조금 놀란 얼굴이었다가 웃으며 다가왔다.

"무슨 고민이라도 있는 게야? 아무것도 없는 집 앞에 앉아서 그렇게 한참이나 하늘을 쳐다보고 있게."

"하하, 네, 뭐……."

다름 아니라 주인집 할머니에 관한 고민이라는 말을 곧이곧대로 할 수는 없었다.

슬쩍 살펴보니 할머니의 안색이 좋지 않았다. 오래 앓은 듯 초췌했고 주름도 그사이에 더 늘어난 것 같았다. 눈가며 입가며 피부가 축 늘어졌고 눈에는 생기가 없었다. 소미는 지금 이 자리에서 주인 할머니한테 엉뚱한 이야기를 꺼내는 게 맞나 고민이 되었다.

"난 병원 갔다가 장 봐서 오는 길이야."

할머니는 벤치 위에 작은 비닐봉투 몇 개를 올리면서 말했다.

"그러셨구나. 뭐 사셨어요?"

"그냥, 깻잎이랑 무랑…… 이것저것. 그래도 뭐 반찬이 있어야 밥을 먹으니까."

할머니는 지친 얼굴로 웃었다.

"텃밭에 상추를 길렀었는데, 요즘은 그것도 못 하겠어서 다 뽑아 버릴까 싶어. 너무 힘들더라고."

"날씨가 너무 더워서 저도 피곤하더라고요."

"그러게 말이야. 예전에는 이렇게까지 덥지는 않았던 것 같은데."

주인 할머니는 고개를 저었다. 소미는 어떻게 말을 꺼내야 하나 눈치를 보고 있었다.

"소미 학생, 이왕 만난 김에 상추 좀 가지고 가. 지금 텃밭에 가서 뜯어서 줄게요."

"어머, 아니에요."

"가지고 가서 살짝 물에 씻어만 먹어. 농약도 안 친 거야."

할머니는 그렇게 말하며 자리에서 일어났다. 소미는 얼른 할머니의 손에서 봉투를 빼앗아 들고 그 뒤를 따랐다. 어쨌든 할머니와 계속 이야기를 해야 부탁할 기회가 생길 것이다.

원룸 건물 뒤편으로 정말 손바닥만 한 땅뙈기가 있다. 거기에는 할머니가 기르는 상추와 대파, 꽃 무더기 하나가 자리 잡고 있었다.

정말 작은 땅이라서 보잘 것 없는 모습이었다. 할머니는 무성히 자란 상추 앞에 앉아서 잘 자란 잎들을 뜯어냈다.

그 사이에 소미는 기웃거리며 텃밭의 꽃을 구경했다. 지나칠 때마다 언제나 생각했지만 꽃잎이 겹겹이 쌓이고 색이 화려한 꽃이었다. 한 무더기뿐이었지만 언제나 할머니가 정성을 다해 관리해서 무척 풍성하고 예뻤다.

"자, 이거 내가 장바구니에 담아줄 테니까 나중에 바구니만 갖다 줘요."

"감사합니다. 잘 먹을게요!"

소미는 얼른 받아들고서 텃밭의 꽃을 가리켰다.

"저 꽃은 이름이 뭐예요? 볼 때마다 참 예뻐요. 화려하고."

"백일홍이야. 참 예쁘지?"

할머니의 웃음에 조금 쓸쓸한 기색이 스쳐 지나갔다.

"아주 오래오래 피는 꽃이기도 해요. 다른 꽃에 비해서 피어 있는 기간이 길지. 6월부터 10월까지 계속 피어 있으니까."

"혹시 그래서 백일홍인 거예요?"

"맞아. 백일 동안 붉게 피어있다고 해서 백일홍이 되었지."

예뻐라, 하면서 소미는 꽃을 자세히 관찰했다. 주인 할머니는 그 모습을 보면서 미소를 지었다.

"사실 소미 학생을 보면 내 딸이 생각나서 말이야. 내 딸이 그 백일홍을 무척 좋아했어요."

"어, 따님이 있으셨어요?"

"그랬지. 있었지."

과거형의 대답이었다. 소미는 거기서 뭔가를 느끼고 멈칫 입을 다물었다. 할머니는 양손을 늘어뜨린 채로 물끄러미 백일홍을 내려다보았다.

"스물한 살 생일 지나고 얼마 안 있어서 떠나버렸지만."

소미는 대답을 하지 못했다. 할머니의 말씨에 애간장이 찢어지는 슬픔 같은 건 없었다. 처음에는 그것이 있었으리라. 그러나 이제 그 슬픔이 긴 시간 고이고 증발해 쓸쓸함과 애틋함만이 아주 조금 남아 있었다.

"내가 옛날에 걔 물건은 다 내놨는데 이 꽃 하나만은 끼고 살거든. 그래도 애들은 살아 있으니까 말이야."

"그러셨군요."

머뭇거리는 소미를 보고 할머니가 웃었다.

"괜찮아요. 벌써 25년도 더 된 일인걸. 아마 살아 있었으면 그 아이가 쉰 살 가까웠을 거야."

아무리 오랜 일이라도 자식을 먼저 떠나보낸 슬픔이 쉽게 사그라들 리는 없었다. 소미는 쉽게 입을 열 수가 없었다.

"이 꽃은 딸하고 다르게 오래오래 피어 있지. 그래서 고맙고."

할머니는 그 말을 끝으로 손에서 흙을 털어냈다. 소미는 멀거니 바람에 한들거리는 백일홍 송이들을 바라보았다. 곧 할머니는 소미에게서 봉투를 받아든 후 잘 자라면서 엘리베이터를 타고 올라갔다.

소미는 다시 벤치에 앉았다. 아무리 생각해도 '세 식구의 목소리'라는 테이프를 달라고 말하는 건 부적절할 것 같았다. 왜냐하면…… 혹시 그 세 식구라는 게, 혹시라도 일찍 떠난 딸을 포함하는 거라면 정말 큰일이기 때문이었다.

곰은 모든 이야기를 들었는지 고개를 쏙 내밀고 말했다.

"……예상외의 일이네."

"그렇지, 아무래도?"

"좀 더 자세히 알아봐야 할 거 같은데. 혹시 사장님들이 아는 거 없을까? 여기서 그래도 몇 년 장사했다며."

"음…… 내일 가서 한번 여쭤봐야겠다."

소미는 길게 한숨을 쉬었다.

3

다음 날, 우신은 소미의 질문에 생각에 잠긴 표정이 되었다.

"사실 나도 자세히는 몰라. 너무 오래된 일이라."

"그럴 거 같았어요. 25년 전 일이라고 해서서."

우신과 민호는 겨우 스물아홉 살 동갑이다. 이 동네에서 장사를 했다지만, 그것도 겨우 5년 남짓이었다. 우신은 평상시 남의 일에 크게 신경 쓰는 성격이 아니었기에 소미는 우신이 이번에도 별다르게 반응하지 않으리라 생각했다. 하지만 그는 고민하다가 덧붙였다.

"민호 내려오면 한번 물어봐. 민호는 알지도 몰라."

"민호 사장님이요? 어떻게요?"

"민호가 이 녀석들 목소리를 거의 다 알아듣거든. 난 거의 못 듣고. 아마 뭔가 들은 게 있을지도 몰라."

과연 그렇다. 만약 가게 안의 물건들 중 뭔가 아는 게 있다면 이야기를 해줬을지도 모른다. 그리고 잠시 후 내려온 민호는 고개를 끄덕였다.

"맞아. 김성자 여사님 따님이 상당히 오래전에 돌아가셨다는 이야기 들었어. 혈액암이었는데 손쓸 사이도 없이 숨을 거뒀다고 하더라고."

"아, 저런."

"너무 늦게 발견했다고 했어. 아무것도 못 하고 보내서 무척 슬퍼하셨대."

"그랬구나."

소미는 말문이 막혀서 말을 잇지 못했다.

"그럼 그 테이프는 그냥 잊어버려야겠네요. 전축한테는 미안하지만."

"여쭤보는 것 정도는 괜찮지 않을까?"

"할머니가 따님 물건은 다 버리셨다고 했어요. 게다가 그런 상황에 할머니 아픈 기억에 대해서 일부러 여쭙기는 너무 죄송스러워요."

"그래, 네가 원하는 대로 하렴."

민호는 고개를 끄덕였지만, 곧 말을 덧붙였다.

"하지만 건축에게도 사정은 있을 거야. 나중에 한번 들어봐. 지금은 잠을 자고 있으니까."

"잠을 많이 자네요."

"낡고 오래되고 힘들면 저 녀석들도 그렇게 돼. 사람이나 마찬가지야. 수명이 끝을 보이는 거지."

민호는 말끝을 흐렸다. 소미는 좀 슬퍼졌다. '숨 쉬는' 물건들은 수명이 정해져 있다는 걸 그간 우신과 민호에게 들어 알고 있기는 했다. 곰도 그런 거냐며 붙들고 질질 짠 적도 있는데, 그때 곰이 도리어 호되게 걷어차면서 헛소리하지 말라고 핏대를 세운 덕분에 그런 생각은 접었다.

"재가 깨어나면 이야기를 들어보고 결정해 봐."

민호가 그렇게 조언하고 가게 안을 청소하기 위해 청소기를 들었다. 소미는 카운터 위에 엎드려서 주인 할머니와 자신과 동갑에 떠나간 딸과 건축을 생각했다.

그리고 사흘 뒤 오전, 뜻밖에 주인 할머니가 가게 문을 열고 들어섰다. 소미가 반색하자 할머니가 웃었다. 할머니의 품에는 분홍색 토끼 인형이 안겨 있었다. 언젠가 원룸 건물 쓰레기장에 버려져 있던 인형이었다. 소미도 본 적이 있었다.

"이거 몇 달 전에 우리 건물 아래에서 주웠는데, 내 나름대로 꿰매고 수선해서 빨래까지 했더니 이리 늦어졌네."

"아유, 새것처럼 깨끗하네요."

"내가 몸이 좀 덜 아프면 전처럼 더 많이 주워서 갖다주겠는데 이제 나이를 너무 먹어버렸나 봐."

할머니는 토끼 인형을 민호에게 건네주었고 민호는 시원한 아이스커피 한 잔을 가지고 나왔다. 할머니는 고맙다며 쭉 들이켰다.

"항상 말씀드리지만 저희가 값을 조금이라도 드리면 좋을 텐데요."

"그게 무슨 소리야. 난 쓰레기장에서 물건 주워다가 좋은 주인 만나라고 갖다주는 것뿐인데, 무슨 값을 줘."

"그래도요. 저희는 저렴하게라도 판매하는 물건인데, 그런 걸 매번 이렇게 갖다 주시니까."

"그래서 매번 이렇게 커피 주잖아. 사장님이 타주는 커피가 제일 맛있는걸."

주인 할머니는 경쾌하게 웃었다. 하지만 그 웃는 얼굴도 쇠약해 보여서 소미는 걱정이 되었다.

"그런데 이건 아직도 안 팔렸나 보네."

할머니는 전축을 보고 일어나서 곁으로 다가가 손으로 쓸었다. 그 손길이 애틋했다. 소미는 가만히 그 모습을 바라보았다. 전축이 깨어난 듯 살며시 웅웅댔다. 아마도 할머니는 그 소리를 듣지 못할 것이다. 정확한 말은 아니었지만 소미에게 전축의 소리는 어렴풋한 뜻을 전달했다. 당신이 보고 싶었고, 그리웠어요.

소미는 불쑥 말을 꺼냈다.

"할머니, 혹시 집에 카세트테이프 있으세요?"

"응? 테이프?"

"네. '세 식구의 목소리'라는 제목의 카세트테이프요."

순간 가게 안에 적막이 흘렀다.

주인 할머니는 뭔가 이상한 말을 들었다는 듯이 뚫어지게 소미를 바라보았다. 아무런 말도 하지 않는 할머니의 표정은 어딘가 기묘하고 기이한 것을 보는 듯해서 소미는 잠시 머릿속이 멍해졌다. 애초에 이 말을 꺼내려는 생각은 없었는데 자기도 모르게 나왔다. 함께 있는 우신과 민호도 잠시 말을 찾지 못하고 침묵했다.

얼음 같은 한 순간이 지나고, 할머니가 입을 열었다.

"그런 거 없어."

"……네?"

"그런 거 없다고, 소미 학생."

평소와 다르게 주인 할머니의 목소리는 아무런 감정이 느껴지지 않았다. 마치 감정을 아주 먼 곳에 버리고 온 듯 무감각한 소리였다. 소미는 여태 알던 주인 할머니와 완전히 다른 모습에 정신이 바짝 들었다. 할머니는 물끄러미 소미를 바라보았다. 다리미로 쭉 펴버린 듯 모든 감정이 사라진 표정 위로 그 시선 하나만 날이 서 있었다.

"그리고 그건 다시 말하지 말았으면 해요. 듣고 싶지 않으니까."

주인 할머니는 무표정한 채로 돌아서 가게를 나갔다. 소미는 얼어붙어 있다가 고개를 억지로 돌려서 민호를 보았다. 민호도 긴장한 표정이었다.

"여사님이 저렇게 말씀하시는 거 처음 보네."

"저도요. 화 많이 나신 걸까요?"

"아무래도 제일 힘든 기억에 관한 물건인 거 같아."

"전축 씨가 일어나면 물어보면 좋은데……."

민호는 가볍게 한숨을 쉬었다. 소미는 충동적으로 주인 할머니에게 말을 꺼낸 것이 후회되었다. 소미를 호의적으로 대해주었던 주인 할머니였는데 의도하지 않게 상처를 입힌 것 같았다. 소미 본인이 너무 무신경했던 것인가 고민이 되었다. 미리 그 테이프가 어떤 것인지를 정확히 알고서 여쭤봤어야 하는 거였다. 후회가 물밀듯이 몰려왔다.

4

소미는 역시 주인 할머니를 찾아뵙고 사과의 말씀을 드려야 할까 고민이 되었다. 하지만 평소에도 용기가 나지 않은 마당에 부적절한 질문까지 하고서 찾아가기란 쉽지 않았다. 주인 할머니의 굳어진 표정이 자꾸만 눈앞에 아른거렸다.

소미는 원룸 건물에 도착해서도 괜히 미적대면서 건물 위쪽을 바라보았다. 맨 위가 할머니의 집이었지만, 엘리베이터의 버튼을 누르기가 망설여졌다.

"에이 씨, 괜히 전축한테 부탁을 받아가지고."

평소 같으면 말참견을 했을 곰도 조용했다. 주머니 안에서 또 자는 건가 싶어서 꾹꾹 엉덩이 쪽을 찔러봤는데 움직임이 없다. 또 자나 보다 싶어서 소미는 가만히 손을 내렸다. 민호와 우신 모두 곰이 쉴 때는 가만히 두라고 충고했기 때문이었다.

소미는 원룸 건물 앞 벤치에 앉았다. 곰의 존재 없이 혼자 있는 기분이 이상했다. 중학생 때 곰과 처음 만난 뒤로 단 한 번도 소미는 진짜 혼자라는 기분을 느껴본 적이 없었다. 언제나 곰이 곁에 있었고, 소미가 입을 다물라 치면 곧장 머리를 내밀고 참견을 했기 때문이었다.

소미는 곰이 있는 주머니를 조심히 쓰다듬었다. 면의 거친 감촉 뒤로 곰의 폭신하고 동그란 엉덩이가 느껴졌다.

"빨리 일어나, 곰. 그만 좀 자라."

사실 걱정스럽기도 했다. 우신의 말에 따르면 숨 쉬는 존재들은 모두 자기 컨디션이 있어서 가끔 지치기도 한다지만, 곰은 요즘 잠이 너무 늘었다. 소미가 걱정하는 것도 무리는 아니었다.

그때 원룸 1층 공용현관에서 나온 사람이 소미의 옆자리에 조용히 앉았다. 소미는 고개를 돌렸다가 주인 할머니의 옆모습을 보고서 움찔했다. 할머니는 마치 아까의 일이 없었던 것처럼 인자한 미소를 머금고 있었다.

"이제 일 끝나고 오는 거야?"

"네, 음. 오늘은 조금 일찍 끝나서요."

소미는 할머니에게 사과하고 싶었다. 하지만 그러려면 엉뚱하게 테이프를 요구한 이유와 그 테이프의 이름을 어떻게 알았는지부터 설명해야 할 것이다. 어떻게 설명해야 할지 막막했다. 소미는 잠시 입을 다물고 땅바닥을 바라보았다.

"소미 학생은 부모님 댁에서 독립해서 나와 있는 거지? 외롭지 않아요?"

할머니가 물었다. 소미는 갑작스러운 물음에 잠시 고개를 갸우뚱했다.

"전 외로움은 많이 타는 편은 아닌 것 같아요. 그냥…… 혼자 있는 것도 나쁘지 않다는 느낌이고요."

"그렇구나. 방금 벤치에 앉아 있는 모습을 보니까 좀 외로워 보였거든. 괜한 걱정이었네."

할머니가 웃었다. 소미는 따라서 미소를 지었지만, 사실 할머니의 관찰이 정확했다. 가족과 떨어진 건 아무 상관도 없었다. 다만 곰이 너무 조용하니 불쑥 외로움이 가슴 한가운데로 치밀고 올라왔다. 세상에 진짜 혼자가 되었다는 느낌이 정수리까지 차올라 소미는 새삼 스럽게 쓸쓸했다.

"사실은요, 저 돌아갈 집이 없어요."

주인 할머니가 멈칫하는 것을 보지 않아도 알 수 있었다. 이건 누구에게도 말해본 적 없는 일이었다. 어차피 이 소도시에 있는 사람들 중 소미의 과거를 아는 사람은 없다. 이렇게라도 한 번 말해보는 게 나쁘지는 않을 것이다.

"가족은 삼촌하고 동생이 있었는데 다 죽었거든요. 집에 불이 나서."

"저런."

"화재로 집이 전부 타버려서 갈 곳이 없어진 김에 아예 여기로 이사 온 거였어요. 거기 그대로 있고 싶지 않아서요."

주인 할머니는 말없이 소미의 이야기를 들어주었다.

"엄마는 살아 있지만, 지금 교도소에 들어가 있어요. 사실 저 어렸을 때부터 계속 교도소에 들락거리고 맨날 도망 다녀서 얼굴도 거의 못 봤어요. 아마 이제 알아보지 못할 수도 있어요."

엄마를 마지막으로 본 지 10년이 넘었다. 그때 엄마는 사기를 치고서 교도소에 복역한 후였다. 삼촌과 엄마는 아이들 앞에서 대놓고 싸웠다. 애들을 둘이나 낳고서 수년을 맡긴 주제에 무슨 배짱으로 계속 사기를 치고 다니냐고. 삼촌은 애새끼들을 좀 데려가라고, 아니면 양육비라도 내놓으라고 목에 핏대를 세웠다.

하지만 삼촌이 아무리 화를 내도 엄마의 상대는 되지 못했다. 겨우 열한 살 초등학생 시절이라 소미도 잘은 알지 못했지만 그때 엄마가 삼촌을 잘 구워삶았던 모양이었다. 엄마는 사기 쳐서 뒤로 빼돌린 돈으로 소미와 동생 소언의 양육비를 목돈으로 내줬고 삼촌에게 적금이며 보험이며 잔뜩 넣어주었다. 삼촌은 엄마가 내놓은 돈에 홀려서 이런저런 서류를 알아보지도 않고 전부 다 사인했다. 삼촌의 생명보험도 그때 들어놓았다고 했다. 삼촌 본인은 생명보험이 있는지도 몰랐다. 삼촌은 술을 마신 채 여러 개의 보험에 한꺼번에 서명했고, 대부분의 우편물을 살펴보지 않았다. 그 후 엄마는 다시 사기를 친 뒤 도망치다가 잡혀 교도소로 갔다.

엄마가 내놨던 목돈은 삼촌이 도박으로 모두 날려먹었다. 삼촌은 친구들에게 오지랖 넓은 호인이었지만 성실한 사람은 아니었다. 사기가 엄마의 버릇이었던 것처럼 술과 도박은 삼촌의 오랜 버릇이었다.

"그래서 전 돌아갈 곳이 없어요. 그냥 여기가 집이에요."

소미는 말을 끝내고 입을 다물었다. 창피한 가정사를 괜히 다 털어놨다는 생각이 들었지만, 기분이 그렇게 나쁘지는 않았다. 혼자만 끌어안고 있던 이야기를 세상에 내놓자 조금 덜 창피한 것 같았다.

"이야기해 줘서 고마워, 소미 학생."

"네? 아…… 뭘요."

할머니는 미소를 지었고 소미는 쑥스러워져서 머리를 꼬았다.

"그런 이야기를 해줄 만큼 내가 미덥다는 것이겠지? 아무한테도 말 안 하니 염려 말아."

"네, 걱정하지 않아요."

하늘이 발갛게 노을에 물들어가고 있었다. 골목으로 가끔 하교한 학생들이 신나게 집으로 달려갔고, 자전거를 타는 어린아이들이 지나갔다. 퇴근한 아저씨들도 간혹 원룸 건물 안으로 들어가며 할머니에게 고개 숙여 인사했다. 어느 집에서인지 된장찌개를 끓이나 보다. 구수한 된장 냄새가 코를 찔러서 소미는 배가 고팠다.

"우리 영감이 3년 전에 죽었거든."

할머니의 말에 소미는 눈치를 보았다. 아까의 말실수가 마음에 걸려서였다.

"오래 살았지. 딱히 아쉬워할 것도 아니었어. 나랑 동갑이었는데 여든한 살에 죽었으니까. 여든 넘게 살았으니 그리 나쁘지 않았지."

할머니는 먼 하늘을 바라보면서 말했다. 마치 혼자 중얼거리는 듯한 모습이었다. 반드시 소미에게 하는 말 같지는 않았다. 어쩌면 할머니도 옛이야기를 털어놓을 상대가 필요했는지 모른다.

"영감이 죽고서 영감과 관련된 물건들을 거의 다 버렸어. 낡은 것들은 쓰레기장으로 내놓고 쓸 만한 것들은 씻고 수선해서 조 사장네 가게에 갖다줬지. 누군가 필요한 사람이 가져가 쓰기를 바라면서 말이야."

"그러셨군요."

"내가 가져다준 것 중 가장 오래된 게 전축일 거야. 소미 학생도 아마 알겠지만, 가게 구석에 있는 크고 검은 전축 말이야. 그게 우리 영감이 쓰던 물건이거든."

주인 할머니는 정처 없이 하늘을 흘러가는 붉은 구름을 올려다보았다. 소미도 할머니와 시선을 같이했다.

"아주 오래된 것인데, 딸이 살아있을 적 영감하고 둘이 전축으로 레코드 듣는 걸 그렇게 좋아했어. 딸 열 살 때쯤 샀던 것 같아. 그때 난 전축이 너무 크다고 사지 말자고 했는데 딸이 졸라대서 영감이 몰래 사들였지. 세상에, 그렇게 큰 놈을 몰래 사서 어쩌겠다고. 당연히 내 눈에 띄지 않았겠어? 바보 같은 영감."

"정말 그랬겠네요."

"그걸 숨기겠답시고 딸하고 영감 둘이서 딸 방에 둔 전축 위에 커튼을 덮고 시트를 덮고 책장으로 가리고 별짓을 다 했더라고. 갑자기 딸애가 자기 방 청소는 자기가 하겠다는 소리까지 하는 거야. 난 열 살짜리가 많이 컸구나 해서 대견해 했는데, 제 아버지랑 공모를 하고서 나를 속이려고 했던 거였지. 고얀 것 같으니라고."

투덜거리는 할머니의 목소리에는 애틋함과 그리움과 웃음이 묻어 있었다. 소미 역시도 그 광경을 상상하니 웃음이 났다. 작은 아이가 아버지와 편을 먹고 전축을 지키려고 하는 용감한 이야기가 떠올랐다. 그 이야기에서 어머니는 드래곤과 같은 최종 보스였으리라. 소중한 전축이 쫓겨나지 않게 하려고 얼마나 열심이었을까.

"당연히 내가 발견했지만, 이미 산 것을 뭐라 할 수가 있어야지. 공부 소홀히 하지 말고 적당히 들으라고 한마디 하고 끝났어. 그 후에 제 아버지랑 밤마다 전축을 가지고 대놓고 놀더라고. 둘이서 방 안에서 어찌나 재미나게 놀던지. 내가 질투가 나서 하루는 딸 방으로 쳐들어가서 뭐 하는 거냐고 물었어. 그랬더니 딸이 빨리 와보라고, 얼른 옆으로 오라고 하는 거야."

열 살의 딸은 엄마를 불러다 전축 앞에 앉혔다. 아빠는 카세트테이프 플레이어 부근의 붉은 동그라미 버튼을 눌렀다. 뭐 하는 거냐며 엄마가 답답해하자 아빠와 딸이 눈을 크게 뜨고 웃었다.

계속 말해봐, 아빠가 속삭이자 엄마는 의아함을 감출 수가 없었다. 그만 놀고 나와서 커피라도 끓이라고 했지만 아빠와 딸은 낄낄 웃으면서 입을 손으로 가렸다. 곧 딸이 전축 쪽을 가리키며 말했다. 지금 우리 목소리 전부 녹음되고 있어.

"꽤 한참 녹음했어. 난 이게 무슨 쓸데없는 짓이냐고 했지만, 녹음된 테이프를 다시 돌려 들으니까 신기하더라고. 물론 테이프 녹음이야 새로울 것도 없지만 정작 자기 목소리를 녹음해서 듣는 사람은 많지 않으니까."

"그렇죠."

"딸이 그 테이프 위에다가 '세 사람의 목소리'라는 제목을 적었고 그 이후에도 틈틈이 가족들 목소리를 녹음했어. 아직 아들이 태어나기 전이었지. 아들은 늦둥이로 딸이 열두 살 때쯤 태어났으니까."

좋은 시절이었다. 주인 할머니는 조용히 속삭이듯 말했다. 할머니가 할머니가 아니던, 겨우 마흔 남짓했던 때. 가족이 모두 건강하게 웃고 떠들던 시절.

"사실 그 테이프를 여전히 가지고 있어. 딸과 영감이 가지고 있던 거의 대부분을 버리거나 가게에 갖다줬는데, 그것만은 버리지 못하겠더라고. 소미 학생이 아까 그 이야기를 할 때 정말 너무 놀랐어."

"죄송해요. 그렇게 갑작스럽게 말씀드리려던 건 아니었어요."

"아냐, 그냥 놀랐을 뿐이지. 그걸 내가 가지고 있어서 뭘 하겠어. 딸이 간 이후로 한번 듣지도 않았는걸."

"그러셨군요."

"이제 그거 다 버리고 아들네한테 신경을 쓰는 게 나을 텐데 말이야. 내가 하도 귀찮아 하니까 아들이 나한테 좀 섭섭해하고 있거든. 자기는 자식도 아니냐고."

할머니가 웃었지만, 웃음소리가 매우 건조했다.

"소미 학생은 왜 그걸 달라고 했어? 사실 궁금했어. 어떻게 그 테이프 이름을 알았는지도."

"그게……."

소미는 잠시 망설였다. 어떤 식으로 이야기를 해야 할지 알 수가 없었다. 전축이 말해주었다 하면 얼마나 미친 사람 취급을 받을 것인가.

"혹시 사장님들이 얘기해 줬나? 내가 전축 갖다줄 때 테이프에 관해서 이야기했었나 싶네."

주인 할머니는 말 없는 소미를 보고 오해한 것 같았다. 소미는 화들짝 놀라 아니라고 하려 했지만 할머니는 손을 저었다.

"아니, 괜찮아, 괜찮아. 난 그냥 궁금했을 뿐이야. 그저……."

할머니는 입을 다물었다. 소미는 해명하려 해도 할 수 있는 말이 없어서 그냥 목을 움츠렸다.

곧 할머니는 안녕을 고하고 원룸 엘리베이터를 타고 올라갔다. 소미는 멀거니 하늘을 바라보았다. 이제 해가 져서 어두워지고 있었다.

왜 시간은 흐르고 사람은 죽고 이별은 슬픈 것일까. 주인 할머니의 표정은 읽기 어려웠지만, 소미는 거기에서도 선명하게 공허를 느낄 수 있었다. 늦둥이 아들과도 멀어져 버렸다는 사실 역시 할머니를 짓누르는 것 같았다. 딸의 죽음이 너무 이르게 찾아오지 않았다면 세 가족은 네 가족이 되어 여전히 도란도란 살아가고 있었을지 몰랐다.

5

다음 날 오후, 가게에는 뜻밖의 손님이 찾아왔다. 주인 할머니가 들어온 것이다. 사람 없는 한가로운 가게 안으로 들어온 할머니는 오래된 카세트테이프를 내밀었다.

"이거. 소미 학생한테 가져다주는 게 나을 거 같아서 말이야."

소미는 손을 내밀어 테이프를 받았다. 때마침 함께 있던 민호가 슬쩍 전축으로 다가가 전원을 켰다. 웅 소리가 나면서 빨간 불이 들어왔다. 할머니는 전축으로 다가가서 들여다보았다.

"정말 오래됐는데 아직 전원이 들어오네."

"수명이 거의 다 되긴 했지만 그래도 아직 돌아가긴 합니다. 저희가 열심히 관리했어요."

민호는 가벼운 말투로 말했다. 할머니는 빙긋 웃었다.

"와주셨군요."

소미의 귓가로 목소리가 들려왔다. 피부가 울리는 공명, 전축의 목소리였다. 전축의 양쪽에 켜진 두 개의 붉은 불이 마치 눈처럼 보였다. 빨간 전구는 바람에 흔들리듯 깜박였다. 그 아래에 일렬로 늘어선 이퀄라이저 녹색 전등들에도 불이 들어왔다.

"보고 싶었어요."

목소리는 애틋했다. 전축은 할머니에게 말을 걸었지만 할머니는 그 말을 듣지 못했다. 소미는 전축의 목소리를 전달해 주고 싶었다. 최소한 전축이 오랫동안 주인 할머니를 기다렸다는 것만이라도.

"이거, 지금 틀어봐도 될까요?"

민호가 할머니에게 테이프를 들어 보였다. 크게 거리낄 것 없다는 듯 여상한 태도였다. 주인 할머니도 어깨를 으쓱하더니 고개를 끄덕였다. 민호는 카운터 뒤에 있던 의자를 끌어다 전축 앞에 놓고 할머니를 앉게 한 뒤 테이프를 전축에 넣었다. 딸깍하고 카세트 플레이

어의 뚜껑이 닫혔다. 전축에서 사람들의 목소리가 흘러나오기 시작
했다.

"엄마, 이리 와서 앉아봐. 빨리."

"대체 뭐 하는 건데."

테이프 속 어린 여자아이의 목소리가 엄마를 불렀다. 엄마라고 불
린 여인의 목소리는 퉁명스러웠지만, 그 뒤로 배경처럼 들려오는 젊
은 남성의 웃음소리는 경쾌했다.

"쉿, 아빠, 쉿."

"알았어. 쉿."

"엄마, 뭐라도 말해봐."

"대체 뭐라니, 애가. 당신은 밥 먹었으면 커피라도 좀 끓이고 그래
라. 여기서 애 데리고 뭐 하는 거야?"

남편이 입을 틀어막은 채로 낄낄 웃었다.

"야, 너희 엄마가 아빠 혼내는 거 다 녹음됐다."

"무슨 소리야, 녹음?"

"지금 테이프에 녹음 중이라고."

남편과 딸이 동시에 웃음을 터뜨렸다. 두 사람의 웃음소리가 오래
된 전축 스피커로 별가루처럼 쏟아져 내렸다. 차르르하며 빛나는 금
색 조각들이 가게 안에 흩뿌려지는 것 같았다.

"아니, 그럼 말을 했어야지!"

"당신 이제 할머니 되면 우리 같이 이거 틀어서 들으면서 얼마나 날 구박했는지 떠올리게 될 거야."

"와, 그때도 아빠 구박받으면 어떡해?"

"당연히 그러고 있을걸? 한 40년, 50년 뒤에!"

엄마의 불평에도 웃음이 섞여들기 시작했다. 곧 세 가족의 목소리가 끊어졌다.

테이프가 갑자기 빨리감기로 돌아가기 시작했다. 아무런 버튼도 누르지 않았는데 혼자 돌아가는 모습에 할머니는 놀란 눈으로 전축을 내려다보았다. 하지만 말은 하지 않았다. 곧 탁 하는 소리와 함께 빨리감기가 멈추고 재생이 시작되었다.

작게 흥얼거리는 목소리가 흘러나왔다. 젊은 여성의 목소리였다. 할머니의 얼굴색이 변했다.

"노래를 한 곡 멋지게 불러서 녹음해 주려고 했는데, 엄마. 내가 음치라서 그게 안 될 거 같네."

여성의 목소리는 몹시 지친 것 같았다. 소미는 그 목소리가 주인 할머니의 딸, 죽음이 얼마 남지 않은 시기의 딸이라는 사실을 눈치챘다.

"나 정말 많이 아파 엄마. 그렇지만 아픈 시간이 길지 않았다는 것에 감사해요. 이제 얼마 남지 않은 걸 나도 알 수 있어."

주인 할머니의 눈가는 발갰다.

"내가 죽어도 엄마 옆에 아빠랑 동생이 있잖아. 그러니까 너무 오래 그리워하지는 말아요. 나는 오래 아프지 않고 편안해질 테니까."

속삭대는 말은 기운이 없었지만 다정했다. 고통만 있을 뿐 원망이나 한은 없었다.

"동생한테 잘해줘. 개도 나만큼 엄마 아빠랑 즐겁게 살도록. 세 식구 정말 잘살다가 아주 나중에 만나요."

작은 웃음소리가 이어지던 끝, 곧 테이프가 종료되었다. 가게 안에 적막이 감돌았다.

할머니는 죽기 직전의 딸을 떠올렸다.

딸은 끝이 얼마 남지 않았을 때 테이프를 할머니에게 주면서 말했다. 내가 아프던 시절은 기억하지 마, 엄마. 우리가 이렇게 행복했던 때만 기억해. 비참한 내가 아니라 즐거웠던 나를 떠올려 줘. 내가 없이도 엄마 아빠는 행복하게 살아야 해.

다시 한번 그때가 떠올라서 할머니는 주먹을 꽉 움켜쥐었다.

너무 오랜 세월이 지나 눈물은 말라 버석했다. 차라리 울 수 있다면 조금 편할 것이다. 그러나 울음은 나오지 않았고, 할머니는 그저 멍하니 전축을 바라보고 있을 뿐이었다.

전축의 녹색 일렬등이 곡선을 이루며 한꺼번에 커졌다. 위쪽에 켜진 적색등 두 개가 같이 깜박였다. 깜박이는 불빛은 마치 웃는 얼굴처럼 보였다. 할머니는 순간 그 얼굴이 전축 안에 고여 있던 과거처럼 느껴졌다.

그리고 곧 전축의 모든 등이 꺼지더니 뚝 하고 모든 움직임이 멈추었다. 소미의 피부나 귓가로도 아무런 말이 들려오지 않았다.

소미는 전축의 생이 다했음을 직감적으로 알았다.

민호가 조심스레 다가가서 테이프를 꺼냈지만, 녹음테이프가 엉키고 녹아 붙어 있었다. 주인 할머니는 말없이 테이프를 받아들고 전축을 쓰다듬었다. 전축의 생이 다했다는 것을 할머니도 아는 듯한 모습이었다.

"이것은 이제 못쓰겠네."

할머니는 쓴웃음과 함께 테이프를 어루만졌다. 녹음테이프가 눌러 붙어 손쓸 방법이 없을 지경이었다.

"그래도 아주 오랜만에…… 딸과 영감 목소리를 들었어. 고마워요."

"별말씀을요."

민호가 작게 대답했다.

"그래, 행복하게 살았어야 했는데. 그 애 말대로."

주인 할머니는 딸이 떠난 이후 깊은 해저처럼 고요해졌던 집안을 떠올렸다. 부부는 세월이 지나도 아물지 않는 벌겋고 긴 자상을 선명하게 안고 살았고 아직 초등학생이었던 아들은 그날 이후 숨죽여 살았다. 가족 간에 틈이 벌어지는 것은 너무 당연한 일이었다. 아들은 성인이 된 이후 말없이 집을 떠나 독립하여 가정을 이루었다. 그래도 아이들을 낳은 이후 아들은 할머니에게 다가오려 했지만, 손녀를 낳은 아들 내외 앞에서 할머니는 계속 물러날 수밖에 없었다. 딸과 닮은 친손녀를 보면 무슨 생각을 하게 될지 몰라서였다.

동생에게 잘해주라는 당부를 조금 더 일찍 들었다면 삶은 조금 달라졌을까.

주인 할머니는 테이프를 챙겨 일어섰다. 소미가 모셔다 드리려 했지만 할머니는 손을 내젓고 웃었다.

"괜찮아요, 소미 학생. 이거 갖다 묻고서 이제 아들한테 전화나 해볼까 해."

할머니의 얼굴엔 영원히 지울 수 없는 고통이 낙인처럼 남아 있었지만 동시에 놓치고 살았던 것도 있다는 깨달음도 생겨났다. 소미는 고개를 끄덕이고서 가만히 가게를 나서는 할머니의 뒷모습을 바라보았다.

주인 할머니는 원룸 건물의 텃밭으로 향했다. 여름 햇볕은 지나치게 뜨거웠고 발목에 추라도 단 듯 한 걸음 한 걸음이 무거웠다.

초여름에 피어 가을까지도 무성히 버티는 백일홍은 바람결 따라 산들거렸다. 비록 한 무더기지만 화려하고 소담한 꽃이 눈길을 끌었다. 백일홍이 핀 곳 아래, 그녀는 작은 구덩이를 파고서 테이프를 넣었다. 토닥토닥 두드린 뒤 그 위에 벽돌 하나를 올려두었다. 길고양이나 지나가는 개가 파헤치지 못하게 하기 위해서였다.

할머니는 멀거니 백일홍의 붉은 꽃잎을 내려다보았다. 그 순간 백일홍의 꽃말이 떠올랐다. 인연, 그리움, 그리고 행복.

"너도 오래 살아 행복했다면 좋았을 것을."

할머니가 중얼거렸다.

"하지만 네가 먼저 떠났으니…… 내 남은 세월이라도 행복해지려고 노력해 보마. 네 동생에게 참 미안하구나. 이 오랜 세월 뒤에, 이렇게 뒤늦게 후회가 찾아오다니."

백일홍이 그래요, 그래요 하는 것처럼 살랑거렸다. 할머니는 손을 내밀어 꽃잎을 쓰다듬었다. 딸의 머릿결을 쓰다듬는 것처럼 부드럽고 소담했다.

6

"싱숭생숭하네요."

소미는 창밖을 보면서 중얼거렸다. 진열대를 정리하던 민호가 한쪽 눈썹을 들어 올렸다.

"왜?"

그녀는 전축이 있던 자리를 가리켰다. 빈자리가 횅했다.

"수명이 다했으니까."

민호는 가볍게 한숨을 쉬었다. 숨 쉬던 존재들에 대한 예의로, 그들이 수명을 다하면 우신과 민호는 그냥 폐기하지 않고 화장을 해서 보내주고는 했다. 전축 역시 잘게 쪼개고 해체하여 목재 부분을 불에 태워 보냈다.

"여태까지 곰 때문에 구체적으로 생각한 적은 없었는데요. 이 친구들은 모두…… 어떻게 시작되는 건가요? 그러니까, 존재하기 시작하는 게 말이에요."

"음."

민호는 곰곰이 설명할 말을 찾았다.

"이 아이들은 애정에 반응해서 숨을 쉬기 시작해. 네가 어떤 존재에게 아낌없이 마음을 주면, 그리고 운 좋게 그 녀석들에게 힘이 있다면, 숨을 쉬면서 존재하기 시작하지."

그 이야기는 예전에도 듣긴 했다. 민호는 추가로 말을 덧붙였다.

"저 애들은 주인의 염원을 듣고, 그걸 이뤄주기 위해서 노력하거든. 그게 반드시 주인이 겉으로 원했던 방향은 아니지만."

"무슨 뜻인지 잘 모르겠어요."

"주인이 속으로 진짜 원하는 걸 이루어주기 위해 노력한다는 거야. 말로 원하는 게 아니라."

그게 다른가? 싶어서 소미는 가만히 곰을 내려다보았다. 곰은 혼자서 핸드폰을 보면서 잘도 놀고 있었다. 소미가 쳐다보자 곰은 한쪽 눈썹을 올리면서 물었다. 물론 곰에게 눈썹은 없지만, 표정이 그랬다는 뜻이다.

"왜?"

"음, 그러니까 곰, 너도…… 아냐."

"말을 왜 하다 말아?"

"아냐, 아무것도."

곰은 싱거운 사람을 다 보겠다며 투덜거렸다. 소미와 민호의 대화에 곰은 아무런 관심도 없어 보였다. 소미에게는 차라리 그게 나았다. 소미는 원하는 게 없었다. 곰이 그저 자신과 오래오래 함께 있어주기만을 바랐다. 곰만 곁에 있다면 세상 어디에서도 외롭지 않을 수 있었다.

Chapter 5

1

오랜만에 지희가 놀러왔다. 사실 소미와는 바로 앞집에 살기 때문에 퇴근하고서 같이 저녁을 먹는 일도 자주 있었지만, 오랜만에 사장님들을 보고 싶다면서 굳이 가게로 왔다.

"넌 맨날 보니까 모르겠지. 하지만 우신 사장님이랑 민……민…… 또 한 분 성함이 어떻게 됐지?"

"민호 사장님."

"아, 맞아. 민호 사장님하고 우신 사장님은 우리 골목의 보물 같은 분들이란 말이지."

하긴 이런 골목에서 중고 가게를 하기에는 아까운 인물들이긴 했다. 특히 우신이 그랬다. 민호는 적당한 호감형의 잘 웃는 청년이었지만 우신은 어딘가 날카로우면서도 어두운 데가 있는 미남이었다. 지희는 가게에 오면 소미와 수다를 떨며 우신을 훔쳐보고는 했다. 우신은 소미와 지희를 아주 어린애로 취급했기 때문에 소미 입장에서는 그저 흥미진진할 따름이었다.

가게로 뛰어 들어온 지희는 당연하게 소미의 옆에 앉자마자 곰을 손바닥 위에 올렸다. 곰은 괄괄하게 화를 냈다.

"아, 내려놔!"

"여전히 성질머리가 고약하구나. 난 그런 네가 너무 좋아."

지희는 뼈약대는 곰의 이마에 쪽쪽거리면서 뽀뽀했다. 누구에게도 지지 않는 곰의 천적이 지희가 아닐까 싶을 정도였다. 곰은 몇 번 더 화를 내다가 결국 지쳐서 뽀뽀를 하든지 말든지 하는 얼굴로 주저앉았다.

"애는 어떻게 이렇게 귀엽게 생겼니. 그리고 어떻게 이렇게 말도 행동도 귀여운 거니."

곰이 말하고 움직이는 걸 봐도 전혀 놀라지 않았던 지희의 적응력은 언제나 소미에게 기분 좋은 의아함을 안겼다. 지희는 곰이 귀여운 게 먼저고, 말하는 건 거기에 플러스 요인일 뿐이라는 자세였다. 지희는 손바닥 안에서 곰을 조심조심 쓰다듬으며 흐뭇하게 웃었다.

"애 진짜 내가 여태까지 본 곰돌이 중에 제일 귀엽게 생겼어."

"아, 사실 곰이는 말이지, 곰이 아냐."

소미의 말에 지희가 눈을 크게 치켜떴다.

"그게 무슨 소리야?"

"그러니까……."

곰은 정말 곰돌이처럼 생겼다. 동그란 얼굴, 큰 코, 동그란 귀 두 개, 비뚤게 올라가서 웃고 있는 입, 보들거리는 갈색 털. 하지만 사실 곰은 호주 로트네스트섬에 사는 쿼카라는 동물을 본뜬 인형이었다. 소미도 처음에는 몰랐다가 나중에 곰에게 들어 알게 되었다. 곰이 언제나 타박거리며 끌고 다니는 길고 좁은 발도 쿼카에게서 온 것이라고 했다.

"세상에, 난 정말 몰랐어. 그치만 별로 안 닮았는걸? 얘도 짱 귀엽긴 한데."

지희는 핸드폰으로 쿼카를 찾아보면서 호들갑을 떨었다. 소미는 방싯 웃었다. 지희의 핸드폰 화면에 비치는 쿼카 이미지만 봐도 좋았다.

"귀엽지? 개네들은 호주에서만 산대."

"응, 여기 나온다. 로트네스트섬에만 산다고 하네."

"나 언젠가 거기 가서 쿼카랑 사진을 찍고 싶어."

"오, 정말?"

지희는 눈을 크게 떴다. 소미는 언제나 하고 싶은 게 별로 없는 편이었다. 이야기를 한참 나눠봐도 뭔가 원한다는 말을 한 적이 거의 없었다. 무던하고 수줍은 성미라 그런가 보다 했는데 쿼카와 사진을 찍으러 호주까지 가고 싶다니. 그간 소미와 대화하면서도 전혀 들어보지 못한 말이었다.

"개네들은 세상에서 가장 행복한 동물이래. 항상 웃고 있고, 사람들한테 친절한 애들이라서."

곰으로 인해 쿼카라는 동물의 존재를 알게 된 이후로 소미는 항상 쿼카를 직접 보고 싶었다. 귀엽기도 했지만, '세상에서 가장 행복한 동물'이라는 별명이 부러웠다. 아무런 근심 걱정도 없는 것처럼 느긋하게 웃으며 하늘을 바라볼 수 있는 삶이라니.

"그래, 같이 사진 찍으면 진짜 귀엽겠다. 곰하고 너하고 쿼카하고."

"그치? 완전 귀여울 거 같아."

소미는 발그레한 얼굴로 곰을 들어 올려 품에 안았다. 곰은 입을 삐죽였다.

"난 못가, 너 혼자 가."

"또 심술이다."

"진짜야. 못 간다고."

"괜찮아 내가 너 주머니에 쏙 넣어서 데려갈게. 아무도 눈치 못챌걸."

소미는 히히 웃으면서 곰을 쓰다듬었다. 곰은 어딩가 마땅치 않은 기색이었다. 뭔가 더 말을 하려던 곰은 곧 입을 다물고 삐죽거리기만 했다.

"어, 지희 왔구나."

위층에서 민호가 내려왔다. 3층은 민호가, 2층은 우신이 쓰는 살림집이라 두 사람은 쉴 때여도 항상 오르내렸다. 지희는 민호의 뒤를 고개를 빼고 살폈다.

"혹시 우신 사장님은 안 내려오셨어요?"

"안됐네. 때를 잘못 맞췄어. 오늘은 우신이가 은행 간다고 나갔거든."

민호는 지희의 속셈을 안다는 듯 피식거렸다. 지희는 얼굴이 빨개졌지만, 지지 않고 "아쉽네요!"라고 크게 외쳤다. 웃음을 삼키는 민호를 쳐다보지도 않고 지희는 소미에게 이따가 저녁 같이 먹자고 말한 뒤 얼른 가게를 나섰다. 민호에게 어느 은행이냐고 묻는 것을 보니 은행까지 갈 모양이었다. 민호는 친절하게 우신이 나간 시간과 들를 마트까지 알려주고서 지희를 배웅했다.

"아유, 쟤도 참."

"힘이 넘친다, 넘쳐."

친구의 대담한 행동에 소미는 괜히 본인이 부끄러워져서 카운터에 얼굴을 묻었다. 민호는 고개를 절레절레 흔들면서 커피를 내렸다. 위층에도 커피머신이 있지만, 1층의 머신이 더 입에 맞다면서 민호는 일부러 내려와서 커피를 내려서 가져가곤 했다.

"소미야, 어제 너 없을 때 찾는 사람이 있었어."

민호는 별거 아니라는 듯 지나가는 말처럼 말했다. 하지만 소미는 놀라서 눈을 말똥거리며 떴다.

"저를요? 누가요?"

"무슨 형사라고 하던데."

"아."

소미는 움찔했다.

그동안 잊고 있었던 존재였다. 민호는 냉장고에서 우유를 꺼내 에스프레소와 섞어 소미에게 라떼를 내놓았다. 그의 것은 따뜻한 아메리카노였다.

"우신이한테도 몇 번 왔었나 봐. 난 최근에 한 번 봤고. 우신이는 그 형사한테 물건도 팔았대."

"물건이요?"

"응. 이 앞에 진열되어 있던 여아용 지갑."

"네에?"

소미도 그 지갑을 기억했다. 통통한 분홍색 비닐로 되어 있는 '핑크엔젤공주' 지갑이었다. 소미의 기억 속에서 장원일 형사는 그 지갑과 가장 거리가 먼 사람이었다.

"지갑이 갑자기 구멍 났다고 대용으로 쓸 게 있냐고 물었대. 그래서 우신이가 그걸 그냥 내줬다고 하더라고. 사실 우리 가죽 지갑도 두어 개 있는데, 재수 없어서 그거 줬대."

"아."

소미는 피식 웃었다. 민호는 어깨를 으쓱했다.

"진짜 재수 없긴 하더라. 고압적인 말투에 사람 거슬리게 하는 데 도가 튼 타입 같았어."

"맞아요. 저도 좀 시달렸거든요."

"그래, 혹시 또 괴롭히면 우리한테 말해. 핑크공주 요술봉이라도 쥐여 주고 쫓아버릴 테니까."

소미는 민호의 질문을 기다렸지만, 그는 더 묻지 않고 커피를 마시면서 책을 펼쳤다. 소미는 잠시 눈치를 보다가 결국 한숨을 쉬었다.

"그 형사가 왜 저 찾는지 궁금하지 않으세요?"

"궁금해. 그런데 너한테 물어볼 정도는 아니고."

민호는 물끄러미 소미의 눈을 바라보았다.

"너 그 사람 이야기 싫어하는 것 같으니까 굳이 듣고 싶지 않아."

소미는 가만히 민호의 차분한 눈을 마주 보았다. 그는 느긋하고 침착한 사람이다. 무던한 겉모습과는 달리 마음속으로 끝없이 불안함에 시달리는 소미와는 완전히 달랐다.

온화하고 다감한 민호의 얼굴을 보다가 소미는 라떼를 한 모금 마시고서 카운터에 기댔다.

"제가 원래 집에 화재 나서 이사 온 건 아시죠?"

"응, 얘기해 줬잖아."

"사실 그때 방화 가능성이 제기되었어요. 처음엔 누전인 줄 알았는데 집 바깥에서 불씨가 시작되었다는 게 밝혀져서 수사가 시작되었고요. 그 형사…… 장원일 형사가 담당이에요."

민호는 고개를 끄덕였다.

"저희 집이 좀 외딴곳에 있어서 누가 올 사람이 없었거든요. 괜히 집에 불을 낼 만큼 원한 진 사람도 없었고. 그런데 CCTV도 없고 하니까 관련자 알리바이를 조사하는데 제가 딱 그 시간이 비었던 거죠. 그래서 제가 용의자 아니냐고 그 형사 아저씨가 계속 의심했어요."

"힘들었겠네."

"지금도 안 끝나고 있죠 뭐. 증거가 없으니까 주변을 맴돌고 있기는 한데 잡아가지는 못하고."

소미는 가만히 컵의 희뿌연 액체를 들여다보았다.

"그 형사 아저씨 헛수고하고 다니고 있는 거네. 멀리도 왔다."

"그런데 사실은요."

여태까지 아무한테도 말하지 않은 것이지만, 소미는 민호에게는 말해도 될 거라는 생각이 들었다. 그녀는 고개를 든 민호를 마주 보았다.

"제가 정말 방화를 하지 않았는지, 저 자신도 백 퍼센트 확신을 못해요."

나름 놀라운 일일 텐데도 민호는 그리 표정 변화가 없었다. 그는 한쪽 눈썹만 올리고서 다시 한번 커피를 한 모금 마셨다. 그 반응에 소미는 조금 말하기가 편해졌다.

"음, 어째서?"

"불이 났던 그 시간의 기억이 정확하지가 않거든요. 마치 텅 빈 것처럼 그 시간만 기억에서 사라져 있어요."

"이상한 일이구나."

"그때 아르바이트 끝나고 술을 마시긴 했거든요. 꽤 마셨어요. 그래서 아마 필름이 끊긴 게 아닐까 하긴 했는데……. 그런데 버스까지는 잘 타고 정류장도 헷갈리지 않고 내렸어요."

그때 아르바이트가 끝나고 같이 일하던 사람들과 함께 저녁을 먹었다. 힘드니까 술이라도 한잔 마시자는 이야기가 나왔고, 막내였던 소미도 성인이었으니 함께 마시자고 했다. 피곤하고 집에 들어가기 싫었던 소미는 사양하지 않고 술을 마셨다. 아직 알코올에 강하지 못해 꽤 취한 그녀를 일행들이 버스에 태워서 보냈다. 그리고 집에서 꽤 떨어진 정류장에 내렸다. 이후에 기억이 끊겼다.

"정류장이 집에서 좀 떨어져 있어요. 술에 취해 있었으니까 아마 집까지 제대로 똑바로 가지 못하고 이리저리 헤맸던 거 같아요. 제가 정신을 차린 게 뒷산에서였거든요. 뒷산이라고 해봐야 야트막한 동산 같은 곳이지만."

소미는 입술을 잘근거렸다.

"뭔가 시끄러워서 정신을 차리니까 소방차가 달려와서 막 선 참이더라고요."

활활 타오르는 집이 마치 남의 일처럼 덧없게 느껴졌다. 그녀는 한참이나 물끄러미 화재 현장을 바라보고 있다가 비틀대면서 일어섰다. 누워 있던 수풀 속에서 집 쪽으로 걸어가자 소방관 중 한 명이 그녀를 발견하고 기겁을 하면서 끌고 길 쪽으로 나왔다. 뭔가 물었던 거 같은데, 질문이 뭐였는지 뭐라고 대답을 했는지 잘 기억이 나지 않았다. 그저 눈앞에 활활 타오르는 거대한 불과 집을 감싸고 무섭게 휘몰아치는 검은 연기만이 보였다.

화려하게 타오르는 불길에는 황금색이 넘실댔다. 불은 밤하늘 아래 스스로 살아 움직이고 있었다. 집이 타버리면서 무너져 내리기 시작했다. 소미는 멀거니 그 광경을 바라보았다. 멍한 정신에도 하나의 사실은 뚜렷했다. 저 안에 삼촌과 동생이 있다. 둘 모두 확실하게 불에 타 죽었을 것이다. 안타까운가? 아니다. 화재 앞에서 소미의 어깨가 가벼웠다.

전체적으로 그날 밤의 기억은 얼음이 녹은 멀건 라떼처럼 흐릿했다. 소미는 라떼 잔을 톡톡 두드렸다.

"그래서 가끔 생각해요. 나 정말 아무 짓도 안 한 걸까."

민호는 별다른 말을 얹지 않고 듣고 있다는 의미로 고개를 끄덕일 뿐이었다. 소미에게는 도리어 그것이 마음 편했다. 그날 밤의 사정은 아무도, 심지어 소미 본인조차도 몰랐다. 누구도 확언할 수 없이 밤하늘 아래 사라져버린 사정이었다. 섣부른 위로는 거북했을 것이다.

그때 주머니에서 곰이 머리를 내밀었다.

"쓸데없는 생각 하지 마."

뭔가 화가 난 듯한 말투였다.

"소미 너 아무것도 안 했어."

"하하, 그래?"

"그래. 어떤 짓도 안 했다고. 술에 취해서 길 분간도 못 한 채 그냥 뒷산 들어가서 비실비실 누웠을 뿐이야. 완전 꽐라 같았지. 넌 기억 못 해도 내가 같이 있었잖아. 내가 보장해 줄 수 있어."

곰은 얼굴을 찌푸리고서 소미를 쳐다보았다. 소미는 곰의 그 마음이 고마워서 손가락으로 살살 머리를 쓸어주었다. 처음 형사가 그녀에게 방화의 의심을 제기했을 때도 만약 곰이 없었다면 평정심을 유지하지 못했을 것이다. 곰은 확실하게, 소미가 아무것도 하지 않았다는 사실을 증언했다.

민호는 웃으면서 다 마신 커피 컵을 가져가 간이 싱크대에서 씻었다.

"곰 말을 믿자. 우리 똑 부러지는 곰이 열 사람보다 나으니까."

"그건 그래요. 저보다 백 배 나은걸요."

소미는 곰을 꼭 끌어안았다가 놔주고서 뽀뽀했다.

"사실이라니까."

곰은 입을 삐죽이다가 소미가 따라준 부드러운 크림을 섞은 우유를 조금 마셨다. 곰에게서 달큰한 향기가 났다.

하지만 사실 곰의 확언에도 불구하고 소미의 기억 속에는 찜찜한 뭔가가 남아 있었다. 뭔가의 부스러기, 뭔가의 잔재 같은 그것은 화재 이후 계속해서 소미의 머리 저 밑바닥에 부유하면서 신경을 거스르고 있었다.

2

소미가 퇴근하고 난 뒤 우신이 가게로 돌아왔다. 그답지 않게 어딘가 지친 듯한 기색이었다. 민호는 가게 뒷정리를 하면서 우신을 흘끗 바라보았다.

"너 왜 그렇게 피곤해 보여?"

"지희가 자꾸 따라와서 놀아주느라고. 어떻게 안 건지 마트에 갔는데 뒤에 서 있더라."

"아."

민호는 속으로 웃음을 삼켰다. 은행과 마트 행선지를 전부 자신이 가르쳐줬다는 걸 알면 아마도 우신의 얼굴이 볼 만할 것이다. 다행히 지희는 눈치가 빨라서 누가 알려줬는지를 발설하지 않은 모양이었다.

"그래서 놀아줬어? 그래도 조우신 많이 착해졌다 야. 옛날 같으면 진짜 국물도 없었을 텐데."

"어린애가 따라와서 밥 사달라고 하는데 어떻게 하냐. 걔도 여기 가족이고 뭐고 없고 친구도 소미뿐인 거 뻔히 아는데."

"밥 사주고 또 어디 갔었어?"

"어디 구경 가고 싶다고 해서 백화점 갔었지. 이 동네에 갈 곳이 거기밖에 더 있나."

이 도시에는 백화점이 딱 한 곳 있다. 그리 멀지는 않은데, 문제는 작은 곳이라 볼 것도 별로 없다는 게 문제다. 하지만 아마 지희는 아주 만족했을 것이다. 다름 아닌 우신과 같이 시간을 보냈다는 게 중요할 테니까.

"외로운 걸 두고 못 보지, 우리 우신이가."

민호가 놀리듯이 말했다. 그는 가게 뒷정리를 끝냈고, 문을 닫은 후 불을 껐다. 우신이 같이 넷플릭스라도 보자고 청해 민호는 고개를 끄덕이고 2층 우신의 방으로 함께 올라갔다. 우신은 장바구니에서 장 봐온 것들을 꺼내고 마지막에 팝콘용 옥수수도 꺼냈다.

"준비성이 철저한걸?"

"오늘 소미 일찍 보내고 오랜만에 너랑 같이 놀려고 했었거든. 근데 지희가 따라와서 다 틀어졌네."

"누구랑 놀든 재미있게 놀았으면 됐지. 지희는 좋아했을걸?"

민호가 쿡쿡 웃었다. 지희는 아주 티 나게, 대놓고 우신에게 호감을 표현했다. 우신은 대체로 연상을 좋아했기 때문에 지희에게 이성으로는 아예 관심이 없었다.

"참 나."

우신은 어처구니없다는 듯 민호를 한번 흘겨보고서 곧 팝콘을 튀겼다. 민호는 느긋하게 소파에 앉아 넷플릭스를 켜고 우신이 좋아하는 드라마 시리즈를 골랐다. 팝콘 냄새가 고소하게 집 안을 채웠다. 방 두 개와 부엌이 딸린 작은 거실로 이루어진 아담한 집이라 집 안 곳곳에 팝콘 냄새가 퍼졌다.

우신은 팝콘 그릇을 들고 와서 테이블 위에 놓고 민호의 옆에 앉았다. 그는 리모컨을 들고 영상 플레이 버튼을 눌렀다.

"외로운 걸 두고 못 보는 건 너지."

"응?"

갑작스러운 말에 민호는 의아한 듯 우신을 바라보았다. 우신은 어깨를 으쓱했다. 이미 화면에서는 드라마가 시작되고 있었지만, 우신은 민호에게로 시선을 돌려서 한참 쳐다보았다.

"옛날 생각이라도 난 거야?"

민호는 빙긋이 웃었다.

3

우신은 지금도 날카롭고 무섭다는 말을 많이 듣는 인상이지만, 예전에는 훨씬 더 그런 말을 많이 들었다. 중학교와 고등학교 시절에는 아무 짓도 하지 않아도 같은 반 친구들이 그를 당연히 일진으로 분류하고 멀리할 정도였다. 중학교 3학년 때 180센티미터가 넘었고 고등학교에 들어와 약 10센티 정도가 더 컸으니 덩치도 남달랐다.

실제로 그의 성격은 그리 좋지 않은 편이었다. 먼저 싸움을 걸지는 않았지만 거는 싸움을 피하지도 않았다. 선천적으로 몸 움직이는 것은 거의 다 잘했기 때문에 싸웠다 하면 백 퍼센트 상대방의 코피든

머리통이든 둘 다든 터뜨려버리고는 했다. 그 때문에 학창 시절 내내 여러 번 문제가 되었지만, 언제나 상대가 먼저 덤빈 싸움이었기에 큰 처벌은 받지 않았다.

눈에 띄는 장신에 날카로운 외모, 어두운 성격에 싸움까지 잘했으니 남고에서는 경외의 대상이었다. 우신 역시 그것을 매우 잘 알았고 그래서 역으로 더 눈에 띄지 않고 싶어 했다. 그는 그저 조용히 졸업하고서 빨리 독립이나 하기를 바랄 뿐이었다. 돈을 벌어서 혼자 자유롭게 살고 싶었다.

그리고 따뜻한 어느 봄날의 주말, 고등학교 2학년이었던 우신은 카페 카운터 안에 서서 앞에 선 동갑내기 남학생을 노려보았다. 열린 테라스 문 바깥으로 평화롭게 짹짹거리고 참새 지저귀는 소리가 들려왔다. 같은 반의 서민호는 본인도 당황한 듯 눈을 크게 떴다. 조우신은 자신이 입은 카페 직원 앞치마가 갑자기 바보처럼 느껴졌다.

이곳은 학교에서 꽤 먼 거리의 카페였다. 심지어 고등학생들은 잘 오지도 않는, 커피 값이 비싼 곳이다. 학생들은 보통 저렴한 커피를 마시러 가지 이런 곳은 거의 오지 않는다. 대부분 직장 여성이나 데이트하는 커플들이 주 손님이었다.

"……만 5천 원입니다."

우신은 짐짓 모른 척하고 말했다. 하지만 서민호는 거기에 장단을 맞춰줄 생각이 없는 모양이었다.

"야, 우신아, 너 어떻게 여기…… 너 여기서 일해?"

민호는 놀란 목소리로 호들갑을 떨었다. 우신은 교과 시간에든 쉬는 시간에든 언제나 엎드려 잠을 잤기 때문에 잘 알지는 못했지만, 서민호는 반에서도 오지랖 넓고 잘 웃고 떠드는 녀석으로 유명했다. 아마 반에서 가장 친구가 많은 놈일 것이다. 우신은 저런 류의 인간이 매우 싫었다. 옆에 있으면 대화만으로도 기가 빨려나가는 기분이었다.

"너 앞치마 되게 잘 어울린다. 그리고 여기 너무 멀지 않아? 너 혹시 집이 여기야?"

"만오천 원입니다 손님."

우신은 이를 악물다시피하고 다시 한번 반복했다. 하지만 그보다 거의 10센티미터 정도 작은 민호는 눈치도 없는지 계속 수다를 떨었다.

"야, 공부 때문에 힘들지 않아? 대단하다. 여기 시급도 높지? 커피도 비싸고 디저트도 비싼 곳인데."

"하……."

"학교 끝나고 평일에도 일해? 주말이라서 있는 거야? 여기서 너 보니까 신기하다. 학교에서도 얼굴 보기 힘든데. 너 맨날 엎드려 있어서 별명 거북이인 거 알아?"

"야."

"응?"

"돈이나 내고 꺼져."

우신이 으르렁대듯 말하자 민호는 어깨를 움츠렸다. 생전 누구와도 말다툼 한번 안 하는 성격의 서민호이니 당연했다. 민호는 머뭇거리며 카드를 내밀었고, 우신은 그 카드를 빼앗듯이 받아 들어서 결제하고 다시 내밀었다.

"우신아, 그런데 너 언제……."

"안녕히 가십시오, 손님."

우신의 웃는 낯 밑으로 꿈틀대는 혈관이 보이는 것 같아서 민호는 입을 다물었다. 그때 우신의 뒤쪽으로 카페의 사장이 나타났다.

"어머, 민호야. 너 간만에 왔다?"

사장이 무척 반가워하며 민호를 끌어안았다.

"집도 가까운데 안 오고 그러면 섭섭하다 얘."

우신은 예상외의 상황에 눈을 굴리면서 두 사람을 번갈아 보았다. 카페의 사장 서영지는 어려운 사정의 우신을 여기서 일하게 해준 고마운 사람이었다. 그런데 뜻밖에도 서민호와 이렇게 가까운 사이라니.

민호는 반갑게 영지에게 인사하다가 슬쩍 우신을 바라보았다.

"응, 고모. 사실 그동안 시험이라 바빴거든요. 나 공부 열심히 하잖아."

살가운 인사에 우신의 머리가 댕 하고 울렸다. 그러니까, 서민호와 사장님이 고모와 조카 사이라는 건가? 우신은 애써서 표정을 담담하게 유지하면서 침묵을 지켰다.

"아, 그러고 보니 너 우리 알바생이랑 같은 학교 다니겠다. 혹시 서로 아니?"

아니라고 우신이 부정하려던 순간 민호가 해맑게 웃었다.

"응, 우리 같은 반이야. 그리고 얘 우리 반뿐 아니라 아마 전교생이 다 알걸?"

"어머나, 그래? 하긴 우신이가 잘생기긴 했지."

"거기다 멋있어서 애들이 친해지고 싶어 한다구."

"그래그래, 혼자 있는 거 좋아하는 게 꼭 외로운 승냥이 같잖아."

"승냥이가 뭐야, 고모. 늑대나 호랑이같이 좋은 거 다 놔두고."

"아유 얘 봐라. 우신아, 너 늑대래."

사장은 호들갑을 떨면서 우신의 팔뚝을 쳤다. 우신은 쓸데없는 소리를 늘어놓는 서민호의 입을 꽉 쥐어주고 싶은 충동을 참느라 주먹을 세게 쥐었다. 대체로 서민호 집안사람들의 성격이 전부 비슷한 것인지 사장과 민호 둘이 잠깐 인사만 나누는데도 정신이 없었다.

"우신아, 너 알바 거의 끝날 때 됐지? 민호랑 같이 가. 어차피 지금 손님도 별로 없는데."

"아뇨, 괜찮습니다. 15분이나 남았어요."

"아냐, 친구 만났는데 같이 가야지. 가는 길에 좀 놀기도 하고. 아, 우신이가 내 조카 친구였다니 이런 우연이 있나."

서영지는 현금통을 뒤져서 봉투에 돈을 담아 민호에게 내밀었다.

"용돈 10만 원 넣었으니까 가는 길에 우신이랑 뭐 좀 사 먹어. 햄버거든 피자든."

"오와, 감사합니다 고모!"

민호는 좋아하면서 우신을 이끌었다. 우신은 최대한 느리게 앞치마를 벗으면서 빠져나갈 기회를 노렸지만, 서영지와 서민호가 함께 지켜보고 있는 상황에서는 쉽지 않았다. 결국 민호는 우신을 끌고서 카페 밖으로 나갔다.

카페 밖은 이른 봄의 화창한 날씨를 자랑하고 있었다. 날씨가 조금 쌀쌀한 시기라 민호는 옅은 색의 재킷을 덧입었다. 특별히 잘난 데가 있는 것은 아니지만 서민호는 어딘가 눈길을 끄는 데가 있었다. 잘 웃고 호감형인 외모도 그랬지만, 모자란 것 없이 유복하게 자란 이들 특유의 여유 있는 태도가 더욱 좋아 보였다. 어쩌면 그것은 우신에게 더욱 그렇게 느껴졌을지도 모른다. 그에게 가장 부족한 특질이었으므로.

"우신아, 뭐 먹을래? 이 근처에 피자 잘하는 집 있는데. 거기 샐러드도 맛있어."

민호는 이 근처에 무척 익숙한 듯 한쪽 방향을 가리켰다. 우신은 물끄러미 서민호를 바라보았다. 초봄의 햇살을 정면으로 받아서 민호가 눈살을 찌푸리며 손그늘을 만들었다.

"왜? 피자 안 좋아해?"

"너랑 피자 먹으러 갈 생각 없어."

"바빠? 그럼 저녁 때 만나서 먹을래?"

"하, 참."

"그러지 말고 저기서 지금 먹자. 피자 진짜 맛있어. 시카고 스타일 피자인데, 치즈 완전 많이 줘."

사람 말 못 알아듣네, 하면서 우신은 한숨을 쉬었다. 결국 그는 얼굴을 험상궂게 굳혔다.

"야, 찐따."

"어? 나?"

서민호의 눈이 커졌다. 그냥 있어도 차가운 분위기의 우신이 쏘아보자 무서울 정도였다.

"그래, 이 찐따 새끼야, 너한테 낭비할 시간 없다고. 5만 원이나 내놔. 어차피 사장님이 나눠 쓰라고 주신 거잖아."

"아, 도…… 돈을?"

"너한텐 별거 아닌 돈일지 몰라도 나한테는 몇 시간짜리 시급이야. 내놔."

민호는 얼떨떨한 얼굴로 봉투에서 5만원을 꺼내서 건네주었다. 그 지폐를 낚아채고서 우신은 돌아섰다.

"너처럼 부모 덕 보는 한가한 새끼하고 놀 시간 없어."

우신은 흘긋 그를 경멸하듯 본 뒤 그대로 버스 정류장으로 향했다.

보통은 여기에서 모든 이가 떨어져 나간다. 우신의 17년 인생을 통틀어 누구나 그랬다. 한껏 재수 없게 속 긁는 소리 한마디 하고 나면 다들 알아서 곁에 오지 않게 마련이었다. 그리고 우신은 재수 없이 구는 데에 탁월한 재주가 있었다.

"그럼 지금 또 집에 가는 거야? 집에 가서 숙제할 거지? 혹시 오늘 국어쌤이 내준 연습문제 다 풀었어?"

버스 정류장 의자 바로 옆에 붙어서 여전히 조잘대고 있는 서민호를 보면서 우신은 '대체 이 새끼는 뭐지'라는 생각을 할 수밖에 없었다.

연속된 의문문에 답은 전혀 얻지 못하면서도 서민호는 아무렇지도 않은 표정이었다. 그는 버스에 오르는 우신의 뒤까지 따라붙어서 카드를 찍었다. 우신은 일부러 혼자 앉는 자리에 앉았지만, 재수 없게도 뒷자리가 비어 있었다. 이제 서민호는 우신의 오른쪽 귓가에 아주 대놓고 질문을 부어넣고 있었다.

"너네 집 이 방향이야? 버스까지 타고서 알바 올 정도면 교통비 아깝지 않아? 고모네 카페 일 힘들지?"

"아, 씹 진짜. 조용히 좀 해라."

"왜애. 나 우리 반에서 안 친한 거 너 하나뿐이란 말이야. 이번 기회에 좀 친해지자."

버스 창문으로 쏟아져 들어오는 봄 햇살에 서민호의 얼굴이 반짝였다. 눈이 부셔서 살짝 찌푸린 눈매는 가늘고 시원하다. 크게 웃고 있지 않은데도 웃는 듯한 인상이었다. 우신은 처음으로 서민호의 생김새를 자세히 뜯어보게 되었다.

"너랑만 친해지면 이제 나 우리 반에서는 다 친한 거야."

말하자면 서민호는 지금 이 시간을 '반에서 유일하게 못 친해진 마지막 한 명'을 정복할 기회로 삼고 있는 것이었다. 우신은 정말 귀를 틀어막고 싶었다.

우신은 목적지에 다다라 재빨리 내려서 편의점으로 향했다. 서민호도 내려서 졸졸 따라왔다.

"……언제까지 따라올 건데?"

"응? 너 저녁 때 아무 일 없다며. 저녁 같이 먹으면 좋겠다 싶어서."

"나 아무 대답도 안 했는데."

"대답 안 한 거 동의의 표시 아냐?"

우신은 두통이 오는 것 같았다. 그는 약간 창백해진 얼굴로 편의점의 문을 열고 들어섰다.

"어, 우신 형 좀 일찍 오셨네요."

우신의 앞 타임에 일하는 알바가 알은척을 했다. 민호는 눈을 크게 뜨고서 알바생과 우신을 번갈아 보았다. 그는 입 모양으로 물었다. '알바 또 해?' 우신은 그러거나 말거나 안으로 들어가 편의점 조끼를 입었다.

"지금 교대해 줄 테니까 일단 가라."

"어, 네, 네. 저야 좋은데 지금 이 분은……?"

"묻지 말고 일단 가."

앞 타임 알바는 조금 꾸물거리더니 조끼를 벗어던지고 가게에서 사라졌다.

서민호는 신기한 듯이 편의점 직원 조끼를 입은 우신을 살펴보았다. 검은 후드티에 조끼를 걸쳤는데도 태가 난다.

"넌 잘생겨서 진짜 연예인 해도 되겠다. 부러워."

"뭐라는 거야."

정말 말도 안 되는 소리다. 연예인이라니 우신은 생각조차 해본 적 없는 길이었다. 말 많은 놈은 상상력도 풍부한 건가.

"사실 난 배우 되고 싶거든. 연기 학원도 다니고 있어."

민호는 묻지 않았는데도 태연하게 자기 이야기를 풀어놓았다. 우신은 말없이 팔짱을 끼고 민호를 바라보았다.

"배우 되기엔 너 얼굴이 너무 모자란 거 아냐?"

"와, 말 못되게 하는 거 봐."

민호가 발끈했지만, 곧 그는 어깨를 으쓱했다.

"맞는 말이긴 하지만 연기파 배우가 되면 해결이지."

마음대로 해라, 라는 심정이 되어서 우신은 한숨을 쉬었다. 그는 이제 진열도 해야 하고 계산도 해야 해서 할 일이 많았다. 민호가 더 말을 붙이고 싶은지 주변에서 어정거렸지만 곧 손님이 들어왔고, 그는 뒤로 물러나야 했다. 손님이 많은 편의점이라 일이 힘들어서 평소에는 싫었는데 지금은 천만다행이었다.

서민호는 한참이나 손님들 뒤에서 서성이더니 결국 손을 살짝 흔들고서 밖으로 나갔다. 종이 딸랑거리며 사라지는 민호의 뒷모습을 보면서 우신은 간신히 한숨 돌렸다. 겨우 저 찐따가 사라졌다. 이제 일을 편하게 할 수 있다.

다섯 시간이 지나고 밤이 되었다. 정신없이 일을 하던 우신은 야간을 맡은 점장에게 바통을 넘기고 조끼를 벗었다. 점장은 생각났다는 듯 말했다.

"아, 밖에 우신 씨 기다리는 사람 있던데?"

"네?"

순간 우신은 잘못 들었나 싶어서 되물었다. 점장이 덧붙였다.

"귀여운 친구던데. 키도 크고. 우신 씨랑 학교 친구라던데."

설마 싶었지만 설마가 사람을 잡는 법이다. 우신은 의심스러운 기분으로 편의점 문을 열고 고개만 내밀었다. 어두운 골목길에는 사람이 없었다.

점장이 잘못 본 건가 싶어서 우신은 어딘가 안심이 되었다. 그는 편의점에서 완전히 몸을 빼내서 걸음을 옮겼다. 그리고 한 걸음 걷자마자 그는 구석진 편의점 파라솔 밑에 몸을 구겨넣고 앉아 책을 읽고 있는 서민호를 발견할 수 있었다. 민호가 낮과 똑같이 환한 얼굴로 활짝 웃으며 손을 들어 올렸다.

"어, 우신아!"

서민호가 찐따가 아닌 진드기로 격상되는 순간이었다.

4

옛 생각을 하던 우신은 갑자기 민호의 코를 비틀었다. 드라마를 보다가 졸지에 봉변을 당한 민호는 코를 잡고서 왜 그러냐고 볼멘소리를 했다.

"넌 옛날에는 진짜, 정말, 아주 진드기였어."

"뭐야, 진짜 옛날 생각 중이었어? 드라마 틀어놓고?"

민호가 소리 내서 웃었다. 벌써 10년도 더 된 일이다.

고등학교 시절, 민호는 한 번 노린 친구를 놓치는 일이 없었다. 조우신은 당시 전교에서 친해지기 가장 힘들었다. 그때도 지금도 우신이 친한 사람은 0명에 가깝다. 서민호를 제외하면 없다고 봐도 좋다.

누구라도 혼자 돌아다니면 자신의 옆구리에 끼어야 직성이 풀리는 서민호로서는 상당히 성취감이 드는 대목이다. 한편 지금은 그래서 걱정이 되기도 했다.

일진이라 분류되어 학교에서 기피대상이었던 우신은 사실 아르바이트를 서너 개씩 계속 하고 있는 성실한 일꾼이었다. 한번 보면 잊기 힘든 날카로운 외모에 싸움까지 잘하는 바람에 학교 근처에서는 상당한 유명인이었는데, 그 때문에 멀리까지 가서 일자리를 구해야 했다. 다른 곳에서 아는 사람을 마주치면 어지간한 소문에 휘말릴 것이 뻔했기 때문이었다. 서영지의 카페에도 그래서 흘러들어 가게 되었다.

"내가 그렇게 따라다니는데도 어찌나 콧대 높게 굴던지."

"전교생과 다 친해지겠다는 결심을 한 고딩은 세상에 너 하나뿐일 거다."

우신은 그때를 떠올리면서 불퉁한 표정으로 고개를 저었다. 저럴 때는 고등학생 때나 지금이나 달라진 게 없었다. 그러나 우신은 정확하게 알고 있었다. 당시 민호를 만난 것은 행운이었다.

맞는 말이라서 민호는 속으로 웃었지만 곧 덧붙였다.

"나 말고 또 한 명 있었어."

그 말에 누군가를 떠올린 우신은 입을 다물고 TV 화면으로 시선을 돌렸다.

5

열일곱의 우신은 서민호 같은 진드기형 친구에게 아무런 면역이 없었다. 여태까지 감히 그에게 이렇듯 벽 없이 다가선 사람이 없었기 때문이었다. 말을 한번 트고 나니 우신이 그리 공격적이지 않다는 사실을 확신한 서민호는 더욱 적극적으로 들이댔다. 말다툼도 하고 투닥거리기도 했지만, 고등학교 2학년 동안 두 사람은 확실하게 친밀해졌다. 처음에는 민호가 우신의 아르바이트 길에 따라다녔고 그 이후에는 같이 밥을 먹었고 그다음에는 함께 공부했다. 우신은 내 상황에 공부해서 뭐 하냐며 귀찮아했지만 민호가 억지로 앉혀놓으면 단 30분이라도 같이 펜을 들었다. 민호는 반에서 1, 2등을 다툴 만큼 공부를 잘했다.

그러나 그런 상황에서도 민호는 우신의 집안에 대해서 정확하게 알지 못했다. 가족 이야기만 나오면 우신이 조개처럼 입을 딱 다물어 버렸기 때문이었다.

우신과 민호가 함께 밥을 먹을 때 꼭 끼어드는 사람도 나타났다. 서민지는 민호의 쌍둥이 여동생이었다. 성별이 다른데도 둘은 인상이 꼭 닮아 있었다. 처음 서민지가 민호와 우신의 식사 자리에 끼어들었을 때, 우신은 서민호가 둘로 복사된 줄 알았다.

"또, 또 나만 두고 재미있게 놀고 있지, 서민호."

"너 왜 여기 있어? 학원 간 거 아니었어?"

우신과 민호가 햄버거를 먹고 있는 테이블로 단발머리 여고생이 다가왔다. 우신이 누구냐고 눈으로 묻자 민호가 씩 웃었다.

"서민지. 내 쌍둥이 동생이야."

"안녕하세요. 민호 쌍둥이 누나예요."

서민지는 예의 바르게 곧장 민호의 말을 고쳐서 인사했다. 민호가 입을 삐죽대자 민지가 민호의 코를 비틀었다. 이상한 비명을 짧게 지르면서 민호가 버둥댔고 손을 놓은 민지는 냉큼 테이블에 한 자리를 차지하고 앉았다.

"저도 밥을 못 먹어서요. 같이 먹어요."

"아, 네, 네."

우신이 뭐라고 반응할 새도 없었다. 민호는 군말 없이 카운터로 가서 햄버거 세트를 사 왔고 민지는 야무지게 햄버거를 먹어치웠다. 민호는 매우 익숙한 얼굴로 그녀와 수다를 떨었다. 민지 때문에 신경이 자꾸 사방으로 흩어지던 우신은 햄버거와 프렌치프라이 마지막 한 조각까지 싹 먹은 후 "학원 가야 해요. 그럼 다음에 뵈어요"라며 얌전히 인사하고 사라진 민지의 뒷모습을 보며 얼이 빠졌다.

"네가 잘생겨서 쟤가 저러고 얌전을 떠는 거야."

민호가 혀를 찼다. 우신이 이미 민호에게 익숙해졌을 때였지만, 민지의 등장은 또 다른 이야기였다.

그 후로 민지는 계속해서 뜬금없이 등장해 둘의 자리에 합석했다. 처음에야 우신이 잘생겼다며 흥미로워했지만, 결국 우신 역시 민호와 같은 대접을 받게 되었다. 그냥 사람 친구 내지는 남매나 다름없는 사이였다는 뜻이다.

셋은 거의 패스트푸드점에서 만나 식사를 해결하고 수다를 떨었다. 공부나 숙제를 할 때도 마찬가지였다. 우신의 아르바이트가 끝나면 가끔 고모의 카페에서 모이기도 했다.

"너는 공부가 정말 체질이 아니구나."

우신에게 공부를 시켜보겠다고 덤빈 쌍둥이 남매 중 민지가 내뱉은 말이었다. 겉보기엔 아주 날카로워 보이는 우신은 사실 공부에, 특히 수학에 젬병이었다. x의 자리에 왜 숫자를 대입해야 하는지부터 설명해야 한다는 사실에 민지는 포기 상태가 되었다. 민지보다 먼저 포기한 민호는 옆에서 프라모델을 조립하면서 킥킥 웃었다. 민호는 장난감을 무척 좋아했다.

"내가 그랬잖아. 우신이 쟤 수학은 안 된다고. 그래도 국어 영어는 좀 낫더라."

"아 뭐…… 내가 안 한댔잖아."

우신은 좀 울컥해서 대답했다. 학원은커녕 문제집 하나 사기도 힘든 형편이라 공부는 손을 놨는데 이런 식으로 공부머리가 들통이 날 줄은 몰랐다. 하여튼 오지랖 넓은 애새끼들은 골치가 아프다니까, 하며 속으로 혀를 찼지만 열세에 놓인 것은 분명 조우신이었다.

"아무리 그래도 나 이 정도일 줄은. 내가 우리 반 꼴찌도 중간 등수까지는 만들어 놨는데 조우신 니는 진짜 엄청나다. 지금 우리 이 문제 다섯 번째 풀고 있어."

민지는 새삼스럽게 감탄했다. 알고 보니 서민지 역시 다니는 여자고등학교에서 거의 전교생과 친하게 지내고 있었다.

민호와 민지는 정말 영혼부터 쌍둥이인 남매였다. 지독히 닮았고 서로를 무척 아끼고 사랑했다. 가족에 대한 미련이 없는 우신마저도 그 둘을 보면 형제가 있으면 좋았겠다 싶을 정도였다. 민호와 민지는 그런 우신의 마음을 눈치챈 것처럼 친구 노릇을 톡톡히 했다. 비가 오면 우산을 전해주러 찾아왔고, 우울해하면 끌고서 야외로 나갔다.

그 둘이 우신의 등 뒤에서 가장 든든히 지켜주었던 때는 우신의 어머니가 사망했을 때였다.

어머니는 알츠하이머 조기 치매 환자였다. 조우신이 그렇게까지 끝없이 아르바이트를 하고 돈에 집착했던 것은 어머니의 병원비 때문이었다. 치매는 아무리 돈을 쏟아 부어도 절대 좋아지지 않는 병이었다. 우신은 최선을 다했지만 병원에서는 새로운 약을 써보자고 권했고, 조금씩 빚이 늘어갔다. 이혼한 아버지에게 연락을 해보았지만 반응은 차가웠다. 아버지는 애초에 바람이 나서 딴 살림을 차려 나간 남자였다. 기대를 하지 말았어야 했다.

낮에는 어머니를 센터에 맡겨두었지만 밤에는 꼼짝없이 우신이 감당해야 했다. 뇌의 기능이 하나씩 망가져가면서 어머니는 이유 없이 화를 내거나 밤에 돌아다녔고 집을 잃어버렸다. 우신이 고등학교 1학년 때 어머니에게 치매가 온 이후 병증은 3년 동안 너무 빨리 진행되었다. 중학생 때까지 굳건하던 어머니는 순식간에 무너져 내려 우신이 고등학교를 졸업하던 무렵에는 더 이상 애정을 느낄 수 없는 모습이 되어 있었다. 어머니는 우신의 졸업식 넉 달 후에 사망했다.

알츠하이머 치매는 뇌의 겉부터 망가져 결국 중심의 가장 기초적인 부분까지 마비시킨다. 말기가 되면 음식물을 넘기는 것도 숨을 쉬는 것도 할 수 없게 된다. 어머니는 결국 숨을 쉬지 못해 사망했다.

우신은 어머니의 임종을 지켰다. 도망가고 싶었지만 그마저 도망가 버리면 어머니는 정말 아무것도 없었다. 가진 것도, 가족도, 심지어 본인의 남은 육신과 정신마저도 사라진 채 죽어야 했다. 그러니 우신 하나만큼은 버티고 서 있어야만 했다.

애틋하게 사랑했던 어머니인가? 그렇지는 않다. 그저 태어났으니 모자지간이다 하고 살았을 뿐이었다. 어머니도 무뚝뚝하고 단단한 사람이었다. 그러나 어머니가 3년 내내 숨 쉬는 1초마다 죽어가는 모습을 보면서, 우신은 있는지도 모르던 마음속의 사랑이 부서져 내리는 것을 매일 느꼈다.

어머니가 숨을 거둔 이후 우신은 멍해졌다. 그는 마음을 추스르기 위해 혼자 요양원 밖 벤치에 앉아 있다가 충동적으로 민호에게 문자를 했다. 와줄 수 있냐고.

곧 민호가 달려왔고 그 뒤를 이어 민지도 왔다. 둘은 서울에 있는 대학으로 진학하고 한창 바쁠 때였지만 우신의 몰골을 보고 아무런 말도 하지 않았다. 그때쯤에는 이미 그의 가족 상황을 둘 다 익히 알고 있을 때였다.

딱히 장례라고 이름 붙일 만한 것도 없었다. 어머니의 시신은 화장해서 납골당에 모셨다. 정신이 하나도 없던 우신 대신 민지와 민호가 열심히 절차를 알아보고 다녔다. 겨우 스무 살의 어린 학생들이라 어설프긴 매한가지였지만 그들은 있는 힘을 다해 도우려 했다.

"고마워."

납골당 안에 모셔진 어머니의 유골함을 보면서 우신은 그제야 둘에게 인사를 했다. 민호와 민지는 양옆에 서서 그의 손을 잡아주었다.

"앞으로 어떻게 할 거야? 집은 괜찮아?"

"모르겠네. 지금 집도 대출 때문에 보증금 빼서 갚아야 할 거 같아. 어디 월세로라도 들어가야지 뭐."

이미 생의 기한이 정해져 있는 사람에게 3년 동안 돈과 시간과 마음을 무작정 갈아 넣어야 했다. 그럴 수밖에 없는 일이고 그러지 않을 방도는 없었다. 후회할 일은 아니었으나 그 이후에 찾아온 현실은 막막했다. 어머니의 요양원비를 대기 위해 냈던 대출은 전세 보증금을 빼서 갚아야 했다. 그러고 나면 우신이 갈 만한 곳은 고시원 정도밖에 남지 않았다.

"그럼 우신아. 너만 괜찮으면…… 방은 내가 마련해 줄 수 있어."

민호가 조심스럽게 권했다.

평소였다면 친구에게 그 이상의 신세를 지는 게 부담스러워서 고민했을 것이다. 그러나 어머니가 죽은 직후 우신은 아무것도 생각하기가 싫었다. 그는 그저 한 몸 누인 채 몇 달 정도는 죽음과 같은 잠에 빠지고 싶었다. 우신은 아무 말 없이 고개를 끄덕였다.

민호, 민지와 함께 향한 곳은 수도권 외곽의 한 소도시였다. 3층짜리 낡은 건물이 택시에서 내린 그들을 맞이했다. 외관이 낡아 보여서 안에 먼지가 가득할 거라고 생각했지만, 문을 열고 들어서자 도리어 잘 정돈된 공간이 보였다.

"우리 할아버지가 나한테 남겨주신 건물이야. 우리가 여기서 태어났대. 우리 엄마 젊을 때 갑자기 양수가 터져서 병원도 못 가고 여기서 낳았다더라."

민호가 설명했다. 민호와 민지의 부모님은 외국에 나가 있었다. 부모님이 상당히 무관심했지만, 조부모가 워낙 정성을 쏟아 둘은 매우 사랑받고 자랐다. 민지는 서울에 있는 작은 빌라를 받았다고 했다.

건물 안에 들어서자 뭔가 웅웅대는 소리가 들리는 것 같아서 우신은 고개를 갸우뚱했다. 너무 피곤해서 이명이 들리는 건가 싶어 그는 귀를 잠시 눌렀다가 떼어봤다. 하지만 그 소리는 여전히 들려왔다. 고막보다는 살갗을 통해서 들리는 것 같은 기묘한 느낌이었다.

"이상한 소리가 들리는 것 같아."

"어, 너도 들려?"

민호가 놀란 듯 말했다. 민지도 자기도 들린다며 말을 덧붙였다.

"우리 할아버지는 같이 왔을 때 그런 소리가 전혀 안 들린다고 했어. 고모도 마찬가지였고. 이상하지? 분명히 들리잖아."

"맞아. 웅웅대는 소리가 들려."

"웅웅대는 소리? 나한테는 말을 거는데."

민호가 고개를 갸웃했다.

"말을 건다고?"

"응. 그동안 잘 지냈냐고 굉장히 다정하게 물어보는 목소리야."

"나한테도 그렇게 들려."

민지도 고개를 끄덕였다. 우신은 두 사람을 이상한 눈초리로 바라보았다. 그에게는 웅웅대는 소리 이상은 전혀 들리지 않았다.

우신은 그날부터 그곳에 살기 시작했다. 1층보다는 위쪽이 좀 더 깨끗하고 덜 낡았다는 이야기를 듣고 2층을 골라 방을 꾸미기 시작했다. 민호는 원하는 만큼 편히 있으라고 했다. 평생 살아도 되니 편하게 있으라는 말이었다.

그것이 우신 장난감 가게가 시작되기 5년 전의 일이었다.

6

드라마를 보겠다고 해놓고 민호는 소파에 기댄 채 잠이 들어 있었다. 우신은 생각에서 깨어나 TV를 끄고 남은 팝콘을 치웠다. 정작 제대로 드라마를 시청한 사람은 둘 중 아무도 없었다.

어머니가 사망한 후 우신은 한동안 우울했으나 곧 안정을 찾았다. 주말에 만나는 민호와 민지는 그를 활발한 일상으로 끌어들였고 혼자 지내는 평일은 평온했다. 대출을 갚고 남은 보증금은 얼마 안 되었지만 우신이 모아놓은 돈이 조금 있어서 생활비도 걱정하지 않았다. 게다가 민지는 평일에 간혹 시간을 내서 내려와 냉장고에 식료품을 가득 채워두고 떠났다. 사실상 필요한 것이 없는 생활이었다.

어쩌면 어머니가 사망한 이후 우신이 더 나은 삶을 살게 되었는지도 모른다. 아버지와 이혼한 후 어머니는 우신에게 집착했고 그 이후

엔 치매에 걸렸다. 끝없이 고통스러운 날들이었다. 모든 부모가 자식에게 도움이 되는 것은 아니다. 우신 역시 그 경우에 해당했다.

'너희가 있어서 내가 제정신으로 살았지.'

인생에서 가장 가혹했던 시기를 우신은 친구들의 손을 잡고 지나왔다. 혼자 걸을 때는 몰랐지만, 두 사람과 함께하고 나니 그동안 얼마나 홀로 외로웠던 것인지 깨달음이 엄습했다.

그리고 사실 우신은 앞으로 다가올 날들이 두려웠다. 또다시 홀로 남아 외로울 미래가 눈에 보였기 때문이었다. 이미 서민호가 세상에서 잊혀 떠나가기를 결정했으므로 그것은 바꿀 수 없는 앞날이 되었다. 조우신의 미래에는 서민호도 서민지도 존재하지 않았다.

7

민호와 우신은 얼마 지나지 않아 곧 군대에 들어갔다. 어차피 해야 할 건 빨리 해치워 버리자며 둘이 거의 같은 시기에 입대한 것이다. 그동안 민지가 꼬박꼬박 면회를 왔고, 그때마다 근사한 도시락을 가져왔다. 물론 민지는 당연하다는 듯이 '돈 주고 사 온 거지'라고 대답했다. 우신도 그쪽이 낫다고 생각했다. 민호는 요리를 아주 잘했지만 민지의 요리 실력은 형편없었다. 어쩌면 우신의 수학 실력보다 민지의 요리 실력이 더 나쁠지도 몰랐다.

행복한 시절이었다. 나이 스물둘에 제대한 우신은 걱정 없이 쉬면서 천천히 미래를 결정하려고 했다. 민호는 우신에게 진지하게 모델을 해보는 게 어떠냐고 권했지만 얼굴이 팔리는 일은 싫었다. 그는 지금 사는 3층 건물에서 가게를 열고 싶다고 했다. 어차피 1층과 3층이 비어 있으니 공간이야 충분했다.

"장난감 가게 여는 거 어때?"

민호가 눈을 반짝거렸다. 민지는 옆에서 콧방귀를 뀌었다.

"아니, 갑자기? 너무 너 좋아하는 품목 들이미는 거 아냐?"

"왜, 좋잖아."

"장난감 너무 단가가 비싸서 처음에 창업비용 많이 들어. 안 돼."

우신이 딱딱한 얼굴로 기각하자 민호가 입을 내밀었다. 하지만 곧 좋은 생각이 났다는 듯 손뼉을 쳤다.

"그럼 중고 가게로 해. 요새 장난감 비싸서 중고 장난감 인기 엄청 좋대."

"아서라. 이 동네에 장난감 살 아이 기르는 가족이 몇이나 된다고."

"그만큼 장난감 가게도 아예 없잖아. 경쟁 없는 수요를 우리가 다 먹는 거지."

"애 좀 봐. 이제 아예 우리가 먹는대. 일은 우신이가 하거든?"

말끝마다 민지가 타박해서 결국 민호와 민지는 투닥거리기 시작했다. 우신은 장난감에 큰 관심은 없었지만, 민호가 그렇게 말하자 관심이 갔다. 특히 중고 장난감을 취급하라는 말이 흥미로웠다. 우신은 상당히 손재주가 좋은 편이니 중고 물건 수리도 문제없을 것이다. 만약 장난감으로 수요가 충분하지 않다면 그냥 중고물품들을 전반적으로 취급해도 좋을 것이다.

우신이 자신의 의견을 말하자 민지는 눈을 굴렸고 민호는 좋아했다.

"그럼 내가 너 가게 점원으로 일할게. 알바로 써주라."

"무급 알바 괜찮아?"

"진짜 너무한다. 와, 세상에 믿을 놈 없어. 용모단정 힘세고 성실한 알바생을 돈 한 푼 안 주고 부려먹으려는 조 사장."

"서민호 쟤 물건 망가뜨리지나 않으면 다행이니까 무급이 탁월한 선택이야, 조 사장."

민호는 한탄했고 민지는 엄지손가락을 들었다.

순간 귓가로 조용한 웃음소리가 들려왔다. 우신은 놀라지 않고 가만히 천장을 바라보았다. 민호와 민지도 똑같이 천장을 둘러보았다. 그들의 피부 위로 동일한 울림이 전해졌다.

이 건물에서 그들은 가끔 목소리를 들었다. 우신은 그저 울림만을 느꼈고 민호와 민지는 뜻을 알아들었다. 두려울 법도 하지만 그들은 그 소리에서 도리어 편안함을 느꼈다. 목소리는 그들을 보호하고 돌보고 싶어 했다.

"이건 이 건물의 목소리야."

민호가 중얼거렸고 민지가 고개를 끄덕였다. 아마 직접 경험하지 않았다면 무슨 미친 소리냐고 했을 것이다. 그러나 우신은 이미 이곳에 수년간 살았다. 그 역시 동의했다.

"혹시…… 저 목소리가 뭐라고 말해?"

"원하는 걸 들어주고 싶대. 뭐든 소망하는 게 있으면 그걸 이루어주기 위해 노력할 거래."

민지가 대답했다. 그녀는 미소를 지으며 천장을 올려다보았다.

"우리가 태어난 곳이라서 그런가 봐. 꼭 부모님처럼 말하네. 정작우리 부모님은 외국 나가서 오지도 않는데."

부모님이 한국에 오지 않은 지도 이미 3년이 넘었다. 사실상 거의 남남처럼 산다고 해도 과언이 아니었다. 조부모님은 이제 연세가 너무 많으셔서 병원에 입원해 계셨다. 하지만 민호와 민지는 서로가 있었으므로 앞날에 아무런 걱정이 없었다. 하나의 정신이 두 몸으로 태어난 듯한 그들은 외로움이라는 단어를 몰랐다.

우신은 그들이 부러웠다. 쌍둥이는 그를 사이에 끼워주었지만, 어떻게 해도 우신은 그들과 동등한 사이가 될 수는 없었다. 마지막 순간이 오면 어쨌든 쌍둥이는 서로를 선택할 테니까.

'내가 민호나 민지의 유일한 존재였다면 좋았을 텐데.'

유치한 질투였다고 해도 할 말은 없다. 어차피 죽었다 깨도 이룰수 없는 소망이니 속으로 생각한다 한들 누가 뭐라 하는 것도 아니었다. 그들은 평생 사이좋은 트라이앵글로 살아갈 것이라고, 우신은 확신할 수 있었다.

하지만 그것도 서민호가 운전하던 차량이 교통사고로 반파되기 전까지였다.

8

다음 날 출근한 소미는 부지런히 청소한 뒤 커피를 내렸다. 원래 커피를 즐기는 편은 아니었지만 아르바이트를 하다 보니 바로 곁에 있는 커피머신을 즐겨 사용하게 되었다.

"난 라떼를 먹고, 우신 사장님은 위에서 드실 테고, 또……."

누군가를 위해 아메리카노를 진하게 뽑아야 한다는 생각이 들었다. 순간 소미는 눈을 깜박였다. 그 '누군가'의 이름이 제대로 기억나지 않았다. 민, 민 뭐라고 했던 거 같은데. 소미는 한참이나 멍한 채로 허공을 바라보며 서 있었다. 거의 1분이 지나고 나서야 간신히 불이 켜지듯 반짝 기억이 돌아왔다.

"서민호!"

소미는 부르짖듯이 돌아온 기억을 발음했다. 어떻게 민호 사장님 이름을 잊어버릴 수가 있지? 말도 안 되는 일이었다. 소미는 겁이 덜컥 났다. 혹시 치매인가? 젊은 사람들도 뇌에 문제가 생기는 경우가 종종 있다는데, 그 경우일 수도 있을 것 같았다. 1분 동안 완전히 먹통이 된 것처럼 서민호에 관한 아무것도 떠올릴 수가 없었다. 그의 이름을 생각해 내기 위해 뇌 속을 열심히 뒤졌지만 소용없었다. 마치 누군가 지운 것 같았다. 혹은 아예 서민호의 존재 자체가 없었던 것 같았다.

"아, 나 병원 가봐야 하나."

소미는 머리를 감싸 쥔 채 카운터에 엎드렸다. 곰은 커피 냄새에 기웃거리다가 소미를 톡톡 쳤다.

"왜 그래?"

"방금 나 좀 심각했어."

"뭐 때문에?"

"민호 사장님 이름이 전혀 생각이 안 났어. 와…… 병원 가봐야 하나? 기억력에 문제 생긴 걸까?"

소미는 심각하게 중얼거렸다. 하지만 곰은 눈을 굴렸다. 가만히 대답하지 않던 곰은 소미가 나눠준 우유를 받아들었다.

"괜찮아. 자연스러운 거야. 걱정 안 해도 돼."

"괜찮다고?"

"응, 그러니까…… 음."

곰은 커피 몇 방울을 자신의 잔에 타달라고 부탁했다. 소미는 빨대 끝으로 조심히 샷을 묻혀 곰의 아주 자그마한 찻잔에 떨궈주었다. 곰은 커피 향기를 맡았다.

"이 가게에서 일하고 있으니까 먼저 영향을 받게 되거든."

"무슨 영향?"

"그런 게 있어. 아무튼 네가 간혹 그 사람에 대해서 잊어버리는 건 당연한 거야."

"무슨 말이야. 모르겠어."

"그냥 괜찮은 거라는 것만 알아둬."

곰은 호로록 커피를 마셨다. 소미는 이해할 수가 없어서 고개를 갸웃했지만, 어쨌든 곰이 확신을 가진 표정으로 그렇게 말하니 그런가 보다 했다. 어쨌든 서민호 외에 다른 것들은 잊어버린 적이 없었다. 그녀는 곰에게 비스킷을 조각내어 놓아주고 진열대를 정리하기 시작했다. 지난주에 이사 간 주민이 중고 물건을 몇 개 팔았기 때문에 수선이 필요한 것과 깨끗한 물건을 나눠 놓아야 했다. 그러고 보니 지난달에 들어왔던 매입 물건들도 정리하지 않은 것이 아직 남아 있었다.

작업실에서 민호가 나와서 소미가 내려놓은 커피잔을 들었다. 한 모금 마시고서 민호가 빙긋 웃었다.

"진하고 맛있네. 고마워, 소미야."

"별말씀을요!"

소미는 혹시 자신이 불렀던 이름을 민호가 뒤에서 들었을까 봐 움찔했지만, 아무래도 민호는 듣지 못한 것 같았다. 그녀는 안심하고 매입한 물건들을 손질했다.

카운터에서 곰은 잔을 들고 앉아 힐끗 민호를 살펴보았다.

"얼마 안 남았지?"

"곰이는 별걸 다 아네."

"나야 이 가게와 항상 이야기하고 있으니까 알지."

"하긴 그렇구나."

곰은 내 알 바 아니라는 듯 무심하게 고개를 돌려 소미를 바라보았다.

"곰, 넌 앞으로 쭉 여기 있을 거야?"

"그래야지 별 수 있나."

민호는 고개를 끄덕였다. 이 가게는 오래된 물건들을 보듬어 안아 수명을 늘려준다. 이곳에서 숨 쉬고 존재하는 모든 것들의 상처는 느리게라도 치유된다. 시간을 되돌려줄 수는 없었지만. 곰의 수명도 이곳에 있는 만큼 늘어난다.

"우신이 잘 부탁해, 곰."

민호는 충동적으로 말했다. 곰은 거세게 콧방귀를 뀌었다.

"웃기지 마. 남한테 미루지 말고 니가 책임져. 내 코가 석 자인데 무슨 부탁이야, 부탁은."

"아, 야멸차다 야멸차."

냉정한 곰의 말에 민호는 웃어버렸다. 그러나 과연 곰의 말이 맞았다.

Chapter 6

1

연소미가 이사를 한 도시는 고향으로부터 300킬로미터나 떨어진 곳이었다. KTX라도 닿는 곳이면 훨씬 편하게 오가련만, 그러기에는 원 고장과 이 도시 모두 큰 거점이 아니었다. 그나마 고속버스가 가장 편했다.

장원일이 운전을 꺼리지 않았다면 자기 차로 이동하는 게 가장 편했으리라. 그러나 그는 형사답지 않게도 운전을 좋아하지 않았고, 심지어 속마음으로는 두려워하기까지 했다. 게으르고 제멋대로인 성격의 장원일이 꼬박꼬박 대중교통을 타고 다닌다는 사실에 대해 동료 형사들은 자주 놀랐다.

다섯 번째로 이곳에 온 장원일은 하릴없이 골목을 배회했다. 연소미를 만나기 위해서 왔지만, 어쩐지 곧장 원룸이나 중고 가게로 가고 싶지는 않았다. 원룸의 주인도 중고 가게 사장들도 장원일에게 그리

호의적이지 않았다. 원래 범인 추적에 나서면 숱하게 겪는 일이기는 했지만, 장원일이 노리는 사람이 스물한 살짜리 여자애다 보니 정도가 더 심한 것 같았다.

그래도 연소미가 인복은 있는 것 같았다. 어린 여자애라고 보호해주려는 어른들과 인연을 맺었으니까. 세상에는 갓 스물 된 여자애도 착취하고 희롱하려는 인간들이 널려 있었다.

그는 음료라도 한 잔 마시려고 편의점으로 들어갔다. 콜라와 맥주를 각 한 캔씩 골라 카운터에 내려놓은 뒤 카드를 꺼내는데 점원의 눈길이 이상했다. 장원일이 속주머니에서 꺼낸 지갑이 요란한 꽃분홍색이었기 때문이었다. 심지어 도톰한 비닐 소재 표면에는 공주와 천사 날개, 하트가 그려져 있었다. 잘 보면 '핑크엔젤공주'라는 글씨도 휘황찬란하게 박혀 있다.

"하하, 이거 딸이 선물해 준 거라서요."

조금 민망해진 장원일은 안 해도 될 말을 덧붙이면서 카드를 꺼냈다. 계산이 끝난 뒤 카드를 다시 지갑에 넣으려 했지만 비닐이 뻑뻑해서 잘 들어가지 않았다. 그는 편의점 앞 테이블에 캔 두 개를 올려놓고 지갑과 씨름했다. 지갑을 새로 사야 하는데 자꾸만 까먹는다. 남해의 작은 마을에서 지갑을 사려면 멀리 나가야 했고 인터넷 쇼핑은 그가 싫어했다. 연소미가 일하는 중고 상점에서 지갑을 하나 달라 했더니 괘씸하게 이런 꼴불견의 장난감을 줘서 난리다. 물론 장난감이 주력 상품인 것 같기는 했지만, 분명히 다른 물건들도 있었을 것이다. 그걸 내주던 키 큰 사장의 음침한 비웃음이 생각나서 장원일은 기분이 나빴다.

그런데 왜 안 버렸냐 하면, 그건 본인도 잘 알 수 없었다.

"아, 젠장. 진짜 버리든가 해야지."

결국 장원일은 신경질적으로 지갑을 테이블 위에 내팽개쳤다. 이제 가을이라 날도 시원해졌는데 비닐이 덩달아 수축한 것인지 아예 카드가 들어갈 생각을 하지 않았다. 그는 결국 현금 넣는 칸에 어설프게 카드를 밀어 넣었다.

그때 그의 옆에서 누군가 말을 걸었다.

"저, 아저씨. 혹시 그거……."

장원일은 옆을 돌아보았다. 그의 허리춤을 간신히 넘을 것 같은 작은 여자아이가 손을 모아 쥐고서 안절부절못하고 있었다.

"뭐? 아저씨한테 뭐 할 말 있니?"

초등학교 3, 4학년쯤 되었을까. 조그만 아이였다. 장원일은 대체로 거칠게 말하는 편이었지만 그래도 어린아이 앞에서는 목소리를 최대한 부드럽게 내려고 노력했다.

"그거, 그 지갑이요."

"응, 이거?"

장원일은 웃고 있었지만 이 지갑이 어느 연령대의 아이들을 타깃으로 제작된 것인지 알 만해서 신경질이 났다. 아마 저 아이한테는 매우 예쁘고 매력적으로 보일 것이다.

"어디서 나셨어요? 그거 제 거 같은데요……."

"음, 아저씨 거랑 같은 제품을 가지고 있니?"

"아뇨, 그 지갑이 제 거 같아요."

이게 무슨 소리람. 장원일의 얼굴이 다시 찌그러졌다. 그는 가만히 지갑을 보다가 다시 아이를 보았다. 아이가 그를 도둑 취급하는 것인가 했는데 그런 건 아닌 듯했다. 아이의 표정은 수줍지만 평온했다. 장원일은 자신의 핑크 지갑이 중고 물품이라는 데에 생각이 미쳤다.

"아, 혹시 너 이걸 중고 가게에 팔았니?"

"중고 가게요?"

"저기, 길 건너에 있는 장난감 가게 말이야."

"아, 우리 엄마가 팔았어요. 지난달에 이사 가면서 제 물건을 허락도 없이 막 다 팔았거든요."

"아이고, 저런."

말하자면 아이와 합의 없이 소중한 물건을 판 모양이었다. 장원일은 주변을 둘러보았다.

"어디로 이사 간 건데?"

"서울로요."

"뭐? 엄마는 어디 계셔 그럼?"

"저 혼자 버스 타고 왔어요. 길 알아서 괜찮아요."

이런, 하고 장원일은 탄식했다. 언제나 본인이 다 컸다고 생각하

276

는 게 아이들이다. 그건 대부분 사실과 다르고 그래서 사달이 나고는 한다. 물론 서울에서 여기까지 고속버스를 야무지게 타고 왔으니 똘똘한 아이겠지만 미아가 되는 건 순식간인 법이다.

아이는 아쉽다는 듯 장원일의 지갑을 물끄러미 바라보았다. 그는 지갑에 들어 있던 현금과 카드를 전부 뺀 뒤 빈 지갑을 아이에게 돌려주었다. 아이는 반색을 하면서 얼굴이 환해졌다.

"너 도로 가져."

"진짜요? 감사합니다!"

아이는 기뻐하며 지갑을 만지작거렸다. 그래, 하면서 장원일이 어깨를 으쓱했다.

"핑크가 아저씨 퍼스널컬러랑 안 맞거든."

애초에 버리려던 물건이다. 원래 주인이 원한다면야 얼마든지 돌려줄 수 있었다. 주머니 안에서 동전이며 지폐며 카드가 마음대로 굴러다니는 게 무척 싫었지만 그래도 아이가 좋아하는 걸 보니 나쁘지 않았다.

"이름이 뭐니?"

"전예림이요."

"몇 살이야?"

"열 살이요."

가을이라 조금 쌀쌀해진 탓인지 아이의 얼굴은 조금 발갰다. 장원일은 아이를 의자에 앉게 하고 편의점으로 들어가 따뜻한 핫초콜릿을 한 컵 사 왔다. 아이는 감사히 그것을 받아 마셨다.

"근데 왜 여기 왔어? 엄마도 없이. 지갑 찾으러 온 건 아닐 거 잖아."

"음…… 고양이 찾으러요."

"고양이?"

"네. 엄마가 저희 고양이를 버렸어요. 이사 갈 때."

"아이고, 저런."

장원일은 혀를 찼다. 이사 갈 때 반려견이나 반려묘를 유기하는 건 흔한 일이다. 법에도 저촉되는 건데 모르는 사람들이 많다. 아니, 법 이전에 일단 주인이라면 해서는 안 될 일이기도 했다. 그럴 거면 애초에 기르질 말았어야지.

"그리고 친구도 만나고 싶고요. 저랑 제일 친했던 친구하고 인사를 제대로 못했어요."

예림이는 핫초코를 호호 불어 마셨다. 어린아이들이 이사 때문에 전학을 가면 교우 관계도 문제가 된다. 여기서 정들었던 친구와 헤어져서 새로이 시작해야 하니 마음이 좋지 않을 것이다. 여러 가지로 어린 속이 복잡했겠다 싶어서 장원일은 고개를 끄덕였다. 혼자서라도 여기까지 오고 싶었던 이유가 이해되었다.

"아저씨, 혹시……."

"응, 뭐? 말해봐."

"저희 고양이 같이 찾아주실 수 있어요?"

"고양이를?"

예림은 눈을 빛내면서 원일을 바라보았다. 아이는 눈앞의 커다란 덩치 아저씨를 좋은 사람으로 판단한 모양이었다. 물론 장원일은 형사이니 질 나쁜 인간은 아니었지만, 그래도 인상은 험상궂은 편이다. 단숨에 자기를 도와줄 거라 생각한 아이의 판단이 귀여우면서 난처했다. 일단 그는 연소미 때문에 이곳에 온 것이었다.

"저 혼자서 계속 돌아다녔는데 못 찾았어요. 한 번만 같이 찾아주시면 안 돼요?"

원일이 망설이자 예림이 조심스럽게 졸랐다. 사실 지금 장원일에게 급한 일이 있는 건 아니었다. 애초에 중고 가게 사장들이 꼴 보기 싫어서 괜히 골목을 배회 중이기도 했다. 일에 열의가 없어 그동안 방화 사건 하나만 맡아서 질질 끌고 있었는데, 이제 매듭을 지어야 할 때가 오고 있었다.

"그래, 그럼. 동네 한 바퀴 같이 돌아보자."

장원일은 고개를 끄덕였다. 같이 적당히 동네나 돌아주고서 오면 될 것이다. 지난달에 버려진 고양이를 이제 와서 어떻게 찾는단 말인가. 고양이란 집에 있다가도 기분 내키는 대로 사라지는 동물이다. 아이의 기분이나 맞춰주면 될 일이었다. 그는 아이를 데리고서 일어났다.

이 소도시는 꽤 삭막한 편이다. 건설현장과 산업단지가 많고, 일자리를 찾아 흘러드는 일용직 남성들이 대거 자리를 잡고 있었다. 대부분 원룸 건물이었고 오래된 주택가를 민 자리에는 아파트 단지가 들어서는 중이다. 하지만 아직 개발이 덜 되어서 도시의 대부분은 낡은 주택들이 차지하고 있었다.

"선철이가 너무 보고 싶어요. 오늘 꼭 만났으면 좋겠어요."

아마 친구 이야기인 모양이었다. 그 나이에 벌써 남자친구냐는 놀림이 혀끝까지 나왔지만 장원일은 애써 그것을 삼켰다. 예림이는 좁은 골목을 걸어가는 내내 종알댔다. 아이는 나서부터 여기에서 자랐으며 이 구역에 하나뿐인 초등학교를 다녔다. 유치원부터 같이 다녔던 베프가 있는데 이사가 결정되고서 둘이 손을 붙잡고 아주 많이 울었다고 한다. 계약 문제로 인해서 이사 날짜가 너무 촉박하게 잡히는 바람에 서로 제대로 인사조차 못했다. 가족들끼리도 모두 친해서 엄마 아빠도 여기를 떠나며 많이 아쉬워했단다.

"저희가 이 집에 살았었어요."

예림이는 2층짜리 단독주택을 발견하고 환하게 웃으면서 손가락으로 가리켰다. 마당이 조그마하게 있고 담이 그리 높지 않은 집이었다. 워낙 오래되어 외관은 상당히 낡았지만, 옥상에는 빨래가 날리고 빨갛고 파란 바가지들이 난간에 엎어져 있어 사람 사는 냄새가 났다.

"너희 가족 이사 가고서 바로 누군가 왔나 보구나."

예림이는 고개를 끄덕였다. 2층 현관 계단에 어떤 중년 여성이 나타나서 화분에 물을 주었지만, 예림이는 모르는 사람이었다. 어딘가 어색하고 섭섭한 얼굴로 아이는 집을 바라보았다. 이제야 이사를 가서 이 집이 자기 집이 아니라는 사실이 피부로 와 닿는 모양이었다.

"사실 저희 이사 가기 전에 뒷집 친구네도 어딘가로 갔거든요. 인스타로 연락하고 있긴 한데 못 만나서 섭섭해요."

"사진과 인터넷으로 연락하는 거랑 얼굴 보는 거랑 다르지. 많이 아쉬웠겠구나."

"네. 예전에는 이 골목에 친구가 진짜 많았거든요."

예림이는 손짓으로 골목 양쪽을 가리켰다.

"여기, 여기, 여기, 전부 친구들 집이었어요. 근데 다 이사 가더라구요."

장원일은 골목을 둘러보았다. 빈집도 보였고 상당히 낙후되고 조용한 분위기였다.

소도시로 이제 막 개발이 이루어지고 있긴 하지만, 이 골목 자체는 입지가 그리 좋지 않았다. 새로 지은 빌라와 마구잡이로 지어댄 건물이 뒤섞여 있는 구역이라 재개발도 쉽지 않을 것이다. 그렇다고 큰 도로가 있는 것도 아니어서 교통도 나빴다. 장원일 본인도 예림이의 인도를 따라 거의 20분을 걸어 들어와야 할 정도였다. 아마도 아이를 기르는 젊은 부부들은 교육과 부동산을 따라 서울로 향했을 것이다.

"선철이랑 나비, 꼭 보고 싶어요."

선철이가 친구고 나비는 기르던 고양이일 것이다.

어린 예림이의 얼굴이 쓸쓸했다. 친하던 친구들은 열 살도 되기 전에 뿔뿔이 흩어졌다. 어린 시절의 기억이 켜켜이 쌓인 이 골목은 아마 나중에 흔적이 사라질지도 모른다. 운 좋게 여기에 아파트 단지가 조성된다면 말이다.

골목 한 바퀴를 전부 돌았지만 고양이는 코빼기도 보이지 않았다. 친구네라고 하는 집으로 가보았지만, 사람이 없는 듯했다. 예림이가 눈에 띄게 낙심해서 장원일도 마음이 좋지 않았다.

"아저씨, 그 지갑이요. 어디서 나셨어요?"

친구의 집 담 너머를 바라보던 예림이가 물었다. 장원일은 한쪽 방향을 가리켰다.

"저쪽에 횡단보도 건너, 동물병원 있는 거리 있지?"

그곳이 이 동네에서 그나마 대로가 지나가는 길이었다. 마트와 약국, 동물병원과 그 중고 상점이 함께 들어서 있어 밤늦게도 불이 밝았다. 예림이 역시 잘 아는 거리였다.

"거기 중고 상점 하나 있잖아."

"중고 상점…… 아, 그 장난감 가게요?"

"그래. 장난감 가게. 거기 사장님이 아저씨한테 이걸 팔더라고. 지갑이 없어서 그냥 받아왔지."

장원일은 쓴웃음을 지었고 예림이는 눈을 동그랗게 떴다.

"아저씨 지갑 없어요? 죄송해요! 제 거 쓰셔도 되는데!"

"아냐, 아냐. 어차피 안 쓰려고 했어. 네 거잖아. 엄마가 너한테 말 안 하고 거기다 팔아버린 거야?"

"네에……."

예림이는 풀이 죽었다.

"엄마가 자리 없다고 제 물건을 많이 버렸어요. 팔기도 많이 팔았고……."

"저런, 안됐네. 화났겠다."

"그렇긴 한데 엄마 물건도 많이 버렸거든요. 할머니랑 같이 살게 되어서요."

아이고, 하면서 장원일은 속으로 혀를 찼다. 예림이의 말을 듣다 보니 대충 윤곽이 그려졌다. 소중한 딸아이 하나를 낳아 기르던 젊은 부부는 아무리 일해도 사정이 나아지지 않았지만, 그렇다고 해서 여기에 계속 있기에는 교육이 문제였다. 딸만은 제대로 키우고 싶었기 때문이다. 게다가 예림이는 공부를 곧잘 했기 때문에 더욱 그랬다. 결국 부부는 시가에 도움을 요청했고 서울의 할머니 집에서 함께 살게 된 것이다.

그렇다면 당연히 짐도 줄여야 하고 고양이도 데려갈 수 없었을 것이다. 흔하지만 참 난처한 이야기다. 장원일은 예림이의 앞에 쪼그리고 앉았다. 워낙 덩치가 큰 남자라 쪼그려 앉아도 예림이의 키만큼 컸다.

"예림아, 혹시 그 장난감 가게에 아저씨랑 같이 가볼까?"

순전히 충동적인 이야기였다. 장원일은 게으른 형사였다. 가능하면 쉬운 사건을 맡아서 수사 핑계로 여기저기 오가는 것이 그의 직장

생활이었다. 그래서 동료들로부터 따돌림도 당했지만, 그는 개의치 않았다. 그러니까, 예림이에게 이런 권유를 하는 건 자신으로서도 좀 의외였다.

"거기 가서 네 물건, 남은 거 있나 구경이라도 하자. 어때?"

"그래도 돼요? 같이 가주실 거예요?"

예림이가 눈을 빛냈다. 아이가 웃으며 좋아하는 것을 보고서 장원일은 어쩐지 흐뭇해졌다.

2

소미는 우신의 심부름으로 사포를 사기 위해 동네 철물점으로 향했다. 오래된 주택들이 많은 동네라 아직도 철물점이 성업 중이었다. 마트에서는 팔지 않는 여러 공구나 용품을 살 수 있어서 우신이 애용하는 곳이다. 중고 물품들 중 손봐야 하는 것들이 많아서 언제나 철물점이 필요했다.

철물점은 대로변에 있지 않고 골목길 속으로 들어가서 자리 잡고 있었다. 소미는 곰과 함께 기분 좋은 가을 하늘을 즐기면서 걸어갔다. 아르바이트는 아주 편하고 더할 나위 없이 좋은 환경이었지만, 일하는 시간에 나와서 걷는 것은 또 다른 유쾌함을 주었다.

요즘 민호가 다시 몸이 좋지 않아 3층에서 내려오지 못하고 있었다. 우신보다는 작아도 꽤 장신에 튼튼해 보였는데 민호는 자주 아팠다. 소미는 요즘도 간혹 민호의 성을 잊어버리거나 그의 이름 끝 자를 잊어버렸다. 어떨 때는 얼굴이 기억나지 않을 때도 있어서 당혹스러웠다. 지희도 가끔 그랬다. 지희는 그럴 때마다 "그 사장님은 흐릿하게 생겨서 우리가 잊어버리는 게 당연해!"라는 희한한 변명을 내놓았다.

하지만 그보다 더 걱정인 것은 곰이다. 곰은 요즘 팔에 실밥이 터지거나 원인 모를 얼룩이 몸에 생겨나서 우신에게 진찰을 받고는 했다. 소미는 언제나 조심스럽게 곰을 챙겼는데 다행히 오늘은 곰의 컨디션이 나쁘지 않았다.

골목에는 사람이 드물어서 곰도 주머니에서 얼굴을 내밀고 가을 바람을 만끽했다.

"과자나 아이스크림이라도 사서 먹으면서 갈까?"

"이 썩는다, 소미야."

"아이, 넌 무슨 선생님 같은 소리를."

"요새 너 군것질이 늘었다구."

곰이 투덜거렸지만 기분은 좋아 보였다. 곰은 주머니 가장자리에 팔을 걸고서 주변을 바라보았다. 가을의 높은 하늘은 청명했고 구름도 없었다. 사람도 드문드문 한 명씩 다닐 뿐이었다. 아마 다들 직장이나 학교에 갔을 테다. 오후가 늦어서 곧 하교와 퇴근이 이어지겠지만.

그때 어디선가 야옹 하는 소리가 들려왔다.

"음, 근처에 고양이가 있나 봐."

소미는 주변을 두리번거렸다. 곰은 귀를 쫑긋하고 있다가 옆을 가리켰다.

"저기다."

"어머나, 진짜네."

높은 담 위에 노란 줄무늬 고양이 한 마리가 여유롭게 앉아 있었다. 가을볕을 마음껏 쬐면서 눈을 가늘게 뜬 채였다. 소미는 동물을 무척 좋아했기 때문에 자신도 모르게 몇 걸음 다가서서 인사했다.

"안녕, 야옹아."

마치 답례처럼 고양이가 다시 야옹 하고 울었다. 곰은 히히 웃었다.

"기분 좋은가 보네."

"그러게. 하긴 고양이들 햇볕 좋아하잖아. 지금 날도 딱 좋구."

"맞아. 동물들 살기 좋은 때다."

지독하게 더운 날씨와 몰아치는 태풍을 견뎌낸 고양이들이 가을을 만끽할 수 있다. 소미는 한가로운 고양이의 자태가 마음에 들었다. 곰도 그런 모양이었다. 둘은 만족스럽게 고양이를 바라보다가 곧 정신을 차리고 손을 흔든 뒤 다시 철물점으로 향했다.

사포를 사서 느긋하게 돌아오자 가게에는 예상외의 손님이 도착해 있었다. 지난달에 가게에 많은 물품을 팔았던 여성이었다. 소미의 기억에 가족이 다 함께 서울로 이사를 가기에 이삿짐을 많이 줄여야 한다고 했었던 사람이다. 우신과 여성은 심각한 표정으로 대화를 나누고 있었다.

"여기도 안 왔군요."

여성은 어깨를 늘어뜨렸다. 우신은 가볍게 한숨을 쉬었다.

"네. 혹시라도 여기 들른다면 제가 연락드리겠습니다. 지금으로서는 도와드릴 방법이 없네요."

"감사합니다."

"이곳으로 온 건 맞는 건가요?"

"네. 분명해요. 어제도 저하고 다시 돌아가고 싶다고 화를 내면서 싸웠거든요. 아이가 어찌나 고집이 센지."

소미는 카운터 뒤로 들어가면서 손님에게 눈인사를 하고 사포를 내려두었다. 여성이 억지로 미소를 지어 인사하고 돌아나갔다.

"무슨 일이에요? 저 손님, 지난달에 이사 간다면서 물건 다 팔고 간 분이잖아요. 성함이 뭐랬더라."

"맞아. 임현정 님이었고, 이것저것 자잘한 물건들 많이 팔고 가셨지."

"왜 다시 오신 거래요?"

간혹 판 물건을 도로 달라고 오는 사람들도 있었기 때문에 소미는 그런 경우인가 했다. 하지만 우신의 입에서 나온 대답은 뜻밖이었다.

"딸애가 하나 있는데 오늘 아침에 가출했대. 학교 간 줄 알았는데

결석이라고 선생님한테 연락이 왔다나 봐. 친구네 집 찾아보고 갈 만한 곳도 찾아봤는데 없어서 이 동네로 왔을 거 같아서 찾아왔대. 가게마다 다 들어가 보고 있는 모양이더라고."

"하지만 아이가 오기엔 먼 길 아니에요? 서울에서 여기까지 혼자서라니."

"멀지. 그런데 애가 좀 똑똑한 모양이야. 친구랑 고양이가 여기 있어서 그것 때문에 엄마랑 많이 싸운 거 같아."

있을 수 있는 이야기다. 소미는 조금 안타까웠다. 그녀는 사포를 공구함에 넣고서 작업대를 정리했다. 카운터 밑의 서랍에는 임현정이 팔고 간 여러 가지 물건들이 여전히 분류되지 않은 채로 있었다. 이 도시에서의 삶이 불만족스러워 떠났을 테니 가서 행복해야 할 텐데 아이는 아직 그게 힘든 모양이었다. 어른과 아이의 행복은 기준이 다른 법이다.

우신이 또 수선할 일거리를 꺼내서 살펴보고 있을 때 딸랑거리며 유리문의 종이 울렸다.

"어서 오세……."

인사를 하려던 소미가 굳었다. 다름 아닌 장원일이 들어오고 있었기 때문이었다.

3

장원일이 경찰에 들어온 것은 이미 20년이 넘었다. 그의 나이 스물넷의 일이었다. 그는 처음에 순경으로 경찰에 들어와 수사과에 자원해 형사가 되었다. 자질구레한 동네 일에 사사건건 개입하는 순경보다 큰 사건을 맡아 수사하는 형사가 근사해 보였다.

형사가 되었던 초기에야 누구나 그렇듯 열의가 넘쳤다. 혈기가 지나쳐서 문제도 몇 번 일으켰고, 과잉진압 때문에 시말서도 몇 번 썼다. 조폭들을 때려잡은 적도 꽤 있었다. 굉장히 과격한 편이어서 선배 형사들이 조심하라고 따로 타이를 정도였다.

하지만 권태는 스며들 듯이 찾아왔다. 결혼하고 나자 아내는 제발 위험한 짓 좀 그만하라며 그에게 애원했다. 아이가 태어나고 가정에 책임감을 느끼면서 장원일은 더 이상 일에 목숨 걸고 싶지 않아졌다. 형사로는 드물게도 장원일의 가정은 매우 행복했다. 그는 일에 게으름을 부리면서 요령을 부렸고, 머지않아 경찰서의 모두가 알게 되었다. 특별히 뒷돈을 받거나 부패한 것도 아니기 때문에 징계를 받기도 애매했다. 그는 그저 규정이 허용하는 최대의 한도로 게으름을 피웠을 따름이었다. 이전처럼 일을 하다가는 목숨이 열 개여도 모자라다는 사실을 깨달았기 때문이었다.

아, 이 사실을 깨닫는 데는 선배 형사의 공이 컸다. 그의 첫 사수로 배정받았던 권선형 형사. 그는 불같은 성격에 그야말로 정의감이 넘처흐르는 형사였다. 아무리 많은 사건을 배정받아도, 아무리 어려운 환경에서 수사해야 해도 권선형은 불도저처럼 밀고 나갔다. 경찰서 내부에서 가장 존경받으면서도 못 말린다는 평가를 받는 형사였다.

"인마, 너 몸 아끼면서 일할 거면 형사 때려치워. 형사는 자고로 모든 걸 바쳐서 사건을 해결해야 하는 거야."

권선형은 술만 마시면 장원일을 앞에 두고 일장연설을 했다. 같은 팀의 형사들은 또 시작이라는 표정으로 슬금슬금 자리를 피했지만, 장원일만큼은 언제나 묵묵히 그의 말을 들었다. 온갖 장애물로 매번 고생하며 수사하는 권선형이 장원일에게는 기대를 갖고 있다는 사실이 좋았다. 그 기대를 충족시킬 수 있다는 자신감도 있었다.

"피해자의 이야기를 정말 잘 들어야 해. 그 사람들의 이야기만 잘 들어도 반은 성공이야. 사건 해결도 그렇지만, 억울하고 힘든 심정을 이해하고 동감해야 진짜 좋은 형사가 될 수 있는 거다. 넌 그렇게 될 수 있어."

권선형은 언제나 피해자의 이야기를 최우선으로 할 것을 강조했다. 수사의 시작도 끝도 피해자라는 뜻이었다. 장원일은 묵묵히 그의 앞에서 가르침을 마음에 새겼다. 형사 초년생 시절에는 정말 권선형의 뒤를 따라 그 길을 묵묵히 갈 것 같았다. 가능하다면 계속해서 권선형과 같이 오래오래 근무하고 싶었다.

그러나 권선형은 형사 생활 15년을 채우지 못하고 사망했다. 사망한 이유도 어처구니없었다.

권선형의 마지막 사건은 사기 사건이었다. 어려운 처지에 있는 피해자를 찾아갔지만, 마음의 상처가 깊은 피해자는 이야기하려 하지 않았다. 권선형은 피해자와 신뢰를 쌓기 위해 매일같이 피해자의 집에 들러서 대화하고 이것저것 식료품을 사다 주며 도움을 주었다. 여름이라서 지독하게 더웠다. 권선형은 저렴한 선풍기를 사다가 피해자의 반지하 셋방에 놓아주었고 피해자는 그제야 고맙다며 그에게 음료수를 대접했다. 권선형이 한참 공들인 오랜 시간 끝에 처음 있는 일이라서 그는 옳다구나 하고 자리 잡고 앉아서 음료수를 마시며 대화했다. 이야기는 길어졌고 피해자는 울분을 토해내며 형사에게 모든 사정을 고했다. 피해자는 귀에 문제가 있어 덩달아 말이 어눌해진 사람이었기에 권선형은 그의 말을 제대로 알아들으려 녹음까지 했다.

　그날은 역대급의 폭우가 쏟아진 날이었다. 단시간 안에 무려 200밀리미터가 넘는 강우량이 쏟아져 내렸다. 반지하 셋방은 순식간에 물이 들어찼다. 권선형은 피해자를 데리고 피하려 했지만, 피해자는 절대 나갈 수 없다고, 이 집이 자신의 전부라고 외쳤다. 권선형은 그의 말대로 집을 지켜주기 위해 물을 퍼내려 노력했다.

　빗물이 그 둘을 죽음에 담가버린 것은 한순간이었다.

　"이게 말이 되는 거야?"

　장원일은 권선형의 죽음 앞에 넋이 나갔다. 마지막까지 수사를 위해 권선형은 피해자의 대화를 녹취하고 있었다. 그는 녹음기를 재킷

안주머니에 소중하게 넣어놓고 있었다. 물난리에서 빠져나오면 바로 서로 달려와 수사를 시작했으리라. 수사의 시작점을 드디어 손에 쥐었으므로 이제 권선형의 빼어난 솜씨가 빛을 발할 순간이었다. 만약 그가 살아있었다면 말이다.

장원일은 권선형의 사건을 자신이라도 이어서 진행하고 싶었다. 그러나 녹음기 안에 들어있던 녹취 테이프는 물에 젖어 쓰레기가 되어 있었다. 피해자는 사망했고, 형사도 사망했다. 피해자가 여럿인 사건이었는데 그중 가장 큰 피해를 입은 사람이 사망했으므로 사건은 유야무야 종결될 가능성이 컸다. 그리고 일은 한 치의 어긋남도 없이 장원일의 예상대로 되었다. 피해자들이 억울함을 호소하며 경찰서로 왔지만, 서의 모든 인원은 다른 사건에 배정되어 그들을 피했다.

정확히 그때부터 장원일은 의욕을 잃었다. 특별히 위험하지 않은 사건에서도 목숨을 잃고, 죽은 뒤에는 노력도 소용없어진다. 개죽음은 순식간에 다가온다. 그즈음 그는 아내를 만나 결혼하고 아이를 낳았다. 아내는 계속해서 조심해야 한다고 말했고 그 역시 동감이었다. 형사 일은 다른 이들의 삶을 뒤치다꺼리하는 일이었다. 벌어진 사건의 뒤를 쫓으며 다른 이들을 위로한다 해도 대부분은 사후약방문이다. 이를 위해 자신과 가족을 걸고 싶지는 않았다. 이기적이라 해도 그것이 장원일의 사람됨이었다.

남해 작은 마을의 외딴집 사건을 맡았을 때 장원일은 잘됐다 생각했다. 적당히 혼자 다니면서 딴짓을 해도 아무도 모를 만한 위치였다. 유일한 생존자이자 용의자 선상에 오른 연소미가 먼 도시로 이사를 갔다고 했을 때도 수사를 핑계로 왔다갔다 하려고 작정한 그였다.

그러나 꺼림했던 것은, 그 화재로 죽은 연소미의 남동생 연소언이 청각에 문제가 있는 청소년이었다는 사실이었다. 권선형이 마지막으로 구하려 했던 피해자 역시 청각 장애등급을 받은 이였다. 아무 상관없는 두 사건이 어쩐지 연결되어서 장원일은 연소미를 못마땅하게 바라보았다. 연소언이 살아 있었다면 어눌한 말투로라도 장원일에게 화재와 연소미에 대해서 토로했을 것이다. 그 이야기를 이제 그는 하지 못하게 되었다.

연소미는 상당히 의심할 만한 구석이 많았다. 삼촌의 생명보험금 수령인이었고, 그 계약을 성사시킨 것은 연소미의 사기범죄자 어머니였다. 그녀는 버스에서 내려서부터 약 40분의 시간에 대해 횡설수설했다. 술을 마셨다고는 하는데 생맥주 석 잔이 정신을 잃을 정도라고 믿기는 어려웠다. 게다가 언제나 다니는 집 앞에서 길을 잃고 뒷산에 가서 누워 있었다니. 결정적으로 삼촌과 동생이 불에 타 죽었다고 하는데도 그녀는 아무런 슬픔도 분노도 없이 빤히 그를 바라보기만 했다. 사이코패스가 의심될 지경이었다.

알리바이는 없고, 다른 용의자도 없다. 증거가 전무하여 연소미를 완벽한 용의자로 구속할 수는 없으나 형사로서의 감이 그녀를 주목하라고 말하고 있었다. 아무리 수십 년 게으르게 살았대도 세월의

힘은 무시 못 하는 법이다.

4

장원일은 따라온 예림이를 의식했다. 어린아이가 있는 곳에서 굳이 사건 이야기를 꺼내고 싶지는 않았다. 일단 아이를 보내고 나서 이야기해도 늦지 않을 것이다.

"음, 안녕하세요. 이 친구 물건이 혹시 있을까 해서 왔는데요."

"아…… 네."

소미는 눈치를 보았다. 우신 역시 장원일과 예림이를 번갈아 보다가 부드럽게 답했다.

"어떤 걸 찾으시죠?"

"저희 엄마가 지난달에 이사 가면서 짐을 많이 팔았거든요. 제 거 아직 남아 있나 궁금해서요."

예림이는 멈칫거리면서 주머니에서 뭉쳐둔 지폐 몇 장을 꺼냈다.

"혹시 도로 살 수 있는 게 있다면 사려구요."

"아아, 그렇구나. 어머니 성함이 어떻게 되시지?"

"임현정이요."

우신과 소미는 시선을 교환했다. 소미는 살짝 고개를 끄덕이고 장부를 뒤적였다. 물건을 팔러 온 사람들 중 특히 여러 개를 한꺼번에 내놓은 이들에 대해서는 이름과 연락처 등을 적어둔다. 추후 살펴보았을 때 물건의 하자가 크거나 하면 반환해야 하기 때문이었다. 임현정의 이름과 전화번호도 그곳에 있었다.

소미는 핸드폰에 전화번호를 넣은 뒤 작업실 뒤쪽으로 들어갔고 우신은 미소를 짓고 카운터 밑을 살폈다. 아직 분류가 되지 않은 자질구레한 물건들 중 쓰지 않은 연필 박스와 필통, 노트, 포장도 뜯지 않은 스티커와 낡은 생선 인형을 꺼냈다.

"혹시 이게 네 거니?"

"맞아요!"

예림이는 카운터로 바싹 다가서서 그 위를 살폈다. 꼬깃하게 접은 지폐를 내밀면서 그녀는 낡은 생선 인형을 집어 들었다.

"그걸 도로 사려고?"

우신은 의아하게 물었다. 곁에서 지켜보던 장원일도 의아했다. 새 물건들도 있고 손때 묻었지만 아낀 게 분명한 필통도 있는데 의외의 물건을 집었다. 예림이는 배시시 웃었다.

"선철이가 좋아하는 거라서요."

아, 저런. 우신과 장원일은 동시에 미소를 지었다. 누군가 예림이의 마음을 듬뿍 받는 친구가 있나 보다. 남자친구일까, 아니면 그저 좋아하는 아이일까. 예림이는 지폐 여러 장을 내밀었지만 우신은 그중 천 원짜리 한 장을 받고 오백 원을 거슬러주었다. 그리고 잠깐 기다리라고 하고 뒤로 들어가 데운 우유를 한 잔 가지고 나와 건네주었다.

"밖에 좀 쌀쌀하지? 이거 마셔."

"감사합니다!"

조금 차가웠던 가을 날씨에 오래 걸어와서 손이 차갑다. 예림이는 우유를 반겼다. 아이는 입가에 조금씩 묻히면서도 열심히 마셨다. 장원일은 나한테는 뭐 안 주냐는 듯 한쪽 눈썹을 올렸지만, 우신은 못 본 척하고 자기 할 일만 했다.

예림이가 우유를 절반쯤 먹었을 때, 유리문이 열렸다.

"예림아!"

임현정의 격한 목소리가 울렸다. 예림이는 깜짝 놀란 얼굴로 엄마를 바라보았고 임현정은 성큼성큼 걸어와 예림이를 끌어안았다. 꽉 안은 뒤에는 아이의 등을 철썩 때렸다.

"너, 어디 애가 혼자서 여기까지 와! 여기가 어디라고!"

"어, 엄마……."

걱정되고 화가 난 엄마의 목소리에 예림이의 목이 움츠러들었다. 설마 여기에서 엄마를 만날 줄은 상상도 하지 못했다. 소미는 슬쩍 카운터로 돌아와서 핸드폰을 주머니에 넣었다. 우신도 난처한 얼굴이었지만 은은한 미소를 띠고 있었다.

"대체 왜 여기까지 온 거야? 엄마 걱정했잖아!"

"엄마, 나 선철이랑 나비 보고 싶어서."

"예림아, 엄마가 누누이 말했잖아. 우리 이사 갔으니까 거기서 새 친구 사귀어야 한다고. 그리고 고양이는 잊어버려."

"그렇지만……."

예림이는 곧 울 것 같은 표정이었다. 장원일은 은근슬쩍 말 중간에 끼어들었다.

"말씀 중에 죄송합니다만, 예림이가 아까부터 우울해 보이더라고요."

"네……?"

임현정의 얼굴에 경계의 빛이 서렸다. 예림이는 장원일의 손을 덥석 잡았다.

"아까 혼자 있을 때 같이 고양이 찾아준 아저씨야, 엄마. 내 지갑도 도로 주셨어."

"어머, 그러니? 저희 애가 폐를 끼쳤네요."

임현정은 어색하게 감사하다는 인사를 했다. 장원일은 손을 내저었다.

"어머님 걱정은 알겠습니다만, 이왕 예림이가 여기 왔으니 친구도 만나고 고양이도 찾아볼 수 있지 않을까요? 혹시 어떻게 생긴 고양이인가요? 예림이 말로는 노란 줄무늬라던데요."

"맞아요. 노란 줄무늬에 얼굴이 작고 좀 날씬한 애예요. 한쪽 귀가 잘려 있고요. 하지만 고양이를 어떻게 찾나요. 무작정 돌아다닌다고 고양이가 나타날 것도 아니고."

임현정은 한숨과 함께 대답했다. 소미는 문득, 아까 철물점으로 향하던 길에 봤던 노란 고양이를 떠올렸다. 여유롭고 평온한 얼굴로 소미와 곰을 바라보던 그 고양이 말이다.

"저, 혹시…… 그 고양이가 이마에 흰 점이 있나요?"

"어, 맞아요!"

예림이가 외쳤다.

"아세요?"

"아까 철물점으로 가다가 봤어요. 철물점 가는 작은 골목 첫 번째 집, 대추나무 있는 집 있잖아요. 거기 담에 앉아 있던걸."

"저 찾으러 가볼래요!"

들뜬 예림이는 생선 인형을 한 손에 쥐고 가게를 뛰어나갔다. 놀란 임현정은 기다리라고 말하며 그 뒤를 쫓았고 장원일도 급히 나갔다. 우신과 소미는 서로를 보다가 결국 소미가 모두의 뒤를 따라갔다.

예림이가 하도 잘 달려서 어른들이 따라잡은 건 이미 철물점 골목에 도착해서였다. 이곳에서 오래 살았던 아이라 대추나무 집이라고 하면 단박에 어디인지 알았다. 예림이는 기쁜 얼굴로 담 위를 가리켰다.

"있어요! 정말 있어요! 저기 보세요!"

"어머!"

임현정이 숨을 헐떡이면서도 탄성을 터뜨렸다. 그곳에는 정말로 샛노란 고양이가 여유롭게 앉아서 인간들을 내려다보고 있었다. 장원일과 소미가 헥헥대며 옆으로 오자 예림이는 그들에게도 고양이의 위치를 가르쳐 주었다. 하지만 고양이는 멀찍이 앉은 채로 그들에게 관심을 보일 뿐이었다. 너무 높고 멀었다.

"부르면 오지 않을까요?"

"고양이들은 안 와요."

임현정이 고개를 저었다. 장원일도 난감해졌다. 그때 예림이가 낡은 생선 인형을 쥔 손을 힘차게 치켜들었다.

"선철아! 이리 와! 네가 좋아하던 인형이잖아!"

고양이는 예림이의 외침에 반응하는 것처럼 야옹하고 울었다. 순간 장원일은 이상한 눈초리로 고양이를 바라보았다. 그러니까, 선철이는 고양이였다. 그렇다면 나비 쪽이 친구다. 생각하지 못했던 미스매치였다.

예림이는 열심히 인형을 흔들었다. 소미는 아까와 달리 그 인형이 아주 새것처럼 변했다는 사실을 눈치챘다. 상황이 상황인지라 다른 누구도 모르는 모양이었다. 인형이 허공에서 흔들리자 흥미를 가진 선철이가 높은 담에서 내려와 낮은 담 쪽으로 걸어왔다.

"그래, 그래. 선철아, 누나한테 와."

예림이가 열심히 인형을 내밀었지만 선철이는 담 위에서 그 끝에 코를 대고서 냄새를 맡을 뿐이었다. 장원일이 조용히 옆에서 다가갔다. 선철이가 인형에 정신이 팔린 틈을 타서 잡아 챌 작정이었다. 소미와 임현정, 예림이 모두가 장원일의 시도에 긴장했다. 팽팽한 공기가 흘렀다. 예림이는 아예 인형을 담 위에 올려두었다. 더욱 가까이 온 선철이가 인형을 핥다가 야옹 울었다.

장원일이 표범처럼 날쌔게 담 위를 잡아챘다. 휘잉 하고 공기를 가르는 소리까지 들릴 만큼 재빠른 손짓이었으나, 그의 두툼한 손은 허공을 갈랐다. 고양이는 날쌔고 우아하게 풀쩍 뛰어 뒤로 물러났다. 허무한 헛스윙에 장원일은 민망하고 무안한 얼굴이 되었다.

심지어 선철이는 생선 인형을 문 채였다. 자그마한 생선 인형의 감촉이 만족스럽다는 듯 선철이는 그대로 몸을 돌려 높은 담 위로 돌아갔다. 그리고 발 앞쪽에 인형을 둔 채 만족스럽게 털을 골랐다. 인형은 이제 기울어진 햇빛 아래 새 것처럼 반짝거리며 빛났다. 네 명의 인간은 하릴없이 닭 쫓던 개처럼 선철이를 바라볼 수밖에 없었다.

"안 되겠다, 이건."

장원일이 머쓱하게 말했다. 예림이는 어깨를 늘어뜨렸고 소미도 한숨을 쉬었다. 하지만 임현정은 고개를 절레절레 흔들었다.

"애초에 우리 고양이도 아니었잖아, 예림아."

장원일은 의아함에 고개를 기울였다.

"예? 그게 무슨 말씀이시죠? 예림이는 키우던 고양이라고 했는데요."

"그런 거 아니에요. 길냥이인데, 동네에서 다들 예뻐해서 이 집 저 집 다 밥을 줬거든요. 아이들도 다 같이 귀여워하면서 놀았구요."

임현정은 한숨을 푹 쉬었다.

300

"그런데 이사하고 나니까 애가 고양이를 너무 그리워하더군요. 하지만 저희는 고양이를 키울 형편이 안 돼요. 시댁하고 합가했는데 사실 방도 모자라거든요."

"저런."

장원일은 그제야 이해할 수 있었다. 부모님은 고양이를 버린 게 아니지만, 아이는 함께 놀던 고양이를 그리워했다. 고양이는 사람 친구나 마찬가지였을 것이다. 예림이의 세상에 너무 갑자기 큰 구멍이 뚫려버려 그것을 메울 방법을 찾지 못한 것이었다. 그래서 혼자 이곳까지 내려오는 모험을 감행했다.

"어? 전예림? 야!"

그때 뒤에서 어린 여자아이의 목소리가 들려왔다. 예림이는 우울한 얼굴로 뒤를 돌아보다가 금세 밝아졌다.

"나비야! 이나비!"

예림이는 달려가서 비슷한 또래의 아이를 꽉 끌어안았다. 나비로 추정되는 그 아이는 예림이의 손을 잡고 함께 좋아하다가 눈을 동그랗게 떴다.

"예림아 너 이사 갔잖아! 어떻게 여기 있어?"

"나 선철이랑 너 보고 싶어서 왔어."

"어, 아주머니도 오셨네. 안녕하세요."

임현정을 발견한 나비가 예의 바르게 인사했다. 임현정은 눈에 띄게 생기를 찾은 딸을 보면서 작게 한숨을 내쉬었다. 예림이는 나비와 손을 잡고 선철이가 앉은 담 앞으로 달려가 손을 흔들었다. 선철이는 인형을 그대로 둔 채 다시 낮은 담으로 내려왔다. 아까보다 더 낮은 곳으로 내려온 선철이는 아이들이 등과 엉덩이를 마음껏 만지도록 가만히 앉아 있었다. 그러나 물론 어른들에 대한 경계는 조금도 놓지 않은 눈치였다.

어른의 사정에 따라 이사해야 하는 것이 현실이지만, 아이들의 사정도 따로 있다. 아이의 세상과 사정도 결코 간단하지 않다. 그동안 자란 세상이 통째로 뒤바뀌는 일이기 때문이다.

장원일은 사이좋은 아이들과 고양이를 멀찍이에서 보며 뒷짐을 지었다. 아까 헛손질했던 것이 민망했지만, 곧 머릿속에서 지웠다. 아이들이 무척 즐겁게 놀고 있었다.

임현정은 아이들에게 다가갔다. 혹시 고양이가 달아날까 봐 약간 거리를 둔 채 그녀는 미소를 지었다.

"예림아, 계속 나비랑 선철이랑 놀고 싶어?"

"네!"

예림이는 고개를 돌려 눈을 반짝이며 엄마를 바라보았다. 임현정은 생기 넘치는 딸의 얼굴을 바라보면서 어쩔 수 없다는 것을 알았다. 아이가 서울에 적응할 수 있도록 그곳에서 새 친구들을 사귀도록 이곳의 옛 친구들을 잊으라고 했다. 그래서 아이가 다 클 때까지는 이곳에 오지 않을 생각이었다. 그 이야기를 들은 예림이는 마음이 상해 속상한 채 여기까지 혼자 오는 모험을 감행했다. 재미있게 노는 딸의 모습을 보며 엄마는 가슴이 아팠다.

"엄마가 다른 건 약속 못 해. 하지만 한 달에 딱 한 번은 놀러올 수 있어. 그때 나비랑 다른 친구들도 만나서 선철이랑 노는 거야. 어때?"

"네! 좋아요!"

예림이는 기쁨에 함박웃음을 지었다.

"대신 서울에서 새 친구도 사귀어야 하고. 알겠지?"

"우음…… 네에."

아까보다 대답이 시원치 않았지만 어쨌든 아이는 납득했다. 나비가 옆에서 종알댔다.

"너 서울 친구 새로 사귀면 데리고 와. 같이 놀자. 선철이도 소개해 주고."

"좋지! 진짜 좋겠다."

아이들은 선철이의 궁둥이를 팡팡 두드려주면서 크게 웃었다. 장원일도 임현정도 어쩔 수 없다는 듯 웃었다.

소미는 가게에 우신 혼자 있는 게 자꾸 떠올라서 그들을 그대로 둔 채 뒤로 슬쩍 빠져 가게로 걸음을 옮겼다.

곰이 주머니에서 머리를 내밀었다.

"아까 그 고양이 말이야."

"선철이?"

"응. 걔가 그러더라. 보고 싶었지만, 자긴 여기서 살고 싶다고."

소미는 고개를 끄덕였다. 곰은 턱을 주머니 가장자리에 올린 채 계속 말했다.

"아까 그 생선 인형, 사실 선철이를 데리고 가고 싶다는 예림이 소망을 이루어 주고 싶었나 봐. 고양이가 가장 좋아하던 새 인형일 때로 모양이 바뀌었더라고. 하지만 선철이가 독립적인 고양이이니 할 수 없지."

항상 소원이 이루어지는 것은 아니다. 상대가 원하지 않는다면 별수 없다. 누군가의 소망을 다른 이가 원하지 않을 수도 있으니까. 그렇다면 겸허히 상대의 뜻을 존중해 한 걸음 물러나는 것이 좋은 일이다.

5

소미가 가게에 돌아와 한 시간여가 지난 후, 임현정이 예림이를 데리고 와서 인사했다.

"다음에 오면 꼭 들러. 간식 줄게."

우신이 웃으며 말했고 예림이도 씩씩하게 대답했다.

"네, 꼭 올게요!"

그런 후 아이는 눈을 돌려 장원일을 바라보았다.

"아저씨도 또 볼 수 있어요? 여기 오면 계시나요?"

"아냐, 아저씨는 집에 가야지. 아저씨 집은 저 멀리 남해 쪽이거든."

"여기 사시는 거 아니에요? 그럼 또 못 봐요?"

예림이는 서운한 표정이었다. 장원일은 귀여운 아이의 얼굴에 자기 아들의 어릴 적이 떠올랐다. 그는 미소를 지으며 예림이 앞에 쪼그려 앉았다.

"아저씨 전화번호 줄게. 나중에 예림이가 엄마랑 여기 올 때 전화해 줘. 아저씨도 시간 나면 올게."

"와, 감사합니다!"

아이는 무척 기뻐했고 아이의 엄마는 많은 이들에게 민폐를 끼치는 것 같은 기분에 몸 둘 바를 몰라 했다. 장원일은 괜찮다며 임현정을 안심시켰다. 도리어 아이의 활기찬 모습이 그의 기분도 끌어올렸다.

"감사했어요. 다음에 뵈어요."

임현정도 예림이의 손을 꼭 잡고 인사한 후 가게를 떠났다.

가게 안이 조용해졌다. 예림이의 뒷모습을 바라보던 장원일은 몸을 돌려 소미를 바라보았다. 아이가 떠났으니 본론에 들어가야 하는 타이밍이었다.

"이제 진짜 일에 대해서 얘기를 해야지?"

대답은 없었다. 우신은 소미를 보호하려는 듯 살짝 앞으로 나와 서 있었고, 소미는 그의 뒤에서 장원일을 바라보았다. 공기가 고요하고 팽팽했다. 예림이와 임현정이 있을 때와 마치 다른 공간처럼 느껴졌다.

장원일은 팔짱을 끼었다.

"네 집의 방화 사건, 결정적인 단서가 발견됐어."

순간 연소미가 긴장했다. 그녀는 까만 눈으로 장원일을 물끄러미 보고 있었다. 연소미가 사이코패스일지도 모른다는 장원일의 생각은 여전히 변함없었다. 가족들이 사망한 방화 사건을 마주하면서도 별다른 동요가 없는 스물한 살 여자. 지금도 연소미는 유리알 같은 눈으로 장원일을 바라보았다.

"그랬군요."

목소리도 침착했다. 형사 일을 하며 남의 표정을 읽는 데는 도가 텄지만 연소미의 얼굴은 도무지 읽을 수가 없었다. 희한한 일이었다.

"연소미 너, 나하고 경찰서 같이 좀 가야겠다."

Chapter 7

1

연소미가 살던 곳은 남해의 작은 마을이다. 태어난 곳은 경기도 부천의 어느 작은 병원이었으나, 이동이 잦은 엄마를 따라 전국을 떠돌다가 열 살쯤 외삼촌이 사는 남해에 정착했다.

엄마의 이동이 왜 잦았냐 하면, 음…… 일 때문이었다. 그리고 엄마의 직업은 범죄였다.

소미에게도 사기 피해자인 부모 밑에서 고통받는 친구들이 있었지만 소미는 그런 친구들에게 말 한마디 할 수 없었다. 소미의 엄마가 상습적인 사기꾼이기 때문이었다. 동네를 옮길 때마다 사기를 치고서 야밤에 도주하는 일이 계속되었다. 어떻게 애를 둘이나 데리고서 그런 짓을 계속했는지도 의문이었다.

"야, 너네 아빠가 일찍 죽지만 않았어도 엄마가 이렇게 살지는 않았어."

가끔 엄마는 술에 취한 채로 소미를 앉혀두고 말했다. 남동생 소언은 태어나고 3, 4년이 지난 뒤부터 쭉 청력이 안 좋아져 장애 등급을 받을 정도가 되었다. 엄마도 소언의 귀가 좋지 않다는 사실을 아주 잘 알았다. 하지만 그 애를 병원에 데리고 갈 생각은 하지 않았다. 돈 없어 남의 돈을 빌리고 그것 때문에 도망 다녀야 하는 처지에 무슨 병원이니, 주제넘게. 엄마는 언제나 그렇게 말했다. 그 말 어딘가에는 언제나 웃음기가 어려 있어서 소미는 그게 거짓이라고 생각했다. 소미의 생각은 일리가 있었다. 일단 '돈 없어 남의 돈을 빌리고'부터 거짓이기 때문이었다. 엄마는 언제나 그것을 꾼다고 표현했지만, 빌린 뒤 갚을 생각 없이 도망가는 건 그냥 사기였다. 애초에 빌릴 때부터 갚을 의도가 조금도 없었으니까.

소미가 열 살 때 엄마는 징역살이를 시작했다. 사실 그 전에도 감옥에 들어간 적이 몇 번 있다고 했다. 소미가 태어나기 전, 혹은 소미가 기억하기 전의 이야기다. 모두 삼촌으로부터 전해들은 바였다. 삼촌도 모르고 소미도 모르는 아빠가 죽고 난 후 한 번, 처녀 시절에 두 번. 그리고 사기와 도박에 연루되어 소미가 열 살 시절에 다시 징역을 살았고 나온 뒤에도 계속 감방을 들락거렸다. 소미가 열아홉이 되던 때에 시작된 옥살이는 상당히 큰 사건과 관련이 있어 엄마는 3년의 징역을 선고받았다.

삼촌은 엄마의 동생이었다. 그러니까 외삼촌이 정확한 호칭이지만 어차피 소미네한테 친가는 존재하지 않아서 그냥 삼촌이라고 했다.

삼촌은 엄마의 첫 번째 피해자라고 했다. 어린 시절 엄마는 어린 삼촌에게서 군것질용 쫀드기를 뺏어 먹은 뒤 그 값이라며 돌멩이를 하나씩 줬다. 그 돌멩이 하나가 백 원의 값어치가 있다고 삼촌을 꼬드기면서. 그래서 어린 시절 삼촌은 언제나 군것질을 누나에게 주었고, 수백 개의 돌멩이를 모으게 되었다. 학교에 들어가기 전 자기가 장난감을 살 수 있다며 외할머니에게 자랑스럽게 모아놓은 돌멩이를 보여주었을 때, 엄마는 정말 등에서 불이 나도록 두들겨 맞았다고 했다.

엄마는 그 기억을 떠올리면서 언제나 삼촌이 호구라며 웃어댔다. 바로 면전에 있으면서도 입만 내밀고 아무런 대거리를 못하는 삼촌은 정말로 호구였다. 엄마는 그런 삼촌에게서 틈만 나면 이런저런 것을 빼앗아 갔다. 그러더니 결국 열 살의 소미와 그 아래 소언을 아예 맡겨버린 것이었다.

그리고 삼촌은 엄마를 포함한 모두에게 오지랖이 넓은 호구였으나, 소미와 소언에게는 아니었다. 기분이 좋을 때는 쓸데없는 과자더미를 사 와서 안겨주기도 했지만 보통은 상당히 인색했다. 삼촌은 노가다를 뛰었는데, 일을 쉬는 날에도 언제나 나가서 술을 마셨기 때문에 소미는 항상 집안일을 도맡아 해야 했다. 소언은 자라나면서 덩치가 커졌고 청력 장애를 이유로 학교에도 잘 나가지 않으려 했다. 집안에서 뒹구는 덩치 큰 동생에게 소미는 삼시 세끼를 차려주었다. 삼촌은 '네 어미의 죄를 대신해서 네가 응당 그래야 하기 때문'이라고 했다. 엄마의 죄를 갚으려면 사기 피해자들에게 갚아야 하는데, 왜 그게 삼촌과 동생에게로 연결되는지 알 수 없었다.

그래서 실은 성인이 되기를 손꼽아 기다렸다. 돈을 벌어 독립하고 싶었기 때문이었다. 하지만 독립할 만큼 돈을 벌고 모으기란 정말 쉽지 않은 일이었다. 삼촌은 소미에게 계속해서 아르바이트 월급을 요구했고, 가끔 사장에게서 직접 월급을 가져가기도 했다. 이 동네는 다들 오랜 토박이들이라 삼촌과 친했고 사장 역시 마찬가지였다.

"네 삼촌이 얼마나 좋은 사람인데, 너도 사람이면 은혜 갚을 생각을 해야지."

사장에게 월급을 내주지 말라고 해도 돌아오는 말은 저런 것이었기에 도무지 독립이 불가능한 상황이었다. 소미는 그럴 때마다 맥주한 캔을 들고 뒷산으로 들어가서 홀짝홀짝 마셨다.

하지만 안 좋은 이야기를 한꺼번에 나열해서 삼촌이 나빠 보일 뿐이다. 사실 삼촌과 동생은 그리 나쁜 사람들은 아니었다. 적당히 귀찮고 적당히 성가신 사람들이었다. 월급을 가져간 날이면 삼촌은 미안한 기색으로 소미에게 사과했다. '너도 알다시피 삼촌 빚이 좀 있어서 말이다', '나중에 내가 꼭 갚으마', '석 달 후에는 진짜 큰 현장 가서 돈 많이 받고 일할 테니 염려하지 마라' 등등. 가끔 돈을 제대로 번 달에는 소미에게 필요한 옷이나 문구를 잔뜩 사 들고 와서 건넬 때도 있었다. '네가 고생이 많다'라며 삼촌이 웃고는 했다. 동생도 소미의 눈치를 보다가 제육볶음이나 삼겹살 구이 같은 고기 요리를 해주면 고맙다며 허겁지겁 먹어치웠다.

그들은 신경에 거슬리는 면이 있을지언정 언제나 소미에게 못되게 군 사람들이 아니었다. 적어도 소미의 기억 안에서는 그랬다. 그래서 그녀는 자신이 방화를 저질렀을지도 모른다는 장원일의 의심에 매우 놀랐다. 굳이 그들을 살해할 이유가 없기 때문이었다.

또한 그 두 사람이 죽은 뒤 흔들림이 없는 스스로에게도 꽤 놀랐다. 가족이 둘이나 끔찍하게 죽었으니, 심지어 술에 취한 소미가 뒷산에서 쿨쿨 자는 사이에 그런 일이 일어났으니 최소한 죄책감이나 그리움은 있어야 했다. 아주 조금이라도. 하지만 소미에게는 그런 것이 아예 없었다. 그저 날아갈 듯한 가벼움만이 존재했다.

왜일까?

남해경찰서로 가는 택시 안에서 소미는 이마를 차창에 대고 곰곰이 생각했다. 차창이 차가웠다. 지금까지 수백 번도 더 고민해 본 일이었지만 결론은 한 가지였다. 절대 알 수가 없다. 그녀의 기억 속에서 삼촌과 동생이 죽을 만했다라고 생각할 법한 일은 찾을 수 없었다. 하지만 소미는 그들의 죽음이 시원했다.

소미가 정말 엄마를 닮아 못된 기질이 있는 걸까? 그래서 짐만 되던 두 사람이 사라진 게 좋은 걸까?

"다 왔다."

장원일은 택시 기사에게 요금을 내고 내렸다. 소미는 경찰서 앞에

서서 가만히 거대한 건물을 올려다보았다. 이사 가기 전 화재 사건 때문에 몇 번 들락거렸지만 꽤 오랜만이었다. 장원일은 그녀를 툭 치면서 말했다.

"이번에는 마음 편하게 가도 돼. 진범도 잡혔겠다, 그냥 참고인 조사일 뿐이니까."

소미는 고개를 끄덕이고서 장원일의 뒤를 따라갔다.

장원일이 전해준 소식은 뜻밖이었다. 방화한 진범이 잡혔다는 거였다. 그날 화재가 시작되기 직전 소미의 집 앞을 지나간 차량을 찾아낼 수 있었고, 그 차의 블랙박스에는 성냥을 켜고 있는 한 중년 남자의 모습이 녹화되어 있었다. 인상착의를 분석하고 탐문 수사를 벌인 결과 그는 엄마의 사기 피해자였다. 사기꾼의 자식들이 호의호식하며 산다고 원한에 차서 불을 질렀다고 자백했단다.

간신히 목숨줄만 붙어 있지 딱히 호의호식한 건 아니었는데, 하고 소미가 중얼거렸다. 하지만 그 남자도 이해는 갔다. 소미도 엄마를 다시 만나고 싶지 않을 정도로 싫어했기 때문이었다.

참고인 조사는 간단했다. 그간 소미가 해온 이야기도 있었기 때문에 장원일은 질문 몇 가지만 던지고 사인을 받고 끝냈다. 오랫동안 잡고서 늑장을 부리던 사건이 끝나서 장원일은 좀 섭섭했다. 장거리를 마음대로 나다니며 수사 핑계를 댈 수 있는 좋은 시간이었다.

"음, 이 말은 해야 할 것 같아서 말이야."

"네?"

경찰서 문을 나서려는 소미에게 장원일이 말을 건넸다. 돌아선 소미는 고개를 갸웃했다.

"미안했어. 소미 학생을 괜히 용의자로 의심했던 거."

"아니에요. 그게 형사님 일이잖아요."

장원일이 손을 내밀었고 소미가 맞잡았다. 사실 소미가 생각해도 본인이 수상하긴 했다. 지금까지도 불이 나던 때의 기억은 돌아오지 않고 있었으니까.

"하나만 물어보자."

장원일은 궁금한 얼굴이었다.

"너희 삼촌하고 동생, 어떤 사람들이었니? 이 사건에서 살아남았다면 무슨 말을 했을까?"

"음······."

소미는 고개를 갸웃했다.

"삼촌하고 동생 둘 다 그냥 보통 사람이었어요. 삼촌은 주변 사람들한테 마음을 넓게 썼고, 동생은······ 고기 음식을 좋아했구요."

"동생은 말이 어눌했니?"

"네, 청각장애가 있어서요. 그래도 의사소통은 다 됐어요."

"그랬구나. 어쩌면 많은 이야기를 해줬을지도 모르겠네."

"글쎄······ 저랑 대화가 많은 편은 아니었지만 괜찮은 사람들이었어요. 적어도 제가 기억하는 한은요."

"그래. 안타까운 일이다."

장원일은 어딘가 슬픈 표정이 되었다. 하지만 소미는 장원일의 그 표정마저도 공감이 되지 않았다. 왜 그들의 죽음이 슬퍼야 하지? 머릿속 저 깊은 곳에서 목소리가 외쳤다. 기억하지 마. 하지만 슬퍼하지도 마.

장원일은 물끄러미 소미의 얼굴을 마주 보다가 한숨을 푹 내쉬었다.

"그런 표정으로 쳐다보면 쓸데없는 의심을 받게 돼."

"네?"

"소미 학생이 평소엔 안 그런데 가족 이야기만 나오면 다림질이라도 한 것처럼 무표정이 되거든. 정신적으로 문제가 있나 싶을 만큼."

"제가요? 그래요?"

여태까지 알지 못했다. 소미는 조금 놀라서 얼굴 근육을 움직여 보았다. 자기 얼굴을 슬며시 만지작대는 소미를 보면서 장원일은 고개를 저었다.

"공감 능력을 좀 길러. 사람들 눈도 좀 신경 쓰고. 만약 이번에 진범이 잡히지 않았다면 곤욕을 치렀을지도 몰라."

소미는 고개를 끄덕였다. 이런 이야기를 해줄 사람도 장원일 형사 정도일 것이다. 죽은 사람들의 이야기를 할 때 이렇게나 표정이 사라진 줄은 사실 소미 본인도 알지 못했다. 그녀는 조금 더 적극적으로 슬픔과 조의를 표해야겠다고 다짐했다.

"그럼 다음에 또 뵐게요. 예림이 보러 오시면 저희 가게에도 오세요."

"그래. 다음에 가면 나도 마실 것 좀 줘라."

"네?"

"아냐, 잘 올라가라. 조심하고."

어리둥절한 채 소미는 작별인사를 하고 경찰서를 나왔다. 이제 모든 일이 다 마무리되었다는 깨달음이 엄습했다. 오랜 시간 내려오느라 이미 오후였지만 가을의 햇살은 맑았다. 가슴 깊이 해방감이 들어찼다. 소미는 찬 공기를 갈비뼈가 벌어지도록 흠뻑 들이마셨다.

"진짜 끝이네."

이제 올라가서 작지만 편안한 원룸으로 들어가면 된다. 옆집 아저씨가 또 노래를 불러 시끄럽겠지만, 지희를 불러다가 같이 간식을 먹으며 TV를 볼까 싶었다. 아니면 우신이나 민호에게 같이 저녁을 먹자고 해도 된다. 주인 할머니한테 상추를 조금 나눠달라고 부탁해 볼까. 다다음주 쯤에는 예림이가 내려올지도 몰랐다. 동물병원 최 선생님과 철웅이도 보드게임 하러 언제든 오라고 전했다. 연우도 가끔 내려오니까 주말에 얼굴을 볼 수 있을지 모른다.

새삼스럽게 과거를 돌아보는 것은 의미가 없는 듯 느껴졌다. 발목에 엉겨붙었던 불행은 전부 떼어내고 소박한 현실을 맞이하는 것. 그것이 소미가 나아갈 길이었다. 그녀는 미소를 지으며 택시를 잡으려고 발걸음을 재촉했다.

삼촌과 동생의 생각을 하는 것은 마지막이다. 적어도 이 고장에서는 그들을 애도하다가 떠나려고 했다. 소미의 기억 속에서 그들은 나쁘지 않은, 어쩌면 좋은 사람들이었기 때문이었다.

어쨌든 소미가 기억하는 한도 내에서 말이다.

2

곰은 또다시 우신에게 진료를 보고 있었다. 우신은 곰의 털색이 많이 바랬다는 사실을 알아차렸다. 게다가 입을 다물고 있는 모습이 어딘가 지쳐 보였다.

"너, 아무래도 겨울잠 자야겠는데. 힘을 너무 많이 쓴 거 아냐?"

우신은 농담에 진담을 섞어서 말했다. 곰은 축 처진 모습으로 고개를 들어 우신을 바라보았다.

"그렇겠지?"

"음, 네가 더 잘 알겠지. 지금 쉬어야 한다는 거."

"맞아. 그래야 소미랑 좀 더 오래 있을 수 있지. 좀 무리하긴 했어."

곰은 고개를 끄덕거렸다. 그 사이에 또다시 실밥이 터진 곰의 등을 보고서 우신은 섬세한 손길로 꿰맨 뒤 실밥을 잘라주었다. 곰은 가만히 등을 우신에게 맡기고서 유리문 밖을 바라보았다. 가을이 깊어지고 있었다.

"네 친구는 좀 어때?"

곰이 묻자 우신은 말없이 수선 도구를 정리했다. 곰은 그가 도구와 더불어 마음을 정리할 때까지 기다렸다.

"때가 거의 다 됐어."

"생각보다 빠르네."

"음. 본인이 그만큼 강력하게 원했나 봐. 잊히는 걸."

우신조차도 요즘 민호의 이름을 깜박 잊을 때가 있었다. 민호가 3층에 올라가 있으면 민호와 더불어서 3층의 존재 자체를 잊어버렸다. 우신은 민호를 그렇게 잊히게 두고 싶지 않았다. 하지만 별수 없었다. 민호 본인의 뜻이었으므로.

"아픈 과거를 끌어안고 함께 잊히는 것도 개 선택이니까."

우신이 중얼거렸다.

서민호가 운전하던 차가 교통사고로 전복되어 반파되던 날, 그 옆자리에는 서민지가 타고 있었다. 영혼을 나눈 것 같았던 쌍둥이는 그날 생과 사로 갈라서야 했다. 죽음으로 떠난 쪽은 서민지였다.

사고 이후 혼수상태였다가 깨어난 서민호는 세상에서 잊히기를 바랐다.

"하필 민호가 고집을 부려서 촬영장 구경시켜 주겠다고 가던 참이었지. 민지는 피곤해서 자고 싶다고 했는데."

군대에서 제대한 후 서민호는 조연 배우로 데뷔했다. 그는 멀리서라도 촬영장을 보며 서민지에게 졸랐다. 자신과 똑 닮은 서민지가 그의 일터를 구경하면 재미있을 거라는, 아이처럼 순진한 욕심 때문이었다. 민지는 피곤해서 좀 쉬겠다고 했지만 민호가 입을 내밀고 토라지는 바람에 결국 그의 차에 올랐다.

문경으로 향하는 고속도로, 그날따라 날이 좋았다. 눈부시게 빛나는 햇살 아래에서 두 남매는 재잘대고 떠들며 달려 나갔다. 민호는 꿈에 부풀어 있었다. 이번 조연을 성공적으로 해내고 나면 주연도 머지않을 거라고 자신했다. 민지 역시도 민호의 능력에 아무런 의심이 없었다. 그녀의 쌍둥이 형제는 누구보다 빛나는 미래가 잘 어울리는 사람이었으니까. 그는 언제나 세상에서 가장 환한 빛을 내며 타오르는 사람이었다. 마치 태양과도 같은.

그러나 다음 순간, 중앙선을 침범한 화물차가 덮쳐왔다.

민호는 기적적으로 살아남았지만 민지는 즉사했다. 민호는 그 이후 배우를 그만두고 이 도시로 내려와 우신과 함께 이 건물에서 장난감 가게를 열었다.

왜냐하면…….

"걔는 이 건물이 자기 염원을 이루어 줄 거라는 사실을 언제 안 거야?"

곰의 물음에 우신은 미간을 문질렀다.

"항상 알고 있었어. 감응력이 좋은 애잖아. 어린 시절부터 이 건물이 계속 원하는 걸 말하라고 속삭였대. 나도 웅웅대는 소리는 들었지만 목소리는 듣지 못했거든."

하지만 그래서 우신은 민호와 민지의 교통사고에 뼈아픈 죄책감을 갖고 있었다. 그가 이 건물 안에 머물며 중얼거렸던 말, '내가 민호나 민지의 유일한 존재였다면 좋았을 텐데'라는 염원. 그것이 이상한 방식으로 이루어져 버린 게 아닐까 싶었다.

그리고 이 가게를 열며 서민호는 '세상에서 완전히 잊히는 것'을 바랐다.

곰은 카운터에 앉은 채로 유리문 밖을 말없이 바라보았다. 좀 더 기다리면 소미가 돌아올 시간이었다.

3

삼촌의 생명보험금은 상당히 액수가 컸다. 소미는 핸드폰을 들고서 눈을 크게 뜬 채 입을 가렸다. 계좌에 뜬 금액은 아무리 봐도 놀라웠다. 카운터에 있던 우신이 혀를 찼다.

"입에 파리 들어가겠다 아주."

소미는 합 하고 입을 다물었다. 주머니에 있던 곰도 끌끌댔다. 조금 얄미워서 소미는 곰의 동그란 이마에 뽀뽀를 꾹 눌렀고, 곰이 항의의 외마디 소리를 냈다.

"제대로 들어왔어?"

"네, 제가 상상도 못 하던 금액이네요."

"잘됐다. 남이 못 가져가게 조심해."

"그러려고요."

사실 소미가 조심해야 하는 건 남이 아니다. 가장 큰 걱정거리는 다름 아닌 엄마였다. 수없이 사기를 치고 다닌 엄마는 자식이라고 등을 안 처먹을 리가 없는 인간이었다. 하나뿐인 동생의 생명보험금까지도 자기 자식에게 수령하게 했다. 그게 자식 잘되라고 했을 리도 없으니 본인이 나와서 소미를 구슬려 그 돈을 갈취할 생각이었을 것이다.

소미는 셈을 해보았다. 그러다가 그녀는 화들짝 놀라 핸드폰의 캘린더를 들여다보았다. 소미의 열아홉 살 겨울로부터 3년, 엄마의 출소일이 다가오고 있었다. 대략 반 년 뒤면 엄마가 나올 것이다.

최대한 얼굴을 마주치지 않고 싶었다. 어디로라도 피해 있고 싶은 마음이 컸다. 소미가 고민을 이야기하자 우신은 간단하게 해결책을 내놨다.

"그럼 너, 해외여행 가면 되겠다."

"해외여행이요?"

"응. 워킹 홀리데이도 있고 이것저것 있으니까 그걸 알아봐도 되고. 아니면 돈 받은 거 있으니 쉬면서 다녀와도 되고."

"아……."

혼자서는 차마 해보지 못한 생각이었다. 고졸이어도 갈 수 있나 걱정이 되었지만 우신은 일단 알아보라며 등을 떠밀었다.

한번 흥미를 가지기 시작하자 일은 급물살을 탔다. 소미는 워킹 홀리데이라는 제도 자체를 처음 알았지만, 해외에서 일하고 생활하며 이곳저곳 구경도 할 수 있다는 것에 끌렸다. 영어는 고등학교 때 좋아했던 과목이니 공부를 열심히 할 자신도 있었다.

결국 소미는 넉 달 뒤, 호주로 출국하게 되었다. 지희는 같이 가고 싶은 마음을 숨기지 못하며 소미를 부러워했다.

"그런데 왜 호주로 정했어?"

"예전에 말했었잖아."

소미는 환하게 웃었다.

"나 꼭 쿼카를 만나서 인사하고 올 거야. 그리고 우리 곰이가 더 예쁘다고 말해줘야지."

곰은 어처구니없다는 듯이 이마를 쳤다.

"그걸 왜 쿼카한테 말해? 그보다 걔가 알아듣기는 해?"

"쿼카도 귀엽고 너도 귀엽지만 내가 사랑하는 건 너라는 사실을 알리겠다는 거지!"

소미는 곰을 꼭 끌어안았다. 곰은 기가 막힌다는 듯 콧소리를 냈지만 소미를 마주 끌어안았다. 곰의 작은 손이 꼼지락거리며 소미의 손가락을 토닥거렸다. 소미는 섭섭하고 아쉬운 마음을 털어놓았다.

"같이 가면 좋을 텐데. 진짜 아쉽다."

"난 좀 쉬어야 하니까."

"내 첫 해외 출국을 곰이 너랑 같이 할 수 없다니 정말 상상도 못했어."

곰은 이번 여행에 함께하지 못한다. 우신은 최소한 1년 이상 곰이
잠을 자야 한다고 진단을 내렸다. 그동안 곰은 지나치게 활동을 많이
해서 내구성이 저하되어 있었다. 이대로라면 수명이 다할 수 있기 때
문에 물건들을 품어주는 이 가게에서 잠을 자야 한다고 했다.

"이를테면 겨울잠인 거지. 진짜 곰처럼."

우신은 빙그레 웃었다. 그저 자기만 하면 된다는 말에도 소미의
얼굴에서는 걱정이 지워지지 않았다. 곰은 의젓하게 소미를 위로
했다.

"걱정하지 마. 너 그렇게 찡그리고 쿼카 만날 거야?"

"그래도 내가 어떻게 걱정을 안 해. 네가 아픈 건데."

"아픈 거 아니라고. 그냥 지쳐서 쉬면 되는 거라니까?"

곰이 양손을 저으며 화내듯 말했지만 소미도 당연히 알 수 있었
다. 어지간한 일이 아니라면 곰이 먼저 소미에게서 떨어져 있겠다는
말을 꺼낼 리가 없었다. 처음 만난 이후 언제 어디서든 둘은 한 몸처
럼 붙어 다녔으니까.

우신이 소미의 어깨를 두드렸다.

"괜찮아. 내가 곰이를 돌볼 테니까 너무 염려하지 않아도 돼."

"정말 잘 부탁드려요, 사장님."

"난 그냥 자기만 하면 된다니까? 저런 녀석한테 부탁할 것도 없
다고."

곰이 투덜댔지만 소미는 그저 곰의 머리를 쓰다듬을 뿐이었다. 곰이 잘 회복할 수만 있다면 무엇이든 할 수 있었다. 지금은 소미 없이 곰 혼자만의 시간이 필요하다고 하니까 당연히 그렇게 해줄 생각이었다.

그녀는 곰을 꼭 쥐고 이마를 댔다. 소미는 곰 없이 처음으로 혼자 생활해야 하는 1년이 너무도 불안했지만, 그래도 곰이 나을 수 있다면 얼마든지 견뎌낼 수 있었다. 고개를 든 소미는 밝은 얼굴이었다. 걱정한다고 해서 해결될 일은 아무것도 없다.

"다녀올게. 그때는 건강해져 있어야 해, 곰."

"너나 조심해서 다녀와."

곰은 끝까지 심통맞게 종알댔다. 소미는 곰의 머리통에 뽀뽀를 남기고서 가게 유리문을 열고 나갔다. 가벼운 백팩과 캐리어. 짐은 그녀의 현재처럼 날아갈 듯 가뿐했다.

곰은 하늘을 배경으로 날아갈 소미의 비행기를 머릿속으로 그려보았다. 같이 갈 수 있다면 더할 나위 없었을 텐데. 하지만 곰은 그래도 웃을 수 있었다.

"좋아 보이지?"

"음, 아주."

우신은 미소를 지었다. 소미의 뒷모습에서, 그의 뇌리에 간신히 남아 있던 민호에 대한 그리움이 마지막으로 불꽃을 일으켰다. 그는 이제 흐릿해진 서민호를 떠올리며 천장을 바라보았다. 곧 완전히 잊어 그리워할 수도 없을 친구를 향한 시선이었다.

4

그리고 이것은, 숨겨진 이야기.

2013년, 열 살의 연소미와 일곱 살의 연소언은 외삼촌 고천호와 남해의 한 마을에서 살기 시작했다. 당시 고천호의 경제 사정은 나쁘지 않았지만 누나 고예희가 멋대로 맡긴 아이들에 대한 반감은 상당했다.

어린 나이의 아이들은 고천호가 소리를 지르면 방구석에서 벌벌 떨었다. 당시만 해도 아직 고천호의 소유였던 비닐하우스 밭에서 작은 손으로 잡초를 뽑아야 했고, 손을 데어가며 밥을 지었다. 어린 시절 두 아이는 동등하게 일했다. 고천호는 아이들이 말을 잘 들으면 밥을 주었고 그렇지 않으면 굶겼다. 매질도 심하게 했다. 연소미는 지금 기억하지 못하지만, 등에서 피가 날 정도로 매를 맞기도 했다. 어린 시절에는 몸 전체가 푸른 멍으로 뒤덮여 있었다.

1년이 채 지나지 않아 몸의 멍에 대해 학교 선생님에게 추궁당한 뒤로 고천호는 때리는 것을 멈췄다. 그리고 연소언은 부쩍 덩치가 커지면서 고천호가 부당한 요구를 하거나 때리려 들면 도리어 덤벼들었다. 고천호는 더 이상 10대 중반에 접어든 연소언을 통제할 수 없었다. 그가 통제할 수 있었던 것은 가여운 연소미 하나뿐이었다.

고천호의 알코올 중독과 도박 중독이 심해지면서 가세는 빠르게 기울었다. 농사를 접고 일자리를 구했지만 곧 직장에서도 해고되어 노가다를 뛰기 시작했고, 그나마도 자리가 없어 자주 나가지 못했다. 고천호는 여자를 사러 방석집에 다녔지만 빈털터리라 갈 수 없을 때가 많았다. 알코올, 도박, 여자. 셋 모두 고천호가 충분히 충족시킬 수 없는 욕구였다. 그리고 최악의 인간만이 이 셋에 공통적으로 걸려들며, 그 최악의 인간은 세 욕구를 충족시키기 위해 무엇이든 할 수 있었다.

불행의 전초를 읽었는가?

알코올은 남들에게 빌어먹었고 도박은 빚을 지며 했다. 여자도 빚을 내서 사려 했으나 도박이 먼저였다. 그렇다고 여자에 대한 욕구를 그냥 누를 수도 없었다. 뇌도 심장도 없이 하반신만 있는 인간이기 때문이었다. 맞다. 고천호는 10대 중반인 연소미를 성폭행했다.

끔찍한 일이다. 그러나 동생인 연소언은 연소미를 도와주지 않고 그 광경을 밤 내내 지켜보고 있었다. 연소미도 동생이 보기만 하고 있다는 사실을 알았다. 자신의 불리함은 덩치로 밀어붙이며 삼촌을 제압했던 동생, 충분히 커다랗고 힘이 센 동생. 하지만 그는 뚫어져라 지켜보기만 했다. 그리고 연소언은 며칠 뒤, 연소미의 치마 안에 손을 집어넣었다.

불행을 깊이 설명해서 무엇할까. 게다가 이미 둘 다 뒈져버렸는데.

불이 났던 날 밤, 연소미는 정말로 아무것도 하지 않았다. 그녀는 술에 약간 취한 채 버스 정류장에서 내려 집으로 걸어왔다. 집에 가기 싫어 걸음이 느려졌고 수풀이 우거진 쪽에 몸을 숨겼다. 고천호와 연소언이 있는 집에는 죽어도 가기 싫었다.

그때 어떤 남자가 집 앞에서 성냥불을 켜는 것을 보았다. 건조하기 이를 데 없는 봄이었고 그곳에는 짚이 잔뜩 쌓여 있었다. 남자는 불이 붙은 짚을 일부러 나무 기둥에 문지르기까지 했다.

연소미는 아무것도 하지 않았다. 당장 핸드폰을 들어 소방서에 전화하지 않았고 소리를 질러서 집 안 사람들에게 경고하지도 않았다. 그녀는 그저 그것을 빤히 바라보다가 뒷산 깊은 곳으로 걸어 들어갔다. 집 앞에서 불이 번져 화마가 집과 그 두 개자식을 집어삼키는 것을 지켜보았다.

밤하늘 아래 천국의 광휘와도 같은 시뻘건 불꽃이 춤을 추었다. 새카만 연기가 성스럽게 무너지는 집을 감쌌다. 작은 집 안에서 몸에 불이 붙은 두 인간의 비명이 한참이나 울렸다. 하지만 너무 낡은 집은 불을 견디지 못해 순식간에 무너졌고 둘은 거기에 깔려 죽었다. 고천호가 먼저, 연소언이 그 뒤를 따랐다. 연소미는 그것을 지켜보다가 가볍게 박수를 쳤다. 한참이나 구경하다가 지겨워져서 모로 누워 눈을 감았다. 고른 잠이 찾아왔다.

나는 나의 주인이었던 연소미의 소원에 따라 이 기억을 그녀에게서 흡수했다. 연소미가 당한 불행의 기억도 마찬가지였다. 아, 하지만 오해는 마시길. 내가 흡수한 것은 고철호와 연소언이 연소미에게 행한 불행한 일에 대한 기억뿐이었다. 연소미에게 죄책감이나 그리움은 원래 없었다. 당연하지. 그런 개자식들의 죽음에서 당신은 어떤 죄책감과 그리움을 느낄 수 있겠는가?

그녀의 소원은 간단했다.

'과거를 끊어내고 앞으로 나아가는 것.'

나는 그것을 이루어 주기 위해 온 힘을 다했고, 이루어 냈다. 겨울잠을 자고 나면 완벽하게 과거와 이별하여 찬란한 앞날을 맞이한 연소미가 1년 뒤의 미래에서 나를 환하게 맞아줄 것이다.

Epilogue

"곰, 곰."

잠든 귓가로 조심스러운 목소리가 들려왔다. 곰은 천천히 의식이 부유하듯이 떠오르는 것을 느꼈다. 손을 들어 눈가를 문지르자 익숙한 목소리가 기쁨에 차서 인사했다.

"잘 잤어? 세상에, 곰. 보고 싶었어."

"움…… 돌아왔구나."

곰은 눈을 깜박였다. 눈앞에 있는 연소미는 햇빛의 사랑을 받아 짙어진 피부와 반짝이는 눈동자를 하고 있었다. 삶의 기쁨이 그녀의 전신을 감싸고 있어 곰은 눈을 뜨자마자 즐거워졌다.

"보고 싶었어, 곰. 정말로."

소미는 조심스럽게 곰을 들어 올려 품에 안았다. 우신이 마련해 준 곰의 잠자리는 작은 상자였다. 거기에 푹신한 쿠션을 가득 깔고 이불을 덮어서 불편함 없이 자게 해주었다. 우신이 장마 동안에는 습기 때문에 위험하다며 건조제까지 넣어줬는데, 곰은 필요 없다며 빽

소리를 질렀지만 그 덕분에 쾌적하게 잤다는 사실을 인정할 수밖에 없었다.

무려 1년 만이었다. 곰은 소미에게 붙어서 자신의 인간과 드디어 만났다는 사실을 만끽했다. 소미는 호주 생활이 잘 맞는지 무척 쾌활해져 있었다. 꿈속에서도 자나 깨나 걱정이던 곰은 안도의 한숨을 내쉬었다.

"나 없이 1년 동안 즐거웠나 보네. 잔소리꾼 없으니 아주 자유로웠지?"

곰의 심술궂은 말에 소미가 깔깔 웃었다. 그녀는 그리웠던 곰의 폭신한 촉감을 손바닥과 뺨으로 마음껏 즐겼다.

"난 쪼끄만 잔소리꾼이 너무 보고 싶었는걸."

소미는 입술을 곰의 동그란 머리통에 댔다. 곰의 달콤한 냄새와 소미의 호흡이 섞였다. 그녀는 너무 오랜만에 맡는 곰의 냄새에 심신이 안정되는 것을 느꼈다. 호주에서 거의 완벽한 생활을 누렸지만, 너무 크게 비었던 조각 하나가 마침내 맞춰졌다. 곰은 그녀를 완성하는 마지막 요소였다.

"얼굴 좋아 보이네. 적응 잘하고 있나 보구나?"

우신이 웃으면서 물었다. 소미는 빙긋 마주 웃었다.

"생각보다 제가 그쪽 체질인 모양이더라고요. 너무 환하고 밝고 여유로워요. 거기서 영영 살아도 괜찮을 거 같아요."

"근데 왜 벌써 들어왔어?"

"워홀로 돈을 열심히 모았거든요. 이제 일 안 하고 몇 달 여행을 할까 하는데, 우리 곰이가 눈에 밟혀서 말이에요. 딱 1년이잖아요."

소미는 곰의 이마에 입을 맞췄다.

"내가 쿼카한테 네 얘기도 했거든? 알아듣는 거 같더라. 네가 더 귀엽다고 하니까 얼른 멀어지더라고."

"진짜로 했어?"

"당연하지. 걔네도 진짜 귀여워. 근데 나는 역시 곰이 네가 비교할 수 없이 좋아."

소미는 눈을 감고 오랜 친구의 존재를 손바닥으로 느꼈다. 곰 역시 고개를 소미의 손에 파묻었다. 우신은 고개를 갸우뚱했다.

"그럼 다시 나가려고?"

"네. 자금은 있으니까 호주 몇 달 돌아보고, 여기저기 세상 구경하며 여행을 해보려구요."

"야, 너 정말 그사이에 어른 된 거 같다."

"뭔가를 저 혼자서 계획하고 해결해 나가니까 좀 나아진 거 같아요. 가만히 앉아 있어서는 아무것도 안 된다는 생각을 하게 되더라고요."

"그래, 그래. 정말 잘됐다."

우신은 미소를 지었다. 곰은 자랑스럽게 생각했다. 역시 내 인간이다, 라고.

"이번에는 곰하고 같이 여행갈 거예요. 세계 여러 나라, 아주 멀리로요."

"흠, 나하고 같이?"

"응. 너 이제 몸은 괜찮은 거지?"

갑자기 소미는 걱정스러운 기색으로 우신과 곰을 번갈아 보았다. 우신은 웃으며 고개를 끄덕였다.

"그래, 곰이 이제는 튼튼해. 몇 년은 같이 마음대로 다녀도 될 거다. 다만 어디 아프면 꼭 오고."

"네, 물론이에요. 곰아, 첫 여행으로는 호주에 가자."

"호주? 쿼카 보러?"

"응. 세상에서 가장 행복한 동물 쿼카."

소미는 활짝 웃었다. 웃음이 많아진 게 꼭 본인이 쿼카 같다. 곰 역시 '세상에서 가장 행복한'이라는 타이틀이 매우 마음에 들었다. 결국 소미를 행복하게 만들기 위해 그 시간들이 지났던 것 아닌가.

"그래, 이번에는 같이 가자."

곰은 웃으며 답했다.

그녀가 왔다는 소식을 들었는지 소미의 핸드폰이 울렸다. 지희의 전화였다. 핸드폰 벨소리가 요즘 한국에서 유행하는 노래라는 사실을 깨닫고 우신이 콧노래로 흥얼거렸다. 김현주라는 인디 뮤지션이 부르는 노래였는데 조용하고 평화로운 기타 연주가 인상적인 곡이었다. 다정한 바다와 외로운 섬, 서로를 벗 삼아 살아가는 이들에 대한 가사라 지금의 소미와 잘 어울렸다.

소미가 지희와의 통화를 마치고 전화를 끊자 우신이 말했다.

"지희는 다음 달부터 여기서 일하기로 했어."

"어머나, 잘됐어요. 지희 활발하니까 알바도 잘할 거예요."

"응. 너 없어서 외롭다고 얼마나 한탄하던지."

"그런 거 치고는 지금도 굉장히 기운 넘치게 수다를 떠는데요?"

소미는 미소를 지었다.

"김성자 여사님도 지희도 네가 없으니까 원룸 건물이 허전하대. 나중에 인사도 드리고."

"물론이에요. 사장님도 저 여행하는 사이에 어디 가시면 안 돼요."

"내가 어딜 가겠니."

우신이 어이없다는 듯 웃었다. 소미는 오랜 시간의 여행을 마치고 한국에 오면 다시 이 도시로 와서 둥지를 틀 생각이었다. 우신과 지희와 다정한 이들이 있는 곳. 돌아올 곳이 있어 여행도 가벼운 마음으로 떠날 수 있었다.

소미는 곰을 데리고 나오며 조우신에게 인사했다. 곰도 거만한 얼굴로 "그동안 고마웠어"라며 감사 인사를 했다. 그치고는 대단히 예의 바른 인사였다.

가게에서 나올 때 소미의 귓가에 누군가의 다정한 목소리가 속삭였다.

"행복하게 지내렴."

그녀는 뒤를 돌아보았다. 곰도 뭔가 눈치챈 듯 소미와 함께 가게를 올려다보았다.

한 시절을 즐겁고 평화롭게 보냈던 장난감 가게가 소미에게 웃어 보이고 있었다. 그리운 기분이 들었지만 무엇에 대한 그리움인지는 떠오르지 않았다. 뭘 잊었을까 잠시 고민하는 소미의 손등을 곰이 두드렸다.

"가자, 소미야."

"곰아, 나 뭔가 잊어버린 것 같아."

"너 잊은 거 없어."

곰은 소미의 손가락을 잡고 그녀와 시선을 마주했다.

"과거는 생각할 거 없어. 가자. 나 비행기 타고 하늘 날고 싶어."

소미는 고개를 갸웃했지만, 곧 고개를 끄덕이고 곰을 소중하게 어깨의 주머니에 넣었다. 곰은 주머니에서 얼굴을 내밀고 외쳤다.

"여행 준비 완료!"

"자, 이제 우리 호주로 가자. 방방곡곡 다니면서 세상을 구경하는 거야."

가을의 햇살이 찬란했다. 소미는 다정한 바다와 외로운 섬의 노래를 흥얼거리면서 세상을 향한 걸음을 떼었다.

두 번째는 해피엔딩

ⓒ 조현선, 2025

초판 1쇄 발행   2025년 2월 12일

지은이   조현선
기획편집   정다움
디자인   안단테
콘텐츠 그룹   정다움 이가람 박서영 전연교 김신우 정다솔 문혜진 기소미

펴낸이   전승환
펴낸곳   책읽어주는남자
신고번호   제2024-000099호
이메일   book_romance@naver.com

ISBN   979-11-93937-32-7 03810